JN437242

페터 카멘친트

페터 카멘친트

헤르만 헤세 | 박종서 옮김

문예출판사

Peter Camenzind

Hermann Hesse

나의 친구 루트비히 핀크에게

차례

1

태초에는 신화가 있었다. 위대한 신은 인도 사람이나, 그리스 사람이나, 게르만 사람의 영혼 가운데서 신화를 창작하며 표현을 구하려고 했듯이, 어느 어린아이의 영혼 가운데서도 날마다 새로운 신화를 창작했다.

나는 내 고향의 호수나, 산이나, 시내의 이름이 무엇인지 아직 모른다. 그러나 나는 실낱같은 광선이 스며들며, 파리하고 푸르고 넓은 호수가 햇빛을 받으며 잔잔하게 가로놓인 것과 험한 산이 호수를 첩첩이 둘러싸고 높이 솟은 것을 보았다. 가장 높은 산 틈바구니에는 눈이 반짝이는 골짜기와 자그마하고 가느다란 폭포가 보였다. 산기슭에는 비스듬히 경사를 이루고 햇빛을 받는 목장이 있고, 그 위에는 과수나 오막살이집이나 알프스 산(產) 회색 암소가 여기저기 자리 잡았다. 그리고 가난하며 자그마한 내 마음은 텅 비었고 조용히 무엇을 기다렸기 때문에, 호수와 산의 영혼은 아름답고 대담한 현상을 내 마음 위에 새겨놓았다. 꼼짝도 하지 않는 언덕과 절벽이 뻣뻣하면서도 어딘지 엄숙한 모습으로 태곳적 일을 말했다. 그들은 그 시대의 아들이요, 아직 그 상처를 안고 있었다. 다시 말하면 대지가 터지고, 굽고, 고민하는 태반 속에서 진통으로 신음하며 산봉우리와 산허리를 낳아놓은 옛날에 대해서 그들은 말했다. 바위로 된 산이 진동하고 폭발하며 불쑥 튀어나와 하늘을 찌를 듯이 우뚝 솟았는가 하면, 그만 딱 끊어지기도 하고, 쌍둥이 산이 자리를 다투며 미친 듯이 싸우다가 드디어 한쪽이 이기고 우뚝 솟아올라 자기 형제를 밀어 던지며 쳐부수기도 했다. 지금도 아직 높은 산골짜기에는 그 옛날 끊어진 봉우리와 밀려서 깨진 바위가 걸렸다. 눈이 녹을 무렵, 폭포같이 흐르는 물은 집채 같은 바위를 굴려 유리 조각처럼 부서뜨리기도 하고, 평화로운 목장 한가운데로 힘차게 밀어 넣기도 했다.

바위로 된 이 산들은 언제나 같은 말을 했다. 그리고 그들이 하는 말은 이해하기가 쉬웠다. 그 험한 절벽이 여러 층을 이루며 끊어지기도 하고 이지러지기도 하며, 터져서 입을 쩍 벌린 상처를 보면 더욱 그렇다. “우리는 너무 겁이 나 온몸이 오싹해진 적도 있었다”라고 그들은 말했다.

“우리는 아직 고통을 받는다.”

그러나 그들은 그러한 고통을 마치 굴하지 않는 늙은 투사처럼 태연하고 엄숙하면서도 분을 머금고 말했다.

그렇다. 투사다. 나는 그들이 싸우는 것을 보았다. 무시무시한 이른 봄 어느 날 밤에 땅이 흔들리는 듯한 남풍이 그들의 늙은 머리를 스치면서 울부짖기도 하고, 용솟음치는 골짜기의 물결이 그들의 옆구리에서 울퉁불퉁하고 차디찬 바윗덩어리를 빼앗아갈 때, 그들이 물이나 폭풍우와 싸우는 것을 나는 보았다. 그러한 밤이면 그들은 억세게 뿌리를 뻗고, 죽은 듯이 숨을 죽이고 이를 악물고 서서, 갈가리 찢어진 절벽과 뾰족한 산봉우리를 폭풍우를 향해서 내밀고, 항거라도 하듯이 웅크리고 전력을 다했다. 그리고 상처를 입을 때마다 격분과 불안을 참지 못하며 사나운 진동 소리를 울렸다. 그리고 무시무시한 신음 소리가 터져 나오면 그 소리는 성난 듯이 멀리 아득한 골짜기까지 울렸다.

그리고 목장이나 경사지나 흙이 들어차 있는 바위틈이 풀이나 꽃이나 고사리나 이끼로 덮인 것을 보았다. 그런 따위에는 옛날 속어로 신기하면서도 무슨 깊은 의미나 깃든 듯한 이름이 붙었다. 산의 아들이며 손자인 화초는 순진하고도 화려하게 각기 그 자리에서 살았다. 나는 그것을 만지기도 하고, 살펴보기도 하고, 향기를 맡기도 하며, 그 이름을 외워보기도 했다. 나무의 모습은 잎이 내 마음을 더욱 흔들었다. 한 그루 한 그루의 나무가 고립된 살림을 하며, 이상한 형체로 관을 이루고 독특한 그림자를 던지는 것을 나는 보았다. 나무는 은거자요, 싸우는 자로서 산에 패해서 한 가닥 인연이 깊은 것같이 생각되었다. 왜냐하면 나무라는 나무, 더구나 높은 산 위에 선 나무는 바람과 기후와 바위를 마주하고 생존과 성장을 위하여 어디까지나 끈기 있는 싸움을 계속해야만 했기 때문이다. 어느 나무나 자기의 무게를 걸머지고 꼭 붙어 있어야만 했다. 그렇기 때문에 각각 독특한 모양을 하고, 독특한 상처가 있다. 폭풍우 때문에 한쪽밖에 가지를 뻗을 수 없는 적송이 있었다. 그리고 붉은 나무 밑동이 튀어나온 바위 주위에 마치 뱀처럼 휘감겨서 나무와 바위가 서로 껴안고 의지한 것도 있었다. 그들은 투사들처럼 나를 바라보며, 내 마음속에 공포와 경의를 불러일으켰다.

그런데 이 지방 남자나 여자들도 나무를 닮아서 무뚝뚝하고 거친 주름이 졌으며, 말이 적었다. 가장 뛰어난 사람들은 제일 이야기가 적다. 그렇기 때문에 나는 사람들을 나무나 바위와 같이 바라보면서 그들에 대해 생각하며, 움직이지 않는 적송 못지않게 그들을 존경하고 사랑하는 법을 배웠다.

우리가 사는 자그마한 마을 니미콘은 호숫가에 있으며, 튀어나온 두 산에 싸여서 비스듬한 삼각 지대에 자리 잡았다.

길 하나는 멀지 않은 수도원으로 통하고, 또 하나는 2킬로미터나 떨어진 이웃 마을로 통했다. 호숫가의 다른 마을에 가려면 배를 타야만 했다. 우리가 사는 집은 낡은 목조 건물이며, 언제 지었는지는 확실치가 않다. 새로운 집이 서는 일은 거의 없으며, 낡고 자그마한 집을 그때그때 필요에 따라 수리하는 데 지나지 않았다. 올해에는 마루, 다음 해에는 지붕의 일부를 수리하는 정도였다. 이전에는 방 한쪽 벽이던 중방이나 문지도리가 지금은 지붕 서까래가 된 것을 얼마든지 찾아볼 수 있다. 그것이 그런 데에 쓰일 건 아니지만, 그래도 태워버리기가 아까울 때는 외양간이나 말먹이 창고의 바닥 수리에, 또는 현관문 빗장으로 썼다. 거기 사는 사람들도 매일반이다. 각각 힘이 미치는 동안은 자기 할 바를 남 못지않게 다 하지만, 머지 않아 주저하며 쓸모없는 사람들 사이에 끼어서 나중에는 그리 사람들의 눈에 띄지도 않은 채 암흑 속에 빠지고 만다. 오랫동안 타향에 있던 사람도 우리 부락에 돌아오면 몇 채의 낡은 지붕이 수리되고, 비교적 새롭던 몇 채의 지붕이 낡은 것 이외에는 별다른 변화를 느끼지 못한다. 옛날 노인들은 세상을 떠났지만, 다른 노인이 같은 오막살이 집에서 살았으며, 같은 이름을 부르고 머리가 검은 아이들을 돌봐준다. 얼굴이나 동작으로 보아서 그동안 죽은 사람들과 별로 다른 데가 없었다.

우리가 사는 마을에는 외부에서 신선한 피나 생명이 흘러들어오는 일은 거의 없었다. 주민은 어느 정도 건강한 종족이며, 거의 전부가 서로 밀접한 혈족 관계에 있기 때문에 아마 4분의 3 이상은 카멘친트라는 이름을 가졌을 것이다. 이 이름은 교회 명부의 책장을 메우고 묘지 십자가에 쓰여 있으며, 집집마다 페인트로 쓰거나 서투른 솜씨로 나무에 새겨 붙인 것이 보기에도 눈이 부실 정도였다. 차고에 있는 마차나 말먹이 통이나 호수 위에 뜬 보트에서도 그 이름은 읽을 수가 있다. 우리 아버시의 집 현관 위에도 요스트와 프란치스카 카멘친트가 이 집을 세웠다고 쓰여 있었다. 그러나 그것은 우리 아버지가 아니라, 그 조부, 다시 말하면 내 증조부가 세웠다는 뜻이다. 따라서 내가 아무 자식도 두지 못하고 죽는다 하더라도, 그리고 이 낡은 집의 겉모양이 달라진다고 하더라도 그때까지 남아서 지붕이 덮여 있기만 하다면 또 어떤 다른 카멘친트가 와서 살게 될 것은 틀림없다.

겉으로 보면 보잘것없지만, 우리 마을 사람 가운데도 착한 사람이 있고 악한 사람이 있다. 훌륭한 사람도 있고 천한 사람도 있으며, 유력한 사람도 있고 보잘것없는 사람도 있다. 영리한 사람도 적지 않지만, 그와 아울러 백치는 별문제로 하고 어리석은 자들의 자그마하고 재미있는 그룹이 있었다. 그것은 어디에서나 볼 수 있듯이 커다란 세계의 모습을 줄여놓은 지도였다. 큰 사람과 작은 사람, 빈틈이 없는 친구와 어리석은 자가 끊을 수 없는 가까운 혈족 관계에 있었기 때문에, 코가 높은 거만한 태도와 머리가 다 굳어버린 경솔한 태도가 가끔 같은 지붕 밑에서 갈등을 일으켜서 우리 생활은 인간성의 익살과 희극을 찾아보기에 충분한 장소가 되었다.

다만 무엇인지 숨어 있는, 또는 의식할 수 없는 압박감이 언제나 이 마을을 억눌렀다. 자연의 힘을 믿는 마음과 언제나 일을 해야 하는 빈곤이, 시간이 지나가는 동안 그러지 않아도 시들어가는 이 종족에게 우울해지기 쉬운 경향을 주었다. 이 우울한 경향은 날카롭고 엄한 사람의 얼굴에는 부합되는 데가 있었지만, 다른 점에서는 별로 효과를 맺지 못했다. 적어도 도움이 될 만한 결과는 맺지 못했다. 그렇기 때문에 몇몇 어리석은 자가 있어서 자기들로서는 그래도 얌전하고 착한 척하지만 너털웃음을 웃거나 조롱할 만한 일을 들고 들어오는 것을 사람들은 기뻐했다. 그들 중에서 누가 새로 어떤 어리석은 짓을 했다는 소문이 돌면, 니미콘 사람들의 볕에 타고 주름진 얼굴에는 번개같이 즐거운 빛이 떠올랐다. 이 웃음거리에 겸해서 미묘한 바리새 사람과 같은 근성과 흥미로서 자기가 뛰어나다고 뽐내는 기쁨이 나타나게 된다. 자기는 그런 잘못이나 실책은 결코 하지 않는다는 듯한 기분으로 만족스럽게 혀를 차는 것이다. 우리 아버지도 성실한 사람과 죄인들의 한가운데에 있으면서 양쪽에서 내거는 재미있고 즐거운 이야기를 함께 즐기는 그러한 사람 중 하나였다. 무슨 어리석은 장난이라도 벌어지면 아버지는 언제나 기뻐서 어쩔 줄을 몰랐다. 그런 장난을 한 사람에게 동정도 하고, 감탄을 하기도 하며, 자기는 아무 결함도 없다는 듯이 의젓한 태도를 보이며, 우스울 정도로 이리저리 서성거렸다.

우리 큰아버지 콘라트는 이러한 어리석은 사람들 중 하나였지만, 그렇다고 해서 어떤 일을 분별하는 데에 아버지나 다른 위인들에 비하여 뒤떨어지지는 않았다. 도리어 그는 빈틈없는 사람이며, 쉬지 않고 무엇을 발명해보려는 생각에 이끌렸다. 다른 사람들이 두말할 것 없이 그를 부러워할 만도 했다. 그러나 그는 무엇 하나 성공한 일이 없었다. 그렇다고 해도 원기를 잃어버리거나 아무 일도 하지 않고 수심에 잠기는 일은 없었으며, 다시 새로운 일을 시작하고 자기 계획에 나타난 희비극에도 이상하게 기운을 잃지 않는 것이 확실히 그의 장점이어서, 재미있고 괴상한 친구라는 평판이 있었기 때문에 마을에서도 아무 보수도 얻지 못하는 어릿광대의 한 사람으로 알려졌다. 그에 대한 우리 아버지의 판단은 언제나 감탄과 경멸의 사이를 오갔다. 형이 새로운 안을 생각해낼 때마다 아버지는 매우 흥분하며, 호기심을 걷잡지 못했다. 아버지는 그런 태도를 무엇을 알아보려는 능글맞은 질문이나 추측으로 숨겨보려고 했지만 허사였다. 그러나 그 후 얼마 지나지 않아서 큰아버지가 성공은 틀림없다고 하면서 비범한 사람 같은 태도를 취하면, 아버지는 그때마다 그런 태도에 마음이 쏠리며, 형제간의 투기적인 사랑 밑에서 이 천재한테 가담하지만, 결국 어쩔 수 없이 실패로 돌아가면 큰아버지는 어깨를 들먹거릴 뿐이었다. 그러나 아버지는 노하여 큰아버지를 놀리고 험담하면서 몇 달이건 돌아보지도 않고 말 한마디 건네는 일이 없었다.

우리 마을에서 처음으로 돛을 단 보트를 보게 된 것도 콘라트 큰아버지 덕택이었다. 그래서 아버지의 자그마한 배는 거기에 비하면 웃음거리에 지나지 않았다. 돛이나 닻줄은 큰아버지가 달력에 그려진 목판화를 본떠 깨끗이 만들었다. 이 자그마한 배가 돛단 보트로서 쓰기에 너무 좁았던 것은 결국 콘라트 큰아버지의 탓은 아니었다. 준비를 갖추는 데 몇 주일이 걸렸다. 아버지는 긴장과 흥분과 불안 때문에 어쩔 줄을 몰랐다. 다른 마을 사람들도 콘라트 카멘친트의 새로운 계획에 대한 이야기로 꽃을 피웠다. 늦여름 어느 날 아침, 돛을 단 보트가 바람을 싣고 처음으로 호수 위를 달렸던 그날은 나로서는 기념할 만한 날이었다. 아버지는 혹시나 무슨 사고라도 있지 않을까 염려하며 멀리 떨어져 있었고, 나에게도 같이 타는 것을 금했기 때문에 나는 매우 섭섭했다. 빵집 아들 퀴슬리만이 범선의 명수와 보트를 같이 탔다. 마을 사람들은 자갈밭이나 마당에 서서 지금까지 본 일이 없는 그 구경거리를 바라보았다. 호수 아래쪽으로 가볍게 동풍이 불었다. 처음엔 빵집 아들이 저어야만 했다. 그러나 곧 자그마한 그 배는 실바람을 타고 돛에 가득히 바람을 싣고 신나게 달렸다. 우리는 감탄하면서 배가 가까운 산기슭을 돌아 자취를 감추는 것을 보고 빈틈없는 큰아버지가 돌아오면 승리자로 맞이하리라, 뒤에서 조롱하려고 했던 것을 부끄럽게 생각하리라고 마음먹었다. 그러나 밤이 되어서 배가 돌아왔을 때, 돛은 없어지고 그 보트를 탔던 사람은 살았다기보다 죽은 것이나 다름이 없었다. 빵집 아들은 기침을 하며 이렇게 말했다.

"당신들은 정말 기쁨을 놓치고 말았소. 하마터면 일요일에는 두 집이나 초상이 날 뻔했어요."

아버지는 새 판자 두 개로 그 배를 막지 않을 수 없었다. 그 후 돛이 푸른 호수 위에서 비치는 일은 다시 없었다. 나중에도 오랫동안 콘라트가 수선을 떨 때면 사람들은 그의 뒤에서 "돛을 올려야지, 콘라트!" 하고 외쳤다. 아버지는 치밀어오르는 화를 삼켰다. 그리고 얼마 동안 불쌍한 큰아버지를 만날 때마다 얼굴을 돌리고 기다랗게 침을 뱉었다. 그것은 말할 수 없는 모욕의 표시였다. 그러한 상태가 매우 오랫동안 계속되었지만, 어느 날 콘라트 큰아버지는 내화 장치가 된 빵 굽는 솥이라는 새로운 발명품을 들고 아버지를 찾아왔다. 그 고안 때문에 고안자는 한껏 조롱을 당하고, 아버지는 아버지대로 현금 4탈러를 손해 보았다. 아버지에게 이 4탈러에 관한 이야기를 꺼내는 사람은 경을 치게 마련이었다. 훨씬 후의 일이지만, 살림이 어려워지자 어머니는 자기도 모르게 쓸데없는 일에 처박은 그 돈이 지금 있으면 도움이 될 텐데 하고 말했다.

그러자 아버지는 목까지 붉혔지만, 꾹 참고 이렇게 말했을 뿐이었다.

"그 돈을 일요일 하루 동안 마시는 데 써버렸더라면 좋았을 걸 그랬어."

언제나 겨울이 끝날 무렵에는 남풍이 나직하게 살랑거리면서 찾아왔다. 알프스 사람들은 그 소리를 두려워하면서 듣지만, 타향에 있을 때는 스며드는 향수를 느끼면서 그리워한다.

남풍이 다가오면 몇 시간 전부터 남자나 여자나 산이나 야수나 가축까지도 미리부터 느낀다. 언제나 대개는 차가운 역풍이 먼저 불고, 다음 따스하고 나직한 바람 소리가 남풍을 알린다. 파리하고 푸른 호수가 어느덧 먹물을 끼얹은 듯이 되고, 갑자기 거품을 뿜는 사나운 파도를 일으킨다. 바로 그 후, 얼마 전까지도 소리 없이 잔잔하게 깔려 있던 호수가 마치 바다처럼 사나운 파도를 일으키더니 설레는 물결을 기슭으로 몰아친다. 그와 동시에 주위의 경치가 겁을 집어먹은 듯이 쑥 앞으로 가까워진다. 전 같으면 멀리 떨어진 곳이나 사색에 잠긴 산봉우리 위에 있던 바위를 셀 수 있게 된다. 언제나 멀리 하나의 다갈색 점같이 보이던 부락들이 지금은 그 지붕이나 추녀나 창문을 분간할 수 있다. 산이나 목장이나 가옥들이 모두 겁난 가축의 떼 모양으로 모여든다. 그러면 우렁찬 소리와 대지의 진동이 시작된다. 채찍에 맞은 듯한 호수의 물결은 어느 정도 거리를 두고 연기처럼 공중을 달리게 된다. 그리고 끊임없이, 더욱이 밤에는 폭풍우와 산들이 미친 듯이 싸우는 소리가 들린다. 얼마 후 토사에 묻힌 시내나 무너진 집이나 부서진 배나 행방불명이 된 아버지나 형제에 관한 소문이 마을에서 마을로 퍼진다.

어렸을 때 나는 남풍을 겁내며 미워하기까지 했다. 그러나 소년의 거친 성격이 싹트자, 반역자며 영원한 청춘이요, 대담한 투사인, 봄을 불러주는 남풍을 사랑하게 되었다. 남풍은 생명과 힘과 희망이 넘쳐흐르며, 설레고, 웃음 짓고, 신음하며 치열한 싸움을 시작하거나, 울부짖으며 골짜기를 달린다. 남풍이 이 산 저 산의 눈을 삼키면서 억센 노송나무를 거친 손으로 휘어잡고 신음하게 하는 것은 실로 장관이었다. 그 후부터 나는 남풍에 사랑을 느끼며, 그 가운데 감미로우면서도 너무나 풍족한 남쪽 나라를 맞이했다. 이 남쪽 나라에서부터 즐겁고 따스하고 아름다운 것이 끊임없이 줄기차게 용솟음치지만, 머지않아 그것은 이 산 저 산에 부딪혀 부서지고, 나중에는 평탄하고 차디찬 북쪽에서 그만 지쳐서 시들어버리고 만다. 남풍이 불 계절의 산골 사람들, 특히 여자들에게 달려들어 잠을 빼앗고 오관을 어루만지며 자극을 주는 남풍의 열기보다 신기하고 대단한 것은 없다. 이것이야말로 남쪽 나라의 호흡이며, 언제나 설레고 미칠 듯이 타오르면서 보잘것없는 빈약한 북국의 품속에 뛰어들어 눈 속에 덮인 알프스 지방의 이 마을 저 마을로 떠돌며, 지금 이미 가까워진 이탈리아의 자주색 호숫가에는 앵두꽃이나 수선화나 복숭아나무 가지가 꽃을 피운다는 소식을 전해준다.

그리고 남풍이 지나가고 마지막 남은 더러운 눈사태가 녹아버리면 그때는 가장 아름다운 것이 찾아온다. 곧 꽃으로 물든 누런 목장이 사방에서 산을 향해서 퍼진다. 눈이 덮인 산봉우리나 빙하는 높고 깨끗하고 엄숙하게 솟고, 호수는 푸르고 따스하며, 태양과 하늘 높이 흐르는 구름을 비춘다. 이러한 모든 것은 이미 어린 시절을 채우기에 넉넉하며 때로는 일생을 충족시키기에도 충분하다. 왜냐하면 그런 것은 모두 사람의 입에 아직 오르지 않은 것 같은 신의 이야기를 소리 높이 솔직히 말하기 때문이다. 그러한 모습은 어린 시절에 들은 그대로 일생을 통해서 끊임없이 달콤하며 강하고 무시무시하게 울린다. 그는 결코 그 매력에서 떠날 수가 없다. 산을 고향으로 삼는 사람은 몇 해를 두고 철학이나 박물학을 연구하며, 옛 신을 버리는 일이 있더라도, 어느 때 또다시 남풍을 느끼고 눈사태가 숲을 뚫고 나가는 소리를 들으면 가슴이 설레며 신이나 죽음을 생각하게 된다.

자그마한 아버지의 집 옆에 울타리를 두른 좁다란 뜰이 있다. 거기에는 상추나 당근이나 양배추가 잘 자랐으며, 그밖에 어머니가 꽃을 심으려고 서글플 정도로 비좁고 빈약한 화단을 마련해두었다. 거기에는 달마다 피는 장미 두 그루와 달리아 한 포기와 물푸레나무 한 줌이 쓸쓸하며 초라하고 시든 채 남았다. 뜰 옆에는 더욱 좁은 자갈밭이 있으며, 호수까지 닿았다. 호숫가에는 깨진 통 두 개와 판자나 못이 몇 개 굴러다녔다. 다시 내려가서 물속에는 우리의 자그마한 배를 매어두었다. 그때만 해도 2, 3년마다 배를 수리하고 타르를 칠했다. 그런 일을 한 시절이 아직도 나의 기억에 생생하다. 초여름 어느 무더운 오후였다. 좁은 뜰에는 노랑나비가 햇빛을 받으며 너울너울 날았다. 호수는 기름같이 부드럽고, 푸르고, 고요하고 희미하게 감실감실 빛났다. 그리고 산봉우리는 엷은 아지랑이에 싸였다. 좁은 자갈밭에서는 타르와 페인트 냄새가 코를 찔렀다. 그 후에도 자그마한 배는 여름 동안 타르 냄새를 풍겼다. 몇 해를 지나 어느 바닷가에서 물 향기와 타르의 악취가 섞인 냄새가 코를 찌를 때마다 언제나 이 호숫가의 좁다란 자갈밭이 곧 눈앞에 떠오르며, 아버지가 팔을 걷어붙이고 솔을 움직이고, 아버지의 파이프에서는 파리한 연기가 여름 하늘로 조용히 떠오르며 노랑나비가 겁을 집어먹은 듯이 하늘하늘 날아다니는 모습이 눈앞에 아물거렸다. 그런 때에 아버지는 전과 달리 기분이 좋았으며, 능란하게 휘파람을 불고, 때에 따라서는 나직한 소리였지만 요들송의 한 소절을 들려주기까지 했다. 그러면 어머니는 저녁 식사로 맛 나는 음식을 만들었다. 지금 생각하면 어머니는 남편인 카멘친트가 그날 밤은 술집에 가지 않으리라는 은근한 희망을 품고 그런 요리를 만들었지만, 역시 아버지는 나가고 말았다.

자라나는 나의 어린 정서가 양친의 도움을 받았는지, 해를 받았는지는 말할 수 없다. 언제나 어머니의 두 손에는 할 일이 많았다. 아버지로 말하면 교육 문제에서처럼 무관심한 일은 없었다. 기껏해야 간신히 과일나무 몇 그루를 키우고, 좁은 감자밭을 가꾸며, 말먹이를 준비하는 정도가 아버지가 하는 일 전부였다. 거의 2, 3주마다 아버지는 저녁에 집을 나서기 전에 나의 손을 끌고 나와 같이 아무 말도 없이 외양간 뒤에 있는 말먹이 창고로 들어갔다. 그러면 거기서 이상하게 죄와 벌을 씻으려고 했다. 다시 말하면 나는 죽도록 매를 맞았지만, 아버지나 나 자신이나 내가 무엇 때문에 매를 맞는지 알 수가 없었다. 그것은 복수의 여신 네메시스의 제단에 오른 무언의 제물이었다. 아버지로서는 꾸짖는 일도 없고, 나로서는 울며불며하는 일도 없이 신비스러운 힘에 끌려서 당연한 제물처럼 희생을 당했다. 후년에 헛된 운명에 대해서 말하는 것을 들었을 때 나의 머리에 이 신비스러운 장면이 떠올랐다. 헛된 운명이라는 관념이 매우 구체적으로 나타난 것같이 생각되었다. 그때 아버지는 무의식중에 인생 자체가 우리에게 그저 언제나 쓰는 단순한 교육법을 따랐을 뿐이다. 인생이라는 것은 가끔 우리에게 맑은 날씨에도 소낙비를 내리고, 우리가 도대체 어떤 잘못을 했기에 하늘의 힘을 건드렸나 하는 생각을 하게 하며, 자기는 자기대로 모르는 체한다. 미안하지만 나는 그런 생각은 하지 않았다. 한다고 해도 극히 드물었다. 도리어 나는 여러 차례에 걸친 처벌을 아무런 자기반성도 없이 태연하면서도 때로는 반항적인 태도로 받아들였다. 그리고 그러한 밤에는 언제나 이것으로 또 값을 치렀다, 다음 처벌을 받을 때까지 2, 3주의 여유가 있다고 생각하며 기뻐했다.

일을 가르치려는 아버지의 계획에 나는 어디까지나 혼자서 저항했다. 이해할 수 없고 헛된 자연은 나의 마음속에 상반되는 두 가지 소질을 엮어놓았다. 다시 말하면 뛰어난 체력과 섭섭하게도 그 뛰어난 체력에 못지않게 일을 싫어하는 습성이었다. 아버지는 나를 쓸모 있는 자식으로, 도움이 되는 조수로 만들려고 무척 애를 썼지만, 나는 있는 꾀를 다 부리며 내게 맡긴 일을 회피했다. 중학 시절 나는 옛 영웅 중에서 누구보다 헤라클레스에게 마음을 빼앗겼다. 헤라클레스는 그 유명하고도 힘든 일을 억지로 혼자 맡았기 때문이다.

한때 나는 바위나 목장이나 또는 바닷가를 아무 생각도 없이 이리저리 거닐기를 좋아했다. 산이나 호수나 폭풍우나 태양은 나의 친구였으며 나에게 이야기를 들려주고 나를 길러주었다. 그래서 오랫동안 어떤 사람의 운명보다 나에게는 자연이 그립고 정다웠다. 그러나 반짝이는 호수나 쓸쓸한 적송이나 햇빛을 받는 바위보다도 더욱 내 마음이 끌린 것은 구름이었다.

넓은 세상에서 나보다 구름을 더 잘 알고 나보다 더 구름을 사랑하는 사람이 있다면 나는 그런 사람을 만나고 싶다. 아니면 또 구름보다 더 아름다운 것이 있다면 그것을 보여주었으면 좋겠다. 구름은 흘러가며 눈에 위안을 준다. 구름은 축복이요, 신의 선물이요, 노여움이요, 죽음의 힘이다. 구름은 갓난아이처럼 정답고 부드럽고 평화롭다. 구름은 착한 천사처럼 예쁘고, 부유하고 은혜로우며, 죽음의 천사처럼 어둡고, 피할 수 없고, 사정을 모른다. 구름은 엷은 층을 이루고 은빛같이 반짝이며 떠다닌다. 구름은 기슭을 금빛으로 빛내고 웃음을 띠며 흰 돛처럼 달린다. 구름은 누런빛과 푸른빛을 띠며 꼼짝도 않고 쉬기도 한다. 구름은 살인자처럼 음침하게 천천히 다가온다. 구름은 미친 기사처럼 곧장 바람을 안고 달린다. 구름은 우울한 은거자처럼 쓸쓸히 꿈을 꾸며 희멀건 하늘에 떠 있다. 구름은 행복한 섬이나 축복을 내리는 천사의 모습으로 변한다. 그런가 하면 위협하는 손이나 펄럭이는 돛이나 길을 떠난 학과도 같다. 구름은 신의 천국과 가련한 이 세상 사이에서 양쪽에 다 속하면서도 모든 사람의 아름다운 동경의 비유로서 떠 있다. 말하자면 이 지상의 꿈이다. 그 꿈속에서 대지는 더러운 넋을 씻어주는 천국과 합하려고 한다. 구름은 모든 방랑과 탐구와 원망과 향수의 영원한 상징이다. 구름이 천지간에 망설이고 무엇을 동경하면서 끈기 있게 떠 있는 것과 같이 사람의 마음도 시간과 영원 사이에 망설이고 무엇을 그리며 굳세게 떠 있다. 아아, 구름이여! 쉬지 않고 흘러가는 아름다운 구름이여! 나는 아무것도 모르는 어린아이였지만, 구름을 사랑하며 그것을 바라보았다. 그리고 나도 구름같이, 길을 떠나 어디로 가든지 낯선 인간으로 시간과 영원 사이를 흘러가며 인생을 지내리라는 것을 나는 몰랐다. 어렸을 때부터 구름은 그리운 여자 친구요, 누이였다. 나는 좁디좁은 길을 걸어갈 때면 언제나 구름과 서로 머리를 끄덕이고 서로 인사하며, 잠시 동안 눈과 눈을 마주 보았다. 그때 나는 또 구름에게서 배운 것, 그 모양과 빛깔과 유희와 원무(圓舞)와 춤, 지상과 천상의 신기한 전설들을 잊지 않았다.

무엇보다 백설 공주에 대한 이야기를 잊지 않았다. 이 무대는 산중턱이며, 초겨울이지만 아직도 산 밑에는 따스한 바람이 분다. 백설 공주는 많지 않은 부하를 거느리고 산 위에서 내려와 산허리의 널찍한 골짜기나 산봉우리에서 휴식처를 찾았다. 편히 누운 공주를 심술궂은 동북풍이 부러운 듯이 바라보더니 남몰래 혀를 핥으며 산으로 올라가 갑자기 미친 듯이 공주에게 달려든다. 그는 예쁜 공주를 향해서 검은 조각구름을 던지며, 조롱하고 욕설을 퍼부으며 쫓아버리려고 한다. 잠시 동안 공주는 망설이고 불안에 싸이지만, 그냥 꾹 참는다. 때로는 머리를 흔들고 희롱하는 듯한 태도를 보이며, 다시 높은 곳으로 슬며시 올라간다. 그러나 공주는 의외로 불안에 싸인 친구들을 자기 주위에 모아놓고 눈이 부시도록 거룩한 얼굴을 보이며, 차디찬 손으로 괴물을 물리친다. 그러면 그 괴물은 당황하면서 울부짖으며 도망친다. 공주는 누워서 자기 다리를 희미한 안개로 싸버린다. 안개가 걷히면 골짜기나 산봉우리는 맑고 부드러운 첫눈으로 덮여서 반짝반짝 빛난다.

이 이야기에는 무엇인지 고귀한 것과 아름다운 혼과 승리를 알려주는 것이 들었으며, 나를 도취케 하고 마치 즐거운 비밀처럼 나의 어린 마음을 설레게 했다.

얼마 후에 구름 가까이로 가서 그 속으로 들어가 첩첩이 낀 구름 속의 무언가를 위에서 바라볼 수가 있었다. 처음으로 산봉우리에 기어올라간 것은 열 살 때다. 그 산은 우리 마을 니미콘을 굽어볼 수 있는 젠알프 연봉이었다. 그때, 나는 처음으로 산의 두려움과 아름다움을 보았다. 깊숙이 갈라진 계곡에는 얼음이나 눈 섞인 물이나 유리알 같은 빙하나 무시무시한 퇴석(堆石)이 가득했다. 그 위에는 늘어진 종 모양으로 높고 동그스름한 하늘이 덮였다. 10년이나 산과 호수 사이에 끼여서 살며 가까이에 있는 산에 둘러싸였던 사람이라면 처음으로 넓은 하늘을 머리 위에 바라보고 끝없는 지평선이 눈앞에 가로놓인 일을 잊을 수가 없을 것이다. 오르는 중에도 나는 이미 밑에서 보아 낯익은 바위나 절벽이 비할 데 없이 크다는 것을 발견하고 놀랐다. 그래서 그 순간의 인상에 그만 억눌려서 불안과 기쁨을 느끼며, 갑자기 무시무시하게 큰 세계가 다가오는 것을 보았다. 세계는 이 이야기처럼 큰 것이었던가! 훨씬 밑의 어디에 있는지도 알 수 없는 우리 마을은 전체가 자그마하고 뚜렷한 하나의 지점에 지나지 않았다. 골짜기에서 보면 서로 맞붙은 것같이 보이던 산봉우리가 몇 리씩 떨어져 있었다.

그래서 나는 지금까지 이 세계를 언뜻 보았을 뿐 주의해서 본 일이 없었다는 것과, 외부에서는 우뚝 섰던 산이 무너지기도 하고 여러 가지 큼직한 사건이 일어나지만, 그런 일에서 동떨어져 있는 우리 마을의 산 속에서는 아무 소식도 없다는 것을 어설프게나마 느끼게 되었다. 그와 동시에 내 마음속에는 무엇인지 컴퍼스의 바늘 같은 것이 멀리 아득한 곳을 향해서 자신도 모르게 몹시 떨렸다. 그리고 또 구름이 한없이 먼 곳으로 흘러가는 것을 보고 나는 비로소 구름의 아름다움과 쓸쓸한 마음을 충분히 알았다. 우리가 따라간 두 안내자는 거침없이 올라가는 나를 칭찬했으며, 얼음같이 찬 산등성이에서 잠시 쉬는 동안에도 내가 나도 모르게 기뻐하는 것을 보고 웃었다. 그러나 처음의 몹시 놀랐던 기분이 가라앉자, 나는 쾌감을 느끼며 흥분한 나머지 황소처럼 커다란 목소리로 맑은 하늘을 향해서 외쳤다. 그것이 미(美)에 대해서 내가 처음으로 부른 음절 없는 노래였다. 나는 우렁찬 산울림을 기대했으나 나의 목소리는 고요한 산 속에서 어린 새가 지저귀는 듯이 아무런 반향도 없이 사라지고 말았다. 그때 나는 부끄러움에 어쩔 줄을 모르고 그냥 그 자리에 서 있었다.

이날은 나의 생활에 길을 열어준 날이었다. 왜냐하면 이때부터 여러 가지 사건이 연이어 일어났기 때문이다. 무엇보다도 모든 사람은 아무리 힘든 길이라도 나를 산으로 데리고 갔다. 나는 이상하게도 숨 막히는 기쁨에 가슴을 죄며 높은 산의 깊숙한 신비 속으로 들어갔다. 그러자 그들은 나에게 염소를 지키라고 했다. 언제나 염소를 데리고 가는 산허리에는 바람을 받지 않으며 아늑한 곳이 있었다. 거기에는 파란 초롱꽃이나 연분홍 범의귀가 무성했다. 그곳은 이 세상에서 내가 가장 좋아하는 장소였다. 거기서 마을은 보이지 않았다.

호수도 바위 너머로 가늘게 반짝이는 띠같이 보일 뿐이었다. 그러나 한편 꽃들이 웃음을 지으며 맑은 빛깔로 타는 듯이 피었고, 푸른 하늘은 우뚝 솟은 눈 봉우리 위에 마치 지붕처럼 덮였다. 염소의 나직한 방울 소리를 따라 근처의 폭포 소리가 끊임없이 살랑거렸다. 거기서 나는 양지에 누워서 황홀한 기분으로 떠가는 하얀 조각구름을 바라보며 나직한 소리로 희미하게 요들송을 불렀다. 나중에 염소는 나의 게으른 태도를 느꼈던지 여러 가지 하지 못할 장난을 치며 재롱을 부렸다. 그러는 동안 첫 주일이 지나기도 전에 어느덧 도망을 치는 염소와 함께 나는 골짜기에 떨어져 나의 화려한 생활에 심한 타격을 받았다. 염소는 죽고, 나는 머리가 터지고 게다가 죽도록 매를 맞고 집에서 뛰쳐나왔으나 그다음 단단히 맹세하고 다시 집으로 돌아가게 된 형편이었다.

이 모험을 나의 처음이자 또한 마지막 모험이었다고 생각할 수도 있을 것이다. 그렇다면 이런 책도 쓰지 않았을 것이요, 그밖에 여러 가지 고생이나 어리석은 짓은 하지 않았을 것이다. 그랬더라면 혹시 연분이 있는 어떤 여자와 만나 결혼했거나, 그러지 않으면 사람들의 눈에 띄지 않는 빙하 속에서 얼어 죽었을지도 모른다. 그것도 나쁘지는 않을 것이다. 그러나 모든 일이 완전히 달라지고 말았다. 이미 저지른 일을 일어나지도 않은 일과 비교한다는 것은 내 성미에 맞지 않는다.

별로 대단치는 않았지만, 그동안 우리 아버지는 벨스되르프 수도원에서 일을 보았다. 어느 날 아버지가 병으로 눕자, 나에게 연락해 거기로 오라고 했다. 그러나 나는 가지 않고 옆집에서 종이와 펜을 빌려서 수도원에 있는 사람에게 공손한 편지를 써서 배달하는 여자에게 전하고, 나는 나대로 산으로 들어갔다.

그다음 주일 어느 날 나는 집으로 돌아왔다. 그랬더니 신부가 와 앉아서 그 재미있는 편지를 쓴 사람을 기다리고 있었다. 나는 조금 근심이 되었지만, 신부는 나를 칭찬하며 내가 자기 밑에서 공부하게 시키라고 아버지를 설득했다. 콘라트 큰아버지는 그때 아버지와 사이가 다시 좋아졌기 때문에 그의 의견을 들었다. 물론 큰아버지는 그 자리에서 당장 공부해 후에 대학에서 연구하고, 학자가 되고, 신사가 되어야만 한다고 하면서 무조건 찬성이었다. 아버지는 큰아버지의 말을 따랐다. 이렇게 해서 나의 장래도 내화 장치가 된 빵 굽는 솥이나 돛 단 보트나 그밖에 그와 비슷한 공상과 같이 위태로운 큰아버지의 계획 중 하나로 들어가게 되었다.

그러자 나는 곧 열심히 공부하기 시작했다. 무엇보다도 라틴어나 성서 역사나 식물학 혹은 지리학을 연구했다. 무엇을 하든지 매우 재미있었다. 그리고 이러한 이국적인 것을 연구하느라고 고향이나 청춘을 잃어버리리라고는 생각지 않았다. 라틴어를 할 수 있게 되었다고 해서 그런 것은 아니다. 아무리 내가 명문보전(名門寶傳)을 남김없이 외운다 해도 아버지는 나를 농부로 삼았을 것이다. 그러나 빈틈없는 아버지는 걷잡을 수 없는 태만을 중심으로 근본적으로 나쁜 버릇이 생긴 나의 본성을 누구보다 잘 알았다. 나는 틈만 있으면 일터를 떠나 산이나 호수로 가거나 남의 눈을 피해서 산속에 누워 책을 읽거나 꿈을 꾸거나 또는 아무것도 하는 일 없이 지냈다. 이러한 점을 알게 된 아버지는 나를 그냥 내버려두고 말았다.

이 기회에 양친에 대해서 몇 마디 이야기하겠다. 전에 어머니는 매우 예뻤지만, 지금은 튼튼하고 늘씬한 몸집과 정다운 검은 두 눈에만 그 모습이 남았다. 어머니는 키가 크고 매우 힘이 강하고 부지런하며 말이 적었다. 아버지에 못지않게 매우 영리했으며, 체력도 아버지보다 강했다. 그러나 집안일을 도맡아 보는 것이 아니라, 주권은 자기 남편에게 맡겨두었다. 아버지는 알맞은 키에 가늘고 날씬한 몸집이었지만, 희고 자그마한 그의 머리는 완고하고 빈틈없었으며, 머리카락은 특별히 예민해 보이는 주름으로 가득 찬 그의 얼굴 위에 덮였다. 게다가 이마에는 세로로 짧은 주름이 잡혔다. 눈썹을 움직일 때마다 그 주름이 검어지며 아버지의 얼굴에는 까다롭고 괴로운 표정이 떠올랐다. 그럴 때 아버지는 무슨 중대한 일이라도 생각해내려는 표정이었지만, 도저히 생각해낼 가망이 없는 것 같았다. 그에게서 어떤 우울한 표정을 찾아볼 수 있겠지만, 아무도 주의해서 보는 사람은 없었다. 왜냐하면 우리 지방의 주민들은 언제나 거의 다 어느 정도 우울한 표정을 띠었기 때문이다. 우울하게 지내는 것은 긴 겨울이나, 여러 가지 위험이나, 곤란한 생활이나 세상 살림과 동떨어진 삶이 그 원인일 것이다. 나는 내 성질 가운데서 가장 중요한 점을 양친에게서 이어받았다. 어머니에게서는 검소한 처세술과 신에 대한 약간의 신뢰와 조용하고 말 없는 성질을 받았고, 아버지에게서는 소심하여 결단을 내리지 못하고 돈 놀리는 힘이 부족하며 생각에 잠기면서 한없이 술을 마시는 버릇을 이어받았다. 마지막 버릇은 물론 어렸을 때에는 나타나지 않았다. 외면적으로는 아버지에게서 눈과 입 모양새를 물려받았고, 어머니에게서는 뚜벅뚜벅 오랫동안 걸을 수 있는 걸음걸이와 체격과 속이 단단한 근육의 힘을 이어받았다. 아버지나 우리 종족 전체에게서 빈틈없는 농부의 이성을 이어받았지만, 동시에 쓸쓸한 성격과 한없이 우수에 잠기는 경향을 가졌다. 나는 오랫동안 고향을 떠나서 모르는 사람들 사이에서 이리저리 돌아다닐 운명이었기 때문에 우울증 대신에 다소라도 경쾌한 기분이나 명랑하고 가벼운 기분을 갖고 태어났더라면 좀 더 좋았을지도 모른다.

이러한 기질을 물려받고 새로운 옷을 받아 입은 나는 인생의 길을 떠났다. 세상에 나아가서부터 자립할 수가 있었으니까 양친에게서 물려받은 것은 훌륭하게 효과를 나타냈다고 할 수 있을 것이다. 그러나 학문이나 세상 살림에서 끝내 얻을 수 없는 어떤 무엇이 부족했던 것만은 사실이다. 왜냐하면 나는 지금도 옛날과 같이 산을 정복하고 10시간이라도 걸으며 또 노를 저을 수도 있고, 막상 닥치고 보면 맨손으로 사람 하나쯤 죽이는 것은 문제가 아니지만, 세상살이에서는 예전이나 지금이나 매한가지로 부족한 것이 많았다. 일찍부터 대지(大地)나 식물이나 짐승만을 상대했기 때문에 사회적으로 살아나가는 능력은 별로 뚜렷하게 나타나지 않았다. 지금도 내가 꾸는 꿈은 섭섭하지만, 자신이 순수한 동물적인 생활에 얼마나 애착을 가졌는가를 보여주는데, 그것은 주목할 만한 증거다. 결국 나는 언제나 동물, 특히 물개로서 바닷가에 누운 꿈을 꾸었다. 그리고 매우 기분이 좋았기 때문에 눈을 떴을 때는 사람의 가치를 회복했다고 여기면서도 조금도 즐겁고 자랑스럽게 느끼지는 못하고 섭섭하다고 생각할 뿐이었다.

흔히 볼 수 있는 일이지만, 나는 학비와 식비를 면제받고 고등학교 교육을 마치면 언어학자가 될 생각이었다. 그러나 그 이유는 아무도 몰랐다. 그렇게 쓸데없고 지루한 학과는 없었다. 그만큼 인연이 먼 학과도 없었다.

학교 시절은 몹시 빨리 지났다. 싸우거나 수업을 받는 이외에, 향수에 잠기는 시간이나 대담하게 장래를 꿈꾸는 시간이나 학문을 존경하는 기분에 잠기는 시간이 왔다. 그밖에는 여기서도 타고난 게으른 버릇이 나타났기 때문에 여러 가지 불쾌한 일과 벌을 받을 만한 일을 저질렀지만, 어떤 새로운 일에 정신이 팔리면 게으른 버릇도 사라지고 말았다.

그리스어 선생은 말했다.

"페터 카멘친트, 너는 고집이 세고 보통 사람이 아닌데, 언젠가 한번 그 우둔한 골통이 터져야 할걸."

나는 테가 굵은 안경을 낀 그 선생을 바라보고 이야기를 들으면서 참 이상한 사람이라고 생각했다.

어느 때 역사 선생이 말했다.

"페터 카멘친트, 자네는 좋은 학생은 아니지만, 앞으로 훌륭한 역사가가 될 거야. 자네는 게으르지만, 큰 일과 작은 일을 구별할 줄 알고 있어."

나로서는 이것도 별로 중요하지는 않았다. 그러나 나는 선생들을 존경했다. 선생들은 학문의 소유자라고 생각했다. 그리고 학문에 대해서 막연하나마 존경하는 태도를 가졌다. 선생들은 모두 나의 게으른 태도에 대해서 의견이 같았다. 그래도 나는 진급을 하고 중간 이상의 성적을 차지했다. 학교와 학교에서 가르치는 것이 불

완전하고 단편적이라는 것을 알았지만, 그다음에 나타나는 것을 기다렸다. 이러한 준비 단계나 모방기가 지나면 순수한 정신적인 것과 의심할 여지가 없이 확실한 학문이 나타나리라고 나는 예상했다. 그때 비로소 역사에 나타난 어두운 혼란이나 민족 간의 싸움이나 각자의 머릿속에 나타나는 불안한 문제의 의미를 알게 되리라고 생각했다.

그때 어떤 다른 동경심이 좀 더 강하고 생생하게 나의 마음속에 떠올랐다. 친구가 필요했다.

나보다 두 살 위며 갈색 머리를 기른, 매우 진실한 소년이 있었는데, 그는 카스파르 하우리라고 했다. 그의 거동이나 태도는 안정되고 매우 침착했다. 남자답게 머리를 똑바로 단정히 했으며, 친구들과 별로 이야기가 없었다. 여러 달 동안 나는 그를 존경하는 태도로 보았으며, 길가에서도 그의 뒤를 따르고 그의 눈에 띄기를 원했다. 그의 인사를 받는 평범한 사람이나 그가 드나드는 집이 하나하나 모두 부러웠다. 나는 그보다 두 학년 아래였다. 그리고 그는 자기 반 아이들에게도 우월감을 가진 것 같았다. 우리 사이에는 결국 이야기를 나눌 기회가 없었다. 그러나 나 자신은 별로 가까이할 생각이 없었지만, 키가 자그마한 어떤 불구 소년이 나를 따르게 되었다. 나보다 나이가 어리고 수줍어하며 별로 재주도 없었지만, 어쩐지 예쁘장하고 근심 섞인 눈초리와 모습이었다. 그는 몸이 약하고 약간 어깨가 굽었기 때문에 반에서도 몹시 모욕을 받았다. 그래서 몸이 강하고 누구나 우러러보던 나에게 보호를 구했다. 오래지 않아 그는 병이 더해서 그만 학교에 나오지 못하게 되었다. 그가 없어졌어도 나는 별로 달리 생각하지도 않고 곧 그를 잊어버리고 말았다.

우리 반에는 금발을 기른 장난꾸러기가 있었다. 어떤 장난이든 못 하는 것이 없었으며, 음악가요, 배우요, 어릿광대이기도 했다. 나는 오랫동안 애를 써서 겨우 그와 친구가 되었다. 명랑하고 몸집이 자그마하며 나와 동갑인 그는 언제나 나에게 약간 동정하는 태도였다. 하여튼 내게는 친구가 생겼다. 나는 자그마한 그의 집으로 찾아가서 책 몇 권을 같이 읽었다. 그를 위해서 그리스어 숙제를 해주고, 그 대신 수학에 도움을 청했다. 가끔 함께 산책도 했지만, 우리 둘의 모습은 마치 곰과 족제비가 같이 걸어가는 것처럼 보였을 것이다. 그는 언제나 이야기가 많았으며, 명랑하고, 영리하며, 조금도 고통을 느끼지 않았다. 나는 웃으며 그의 이야기를 들었고, 그렇게 유쾌한 친구가 생긴 것을 기뻐했다.

그런데 어느 날 오후, 키가 자그마한 이 허풍선이가 학교 입구에서 몇몇 친구들에게 그의 독특한 웃음보를 한 방 터뜨릴 때, 나는 나도 모르게 그 옆을 지났다. 바로 어느 선생의 흉내를 내더니 이번에는 "이것이 누군지 맞춰봐!" 하고 외치며 커다란 목소리로 호머의 시구를 몇 줄 낭독하기 시작했다. 그리고 조금도 틀림없이 내 흉내를 냈다. 나의 당황한 태도나 더듬더듬 책을 읽는 어조나 시골뜨기 같이 거친 발음, 게다가 열중했을 때 언제나 취하는 태도와 눈을 깜박거리거나 왼쪽 눈을 감아 보이는 그런 흉내까지 냈다. 그런 태도는 우습기도 하고, 재치 있어 보이기도 하고, 비할 데 없이 귀엽기도 했다.

그가 책을 덮고 그 연기에 걸맞은 박수갈채를 받을 때, 나는 그의 뒤로 가까이 다가가 복수했다. 말은 나오지 않았지만, 심한 따귀를 한 대 갈겨서 나의 울분과 부끄러운 마음을 나타냈다. 곧 수업이 시작되자, 선생은 나의 이전 친구가 낯을 붉히고 훌쩍훌쩍 우는 것을 보았다. 게다가 그 선생은 그를 좋아했다.

"너를 그렇게 골린 사람이 누구지?"

"저 카멘친트예요."

"카멘친트 앞으로 나와! 정말이냐?"

"네, 그렇습니다."

"왜 그 애를 때렸어?"

대답이 없었다.

"아무 이유도 없이 때렸나?"

"네, 없었습니다."

그래서 나는 대단한 벌을 받았지만, 냉정히 스토아 학자다운 기분으로 죄 없이 벌을 받는 기쁨을 느꼈다. 그러나 나는 스토아학파의 학자도 아니요, 성자도 아니며, 그저 일개 학생에 지나지 않았기 때문에 벌을 받고 나서 나의 원수에게 있는 대로 길게 혀를 내뽑았다. 어이가 없다는 듯이 선생은 나에게로 달려왔다.

"부끄럽지 않아? 그게 무슨 짓이냐?"

"저 자식은 비굴한 자식이에요. 제 행동은 저 자식을 어디까지나 멸시한다는 뜻이에요. 저 자식은 비겁해요."

그렇게 해서 그 배우와 나의 친구 관계는 끊어지고 말았다. 아직 그 후임을 발견치 못하고 나는 성숙기에 달한 소년 시절의 몇 해 동안을 친구 없이 지내지 않을 수 없었다. 그 후 나의 인생관이나 인간

관은 몇 번이나 달라졌지만, 따귀를 친 것을 생각하면 언제나 흐뭇한 만족감을 느꼈다. 금발을 기른 그 아이도 그것을 잊지 않으리라.

열일곱 살 때 나는 어느 변호사의 딸과 연애를 했다. 그 여자는 예뻤다. 나는 일생 동안 가장 예쁜 여자하고만 연애한 것을 자랑삼았다. 그 여자를 위해서, 또 다른 여자를 위해서 내가 얼마나 고민을 했나 하는 것은 다음 기회에 말하겠다. 그 여자는 뢰지 키르타너라고 불렸으며, 지금 생각하면 나 같은 사람과는 전혀 다른 남자의 사랑을 받기에 적합한 여자였다.

그때 나의 전신에는 싱싱한 청춘의 힘이 끓어 넘쳤다. 나는 어리석게도 친구들과 닥치는 대로 싸우며, 레슬링이나 테니스나 경주나 보트 놀이에서도 가장 뛰어난 솜씨를 자랑했다. 그런 것들은 연애 문제와는 아무 관계도 없었다. 이른 봄날의 감미로운 우수가 남보다도 강하게 나를 사로잡았다는 것뿐이었다. 그래서 나는 여러 가지 슬픈 생각과 죽음에 대한 생각 그리고 염세적 관념에 대해서 기쁨을 느꼈다. 물론 하이네의 《노래의 책》 염가판을 읽으라고 빌려준 친구도 있었다. 사실 그것은 읽는다기보다는 공허한 시 구절 가운데로 넘치는 마음을 기울이며 함께 괴로워하고, 함께 시를 지으며 서정적 정열 속에 잠기는 것이었다. 아마 돼지우리에 창(窓)을 단 격이었으리라. 그때까지 나는 문학이라는 것을 전혀 몰랐다. 그런데 지금은 레나우, 실러에 이어서 괴테와 셰익스피어까지 읽었다. 문학이라는 파리한 환영이 갑자기 커다란 신으로 변했다.

이러한 책에서 지상에는 그때까지 없었지만, 사실이며, 지금은 감격한 내 가슴에 물결을 일으키고, 그 운명을 체험하려는 생명의 향기롭고 차가운 생기가 나에게로 흘러오는 것을 나는 감미로운 전율과 함께 느꼈다. 내가 책을 읽는 뒷골방 한구석에서는 근처의 탑시계가 시간을 알리는 소리와 그 옆에 둥지를 튼 황새가 주둥이로 쪼아대는 소리 이외에는 아무 소리도 들리지 않았지만, 그 방에는 괴테나 셰익스피어 같은 사람들이 드나들었다. 인간 본질의 엄숙한 모든 점과 우스운 점을 나도 알게 되었다. 분열되고 억제할 수 없는 우리 마음의 수수께끼, 세계사의 깊은 정체, 강한 정신적 기적 같은 것을 알게 되었다. 이 정신이야말로 짧은 우리의 인생을 빛으로 가득히 비춰주며, 인식의 힘으로 우리의 존재를 영원히 필연적인 영역으로 이끌어 올린다. 광선을 받아들이는 좁은 창문으로 머리를 내밀면 지붕이나 좁은 길에 햇빛이 비치는 것이 보이며, 사업이나 일상생활의 사소한 잡음이 엇섞여서 떠올라오는 것이 이상하게 들렸으며, 위대한 정신으로 가득 찬 골방의 고독과 신비가 의외로 아름다운 전설과 같이 나를 둘러싸주는 것을 느낀다. 차차 여러 가지를 읽으면서 지붕이나 좁은 길이나 일상생활을 굽어보며 이상한 느낌을 받자 더욱 여러 번, 나도 예언자의 한 사람인지도 모른다, 내 앞에 전개되는 세계는 내가 그 세계의 보물 일부를 파내서 우연하고 비천한 물건의 뚜껑을 걷어치우고, 발견한 것을 시인의 힘으로 없어지지 않도록 빼앗아서 영원화하는 것을 기다리는지도 모른다는 느낌이 어물어물 가슴을 죄면서 내 마음속에 떠올랐다.

부끄러운 대로 나는 시를 쓰기 시작했다. 수첩 몇 권이 차차 시나 초안, 단편으로 가득 찼다. 시는 없어졌고 별로 가치도 없는 것이었지만, 나의 가슴을 설레게 하며 은근한 기쁨을 주기에 충분했다. 그러한 시작(詩作)에 이어서 매우 느렸지만, 비판과 자기비판이 생겼으며, 마지막 학년이 되어서 비로소 피할 수 없는 심한 환멸을 느꼈다. 나는 이미 내가 처음 지은 시를 걷어치우고, 자기가 쓴 것을 보면서도 의아심을 품었다. 그때 우연히 고트프리트 켈러의 작품 몇 권을 얻어서 두 번 세 번 계속해서 읽었다. 그러자 자신의 미숙한 꿈이 순수하고 신랄하며, 진실한 예술과 얼마나 거리가 먼가 하는 것을 문득 깨닫고, 내 시나 소설을 다 태워버리고 취한 술이 깨지 않은 괴로운 기분으로 멋없고 쓸쓸하게 이 세상을 바라보았다.

2

연애에 대해 이야기한다면, 나는 이 점에서 일생 동안 소년의 범위를 떠나지 못했다. 여성에 대한 나의 사랑은 언제나 한 가닥 깨끗한 연모에 지나지 않았다. 그리고 사랑은 나의 우수 가운데서 타오르는 한 줄기 불길이며, 푸른 하늘로 높이 쳐든 기도자의 손길이었다. 어머니에게서 물려받은, 아직 막연한 자기 감정에서 나는 모든 여성을 미지의 아름다운 수수께끼 같은 존재로 생각했고, 타고난 미와 통일된 성질 때문에 우리보다 뛰어나고 별이나 산봉우리처럼 우리와는 거리가 멀고 도리어 신에게 가까운 것으로 여겨 신성한 것으로 언제나 존경했다. 그러나 거친 생활이 그 사랑에 제멋대로 겨자까지 넣어주었기 때문에 여자의 사랑은 감미로우면서도 쓰디쓴 맛을 보게 한다. 사실 여자는 언제나 높은 대지 위에 서 있었지만, 나에게는 기도하는 목사와 같이 거룩한 그 역할이 너무나 쉽사리 조롱받는, 어리석은 자의 견딜 수 없이 우스운 역할로 변하고 말았다.

나는 식당으로 갈 때마다 거의 매일같이 뢰지 키르타너 양을 만났다. 그녀는 열일곱 살의 소녀였으며, 몸집이 단단하고 날씬했다. 좁다랗고 갈색빛을 띤 맑은 얼굴에서는 잔잔하면서도 생기 넘치는 아름다운 빛이 피어올랐다. 그 여자의 어머니가 한때 지녔으며, 그 전에 조모나 증조모도 역시 지녔던 그러한 아름다움이었다. 행복한 이 오래된 집안에서는 대대로 수많은 미인이 태어났다. 모두가 잔잔하고 얌전하고 맑은 맵시에 고귀하며 조금도 흠잡을 데가 없는 미인이었다. 이름도 모르는 어떤 대가가 솜씨를 보인 푸거 집안 소녀의 초상이 있었는데, 그것은 16세기에 그린 것이며 내가 본 초상 중에서 가장 아름다웠다. 키르타너 집안 부인들은 그 초상을 닮았으며, 뢰지도 그랬다.

그 당시 나는 이러한 사실을 조금도 몰랐다. 그저 그 여자가 잠잠하고 명랑하며 점잖은 태도로 걸어가는 모습을 보기도 하고, 거짓 없이 고귀한 그 여자의 인품을 느꼈을 뿐이었다. 그러한 저녁 무렵 생각에 잠기며 저물어가는 황혼 속에 앉아 있으면, 나의 눈앞에는 그녀의 모습이 뚜렷하게 떠올랐다. 그러면 남모르는 달콤한 전율이 어린 가슴을 스치고 지나갔다. 그러나 오래지 않아서 이 즐거운 순간에 구름이 끼고 쓰디쓴 고통을 맛보게 되었다. 그녀는 나와 아무런 인연도 없으며, 나를 알지도 못하고 찾아온 일도 없고, 나의 아름다운 몽상은 행복한 그 여자에 대한 도둑 행위에 지나지 않는다는 사실을 나는 곧 깨달았다. 그러한 사실을 가슴이 찔리는 것처럼 예리하게 느낄 때마다 언제나 그녀의 모습이 순간적이기는 하지만 정말 호흡이라도 하듯이 생생하게 나의 눈앞에 떠올랐다. 그러면 컴컴하고 뜨거운 물결이 내 가슴속에 넘쳐서 가장 가느다란 동맥에까지 이상한 고통을 느끼게 된다.

낮에 수업 도중이나 서로 싸울 때 가끔 이 물결이 밀려들곤 했다. 그러면 나는 눈을 감고 두 손을 늘어뜨린 채 마치 미적지근한 심연으로 들어가는 느낌이었다. 그러면 선생이 부르거나 친구의 주먹에 얻어맞고서야 겨우 내 정신으로 돌아왔다. 그리고 나는 도망을 치거나 밖으로 뛰어나가서, 이상하게도 몽롱한 기분으로 주위를 돌아보았다. 그러면 모든 것이 아름답게 아롱지고 만물에 빛과 호흡이 넘쳐흐르고 냇물이 맑아졌으며, 붉은 지붕이나 푸른 산이 눈에 들어왔다. 그러나 주위의 아름다운 것들이 내 기분을 바꾸지는 못했다. 나는 그런 것을 조용히 쓸쓸한 기분으로 마음껏 맛보았다. 매사에 아름다운 것일수록 그것을 맛보지 못하고 버림을 받은 나는 그런 것과는 더욱 거리가 먼 것으로 생각되었다. 그래서 나의 무거운 마음은 다시 뢰지에게로 돌아갔다. 왜냐하면 내가 지금 죽는다면 그녀는 그것을 알지도 못하고, 묻지도 않고 슬퍼하지도 않으리라고 생각했기 때문이다.

그러나 그녀가 나를 알아주었으면 하는 생각은 들지 않았다. 그녀를 위해서 지금까지 들어본 일이 없는 어떤 일을 하거나 그러한 선물이라도 하고 싶었지만, 실상은 누가 하는 일인지 그 여자에게는 알려지지 않기를 바랐다.

사실 나는 그녀를 위해서 여러 가지 일을 했다. 바로 그때 짧은 휴가를 얻었기 때문에 나는 집으로 돌아갔다. 거기서 매일같이 여러 가지 힘에 닿는 일을 했는데, 모두 뢰지에게 경의를 보이기 위해서였다. 오르기 힘든 산봉우리를 가장 험한 쪽으로 올라갔다. 호수에서 조각배를 타고 먼 거리를 단시간에 저어가기도 했다. 그러고 나서 햇볕에 빨갛게 타서 주린 배로 돌아오면 밤까지 마시지도 먹지도 않고 있으리라고 생각했다. 모두가 뢰지 키르타너를 위해서였다. 나는 그녀의 이름을 부르고, 그 여자를 찬미하기도 하면서 먼 산등성이나 아무도 들어가보지 못한 계곡으로 찾아가기도 했다.

그러면서 나는 교실에 쪼그리고 앉아 있던 보잘것없는 나의 청춘에 이러한 일로 욕망을 부추겼다. 어깨는 힘차게 펴지고 얼굴과 목은 볕에 타고 온몸의 근육이 부풀어올랐다.

휴가가 끝나기 하루 전날 나는 애인을 위해 애써 꽃을 바쳤다. 마음이 쏠리는 절벽 좁다란 어느 곳에 에델바이스가 핀 것을 알았지만, 향기도 없고 빛깔도 없이 은빛으로 창백한 그 꽃은 어쩐지 넋을 잃은 것 같았으며, 그리 아름답게 보이지는 않았다. 그 대신 나는 알펜로제 몇 송이가 군데군데 핀 것을 알았나. 눈앞이 아찔해지는 절벽 우묵한 곳에 피었으며, 늦게 피는 꽃으로서 마음에 들었지만 좀처럼 손이 닿을 것 같지가 않았다. 그러나 어떻게 해서든지 꺾어야만 했다. 청춘과 사랑에는 불가능한 일이 없었기 때문에 나는 손이 벗겨지고 무릎이 저린 것을 꾹 참고 끝내 목적을 달성하고야 말았다. 발 붙일 곳이 불안했기 때문에 소리를 지르지는 못했지만, 단단한 가지를 조심해서 휘어잡고 그 꽃을 손에 넣었을 때 기쁨에 설레는 나의 가슴속에서는 요들송 곡조가 저절로 흘러나왔다. 꽃을 입에 물고 나는 뒷걸음으로 다시 빠져나오지 않을 수 없었다. 뻔뻔스러운 내가 어떻게 무사히 절벽 밑으로 내려왔는지 나는 알 수가 없었다. 어느 산을 보나 알펜로제 꽃은 이미 제철이 다 지났다. 그러나 나는 그때 봉오리가 방긋하게 입을 연 올해의 마지막 가지를 손에 들고 있었다.

다음 날 나는 다섯 시간이나 여행하는 동안 그 꽃을 손에 들고 있었다. 얼마 동안 내 가슴은 몹시 설레며 뢰지가 있는 아름다운 거리를 향했지만, 높은 산이 멀어짐에 따라 타고난 애착심이 내 마음을 뒤로 이끌었다. 나는 지금도 그때의 기차 여행을 기억한다. 젠알프의 봉우리는 어느덧 보이지 않았고, 그때는 앞쪽의 톱니 같은 산이 하나씩 하나씩 자취를 감추었다. 그 하나하나가 무어라고 말할 수 없는 애절한 기분을 남기며 내 가슴에서 떠나갔다. 결국 고향의 산들은 모두 자취를 감추고, 넓고 평탄한 푸른 경치가 눈앞에 나타났다. 처음 여행할 때는 이러한 일에 조금도 마음이 흔들리지 않았지만, 이번에는 더욱 평탄한 지역으로 깊숙이 들어가면서 고향의 산이나 시민권을 고스란히 빼앗겠다는 선고라도 받은 듯이 나는 불안과 근심과 비애에 잠겼다. 그와 동시에 뢰지의 예쁘고 갸름한 얼굴이 언제나 눈앞에 떠올랐다. 사실 그 얼굴은 아름답고, 낯설고, 쌀쌀하며, 내게는 아무 관심도 없었기 때문에, 나는 화가 치밀어 괴로운 나머지 숨이 막힐 지경이었다. 훌쭉한 탑이나 하얀 추녀가 보이는 맑고 깨끗한 마을이 계속해서 차창에 어른거리며 지나갔다. 타는 사람도 있고, 내리는 사람도 있으며, 이야기도 하고 인사도 하고 담배를 피우기도 하면서 농담을 주고받았다. 어디까지나 명랑한 평지 사람들과 활발하고 솔직하며 깨끗한 사람들뿐이었다. 산골의 우둔한 청년인 나는 그동안 아무 말도 없이 쓸쓸하게 우두커니 앉아 있었다. 이미 고향을 떠났구나, 저 산들과는 영원히 헤어지고 말았구나 하는 것을 느끼면서 역시 나 자신은 평지 사람들처럼 그렇게 즐겁고 활달하고 정답고 자신만만한 태도를 보일 수 없으리라는 것을 깨달았다. 이런 사람들은 모두 언제나 나를 웃음거리로 삼을 것이다. 그중 어떤 사람이 앞으로 키르타너와 결혼을 하리라. 그리고 그러한 사람이 언제나 나의 앞길을 막으며 한 걸음 앞설지도 모른다.

이러한 생각을 하면서 거리에 이르렀다. 나는 인사도 하는 둥 마는 둥 하고 골방으로 올라가서 상자를 열고 커다란 종이를 꺼냈다. 그리 좋은 종이는 아니었다. 그 종이로 꽃을 싸고 일부러 집에서 가져온 끈으로 묶었지만, 아무리 보아도 사랑의 선물 같지는 않았다. 순진한 마음으로 꽃을 키르타너 변호사가 사는 거리로 가지고 가자마자 곧 적당한 기회를 보아서 열린 문을 지나, 황혼이 짙은 어둠침침한 현관을 살짝 돌아보고 보양 없는 종이 봉지를 넓고도 으리으리한 계단 위에 놓았다.

보는 사람은 아무도 없었다. 뢰지가 내 정성을 알아주었는지 어쨌는지 하는 것도 결국 나는 몰랐다. 그러나 한 송이 꽃을 그녀의 집 계단에 놓아주려고 절벽으로 기어올라가고 생명을 내걸었다. 그런 가운데는 무엇인지 감미로우면서도 쓸쓸하고 즐거우며, 시적인 것이 들었다. 나는 그것을 즐겁게 생각했으며, 지금도 그렇게 생각한다. 그저 신을 잃어버렸을 때만 가끔 꽃을 꺾으려던 그 모험을 그 후의 모든 사랑 문제와 마찬가지로 돈키호테처럼 맹랑한 것이라고 생각하게 되었다.

첫사랑은 결국 끝난 것이 아니라, 그러리라고 의심했던 것과 같이 아무 해결도 보지 못하고 나의 청춘 시절에 여운을 남기며, 마치 얌전한 누이처럼 그 후의 사랑 문제를 이끌어주었다. 지금까지 나는 귀한 집안에서 태어났으며, 얌전한 눈시울을 한 그 명문가 젊은 딸보다 더 고귀하고 순결하며 아름다운 여자를 생각해본 일이 없다. 몇 해가 지난 후 뮌헨의 역사 전람회에서 이름 없는 화가가 그린 푸거 집안 딸의 신기할 만큼 귀여운 초상을 보았을 때, 황홀하며 쓸쓸한 내 청춘 시절의 전부가 나의 눈앞에 나타났으며, 그 초상은 깊숙하게 움푹 들어간 눈으로 멍하니 나를 쳐다보는 것 같았다. 그러나 점점 나는 그런 생각에서 벗어나 조금씩 원만한 청년이 되었다. 그 당시 찍은 사진을 보면 뼈만 남고 키가 멀쑥한 시골 청년이며, 허술한 학생복을 입고 흐리터분한 눈을 하고 아직 미숙하고 시골뜨기 같은 태도를 보였다. 그래도 머리만은 어느 정도 조숙하고 치밀한 편이었다. 그래서 나는 소년 시절의 생활 태도에서 벗어나는 자신의 모습을 보고 놀라지 않을 수 없었으며, 막연하나마 기대하는 기쁨을 품고 대학 시절을 기다렸다.

나는 취리히대학교에서 공부하게 되었다. 그리고 특히 성적이 좋을 때면 나의 후견인은 연구 여행을 시켜주겠다고 말했다. 그 모든 것에 대한 기대가 나에게는 아름다운 한 폭의 고전적인 그림처럼 떠올랐다. 거기에는 호머나 플라톤의 반신상이 있고, 정말 낯익은 정자가 있었으며, 그 안에 앉아서 나는 허리를 굽히고 커다란 책을 들여다보았다. 어디를 돌아보아도 거리나 바다나 산이나 아름다운 먼 경치가 한없이 망연하게 내다보이는 그러한 그림이었다. 나의 태도는 한층 더 냉정했지만, 한편 흥분에 잠겼다. 나는 앞날의 행복을 즐기면서 그만한 행복을 받을 수 있으리라고 확신했다.

마지막 학년에서 나는 이탈리아어 공부와 처음으로 알게 된 옛 소설가에게 마음이 끌렸지만, 그를 좀 더 깊이 연구하는 것은 취리히대학교에서 해볼 첫 번째 과제로 남겨두었다. 얼마 지나지 않아서 선생이나 하숙집 영감에게 작별의 인사를 해야 할 날이 왔다. 나는 자그마한 상자에 짐을 꾸려서 못을 치고 즐거우면서도 섭섭함을 느끼며, 뢰지의 집 주위를 시름없이 거닐면서 작별 인사를 했다.

그다음 맞이한 휴가는 나에게 인생의 쓴맛을 보게 했으며, 비참하게도 어느덧 아름다운 꿈의 날개를 찢어버리고 말았다. 무엇보다 어머니께서 병석에 누워 있었다. 자리에 누워서 아무 말 없이 내가 돌아왔다고 해도 기뻐하는 빛이 없었다. 불평은 아니지만 나는 자신의 기쁨과 젊은이의 자랑이라고 할 수 있는 것을 반영시킬 데가 없었으며, 역시 마음이 괴로웠다. 그리고 아버지는 내가 대학에서 공부하겠다는 데에는 별로 반대하지 않았지만, 학비를 댈 수가 없었으며, 많지 않은 장학금으로 부족하면 그 돈은 스스로 벌라고 하지 않을 수 없었다. 네 나이라면 나는 이미 내 힘으로 벌어먹었다는 그런 설명을 늘어놓았다.

이번에는 걸어다니거나 배를 타거나 등산 같은 것도 별로 하지 않았다. 왜냐하면 집에서나 들에서 아버지와 함께 일을 해야만 했고, 반나절이나 시간의 여유가 있어도 아무것도 할 생각이 없었으며, 책을 읽을 기분도 나지 않았기 때문이다. 평범한 하루하루의 생활이 입을 쩍 벌리고 자기 권리를 요구하며, 내가 품고 돌아온 넘치는 자부심을 삼켜버리는 것을 볼 때에는 화도 났지만, 놀라지 않을 수 없었다. 그것은 그렇다 하고, 아버지는 돈 문제를 대충 이야기하고 나자, 전과 같이 사납고 무뚝뚝한 태도였지만, 내게 그렇게 불친절하지는 않았다. 그렇다고 기쁘지는 않았다. 내가 받은 학교 교육과 서적이 모르는 사이에 존중하면서도 한편 멸시하는 기분을 아버지에게 일으켰기에 내 마음은 몹시 설레며 쓸쓸했다. 그럴 때면 가끔 뢰지를 머릿속에 그려보았지만, 그러한 세계에서는 안심하고 활동할 수 없다는 시골뜨기 같은 비굴함을 혼자서 느끼며 괴로워했다. 그뿐만 아니라, 며칠 동안이나 도리어 시골에 가서 라틴어와 모든 희망과 그리고 비참한 고향 생활의 가실 수 없는 우울한 압박감을 느끼며, 모든 것을 잊어버렸으면 하는 생각도 없지 않았다. 괴로움에 모든 것이 다 귀찮다는 듯이 나는 이리저리 돌아다녔다. 병석에 누운 어머니 옆에서 별로 위안이나 안정을 얻을 수가 없었다. 호머의 반신상이 서 있는 그 꿈과 같은 정자의 광경이 비웃는 듯이 다시 눈앞에 떠올랐다. 나는 그 풍경을 깨뜨려버리고 학대받은 나의 울분과 적개심을 그 위에 송두리째 부어버리고 말았다. 몇 주 동안은 견딜 수 없이 지루했다. 불만과 분열이 엇섞인 절망적인 이 기간 때문에 나는 나의 청춘 전부를 잃어버리지나 않나 하는 생각이 들었다.

인생이 행복한 나의 꿈을 이렇게도 빨리 통째로 깨뜨려버리는 것을 보고 나는 놀랐으며 분개했지만, 지금의 나는 현재 고통을 극복하려는 그 무엇이 뜻밖에도 힘차게 나타나는 것을 보고 또한 놀랐다. 인생은 언제나 어두컴컴한 일상생활의 일면을 나에게 보여주었지만, 이제 갑자기 인생은 한없이 깊은 맛을 보이며 불안한 나의 눈앞에 나타나더니 나의 청춘 시절에 평범하면서도 풍부한 경험을 남겨주었다.

어느 무더운 여름날 아침 일찍이 나는 목이 말라서 일어나 부엌으로 가려고 했다. 거기에는 언제나 맑은 물이 들어찬 물통이 놓여 있었다. 부엌으로 가려면 아무래도 양친의 침실을 지나야만 했다. 그때 어머니의 이상한 신음 소리가 들렸다. 침대로 가까이 가보았지만, 어머니는 나를 거들떠보지도 않고 대답도 없이 창백한 얼굴로 겁을 집어먹은 듯이 떨리는 신음 소리를 내고 눈시울을 실룩거렸다. 나는 다소 불안했지만, 별로 놀라지는 않았다. 그러나 잠시 후 어머니의 두 손이 마치 잠자는 누이 형제처럼 이불 거죽 위에 조용히 놓인 것이 보였다. 그 손을 보고 나는 어머니가 죽어간다는 것을 알았다. 산 사람에게서는 찾아볼 수 없을 듯이 이상하게도 시들고 기운 없는 손이었기 때문이다. 나는 목이 마른 것도 잊어버리고 침대 옆에 무릎을 꿇은 채 환자의 이마에 손을 얹고서 어머니의 눈매를 살펴보려고 했다. 그 눈이 내 눈과 마주쳤을 때, 정답고도 아무 고통도 느끼지 않는 눈이었지만, 이미 빛이 흐렸다. 옆에서 무거운 숨을 쉬며 잠든 아버지를 깨워야겠다는 생각도 없이 나는 두 시간이나 무릎을 꿇고 어머니의 임종을 지켰다. 어머니는 어디까지나 어머니답게 고요히 엄숙한 태도로 죽음에 임하면서 나에게 좋은 모범을 보여주었다.

자그마한 방은 고요하며, 밝아오는 아침 햇빛이 점점 가득 찼다. 집이나 마을은 잠들어 있었지만, 나는 잠시 조용히 마음속으로 세상을 떠나는 어머니의 혼을 생각하며, 집이나 마을이나 호수나 눈이 쌓인 산봉우리를 넘어서 맑은 아침 하늘의 차가운 자유 세계로 들어갔다. 나는 별로 고통을 느끼지 않았다. 어려운 수수께끼가 풀리고 일생을 이어주는 고리가 바르르 떨리며 당기는 것을 보고 놀라며 엄숙한 기분에 잠기게 되었기 때문이다. 그리고 아무 불평도 없이 세상을 떠나는 사람의 단단한 마음씨가 너무나 숭고했기에 그 쓸쓸한 장면 속에서 찬물같이 맑은 빛이 내 마음속으로 흘러들었다. 아버지가 옆에서 잔다는 것과 성직자도 없이 천국으로 돌아가는 영혼을 씻어주는 성례나 기도도 없었다는 것을 나는 느끼지 못했다. 훤히 밝아오는 방 안에는 한없이 마음을 설레게 하는 숨소리가 흘러서 내 마음속으로 스며들었다.

마지막 순간 눈에 광채가 사라진 다음에 나는 난생처음으로 어머니의 시들어버린 차가운 입에 키스했다. 입술이 닿는 순간 이상하게도 싸늘한 기운이 온몸을 스치며 나도 모르게 소름이 돋았다. 그러면서 침대 가에 앉았는데 커다란 눈물방울이 소리도 없이 띄엄띄엄 뺨이나 턱이나 손 위로 하염없이 흘러내리는 것을 느낄 수 있었다.

잠시 후 일어난 아버지는 내가 앉은 것을 보고 아직 잠이 깨지 않은 채 어찌 된 일이냐고 외쳤다. 나는 무어라고 대답할 생각이었지만, 아무 말도 나오지 않았기 때문에 그 방에서 나와 몽롱한 기분으로 내 방으로 가서 나도 모르게 주섬주섬 옷을 갈아입었다. 잠시 후 아버지가 찾아왔다.

"어미가 죽었구나."

그는 말했다.

"알았니?"

나는 머리를 끄덕였다.

"왜 나를 깨우지 않았어? 신부님도 모셔오지 못했지! 너 같은 자식은……."

그는 몹시 꾸짖었다.

그러자 혈관이 터지는 듯 머리가 뜨끔했다. 나는 아버지 옆으로 가서 그의 두 손을 꼭 쥐었다. 손의 느낌이 아버지는 내게 비해서 어린아이 같았다. 그리고 아버지의 얼굴을 기웃하고 들여다보았다. 나는 아무 말도 하지 않았지만, 아버지는 괴로운 듯이 그 자리에 서 있었다. 그리고 둘이 어머니에게로 갔을 때 별수 없이 아버지는 죽음의 힘에 눌려 이상하게도 엄숙한 표정을 지었다. 그러더니 죽은 어머니 위로 몸을 굽히고 어린아이처럼 나직한 소리로 울기 시작했다. 마치 어린 새처럼 높으면서도 가느다란 소리였다. 나는 밖으로 나가 이웃 사람들에게 알렸다. 그 사람들은 내 이야기를 듣고 아무 말도 묻지 않고 손을 내밀며 의지할 사람이 없어진 우리 집 일을 도와주겠다고 말했다. 어떤 사람은 신부를 데리러 수도원으로 달려갔다. 집으로 돌아와 보니 어느덧 이웃집 여자가 우리 외양간에서 암소를 돌보고 있었다.

신부가 왔다. 우리 지방 여자들도 거의 다 모여들었다. 모든 일이 혼자서나 하듯이 차근차근 진행되었다. 관까지도 우리가 만들지 않아도 다 준비되었다. 고향에 있다는 것, 보잘것없이 자그마한 마을이지만, 서로 의지할 수 있다는 것이 어려울 때 얼마나 도움이 되는가를 나는 비로소 분명하게 알았다. 그다음 날 그런 일을 좀 더 깊이 생각해보아야 했는지도 모른다.

다시 말하면 관이 축복을 받고, 무덤 속에 들어가고, 쓸쓸히 시대에서부터 뒤떨어지고, 털이 부스스한 실크해트를 쓴 낯선 사람들 무리가 사라지고, 아버지의 실크해트도 다른 사람들과 같이 장 안에 놓인 상자에 넣어두자, 불쌍한 아버지는 갑자기 쓸쓸한 기분을 느꼈다. 그러자 어느덧 자신을 불쌍하게 생각하며, 아내를 묻어버린 지금 아들까지도 집을 떠나는 것을 보지 않을 수 없는 자신의 고독감을 이상하게도 대개 성서에 쓰여 있는 어조로 나에게 늘어놓았다. 그런 이야기가 한없이 계속되었다. 나는 이상한 기분이 되어 듣는 동안 아버지에게 집에 머물러 있겠다고 약속하고 싶은 기분을 느꼈다.

대답하려는 순간 어쩐지 기분이 야릇해졌다. 그저 순간적인 일이었지만, 갑자기 내가 어렸을 때부터 생각하고 원하고 그리워하던 모든 일이 한 덩어리가 되어서 뜻밖에 열린 마음의 눈앞에 나타났기 때문이었다. 매우 훌륭한 일이나 읽어야 할 책이나 써야 할 책이 나를 기다리는 것이 보였다. 남풍이 불어오는 소리가 들리고 멀리 내 마음을 이끄는 호수나 바닷가나 남쪽 나라처럼 아롱다롱 아름답게 빛나는 것이 보였다. 영리하고 거룩한 표정을 띤 사람들이나 아름다운 숙녀들이 떼를 지어 거니는 것과 도로가 뻗어서 언덕이나 알프스 산을 넘고, 기차가 이 나라 저 나라로 달리는 것이 보였다. 모든 것이 한눈에 보였지만, 하나하나가 따로따로 분명했다. 그 뒤에는 달리는 구름에 가려 끊어지기는 했지만, 맑은 지평선의 아득한 먼 경치가 가로놓였다.

공부, 창작, 관찰, 방랑……. 더욱 충실한 인생이 언뜻 은빛같이 내 눈앞에 나타났다. 그리고 소년 시절처럼 내 마음속의 무엇이 나도 모르게 억제할 수 없는 힘으로 넓은 세계를 향해서 다시금 바르르 떨었다.

나는 입을 다물고 아버지가 이야기하는 대로 내버려두고 머리를 흔들 뿐 흥분에 들뜬 아버지의 마음이 가라앉기를 기다렸다. 겨우 저녁이 되어서 아버지의 흥분은 가라앉았다. 거기서 나는 대학에서 공부하고 내 미래의 고향을 정신의 나라에서 구하려고 하지만, 아버지에게 원조를 청하지는 않겠다는 굳은 결심을 선언했다. 아버지는 더는 나에게 종주먹을 대지 않고 그저 시름없이 머리를 흔들며 나를 쳐다보았다. 왜냐하면 내가 오늘부터 혼자서 내 길을 걸어가며, 그의 생활에서 그만 갑자기 멀어지고 만다는 것을 깨달았기 때문이있다. 오늘 이렇게 글을 쓰면서 그날의 일을 생각하면 그날 밤 창문 옆 의자에 앉은 아버지의 모습이 눈앞에 보인다. 엄하고 빈틈이 없는 농부의 얼굴이 가느다란 목 위에 붙었고, 짧은 머리카락은 희끗희끗 몹시 세어 보였다. 그 무뚝뚝하고 엄한 표정을 보면 고통과 갑자기 다가온 것 같은 그의 늙은 모습이 끈기 있고 남자답게 싸우는 것 같았다.

그때 아버지의 집에서 아버지와 함께 지내는 동안의 일은 그리 대단하지 않지만, 또 하나의 중요한 일을 겸해서 말해두지 않을 수 없다. 내가 떠나기 전 마지막 주의 일인데, 아버지는 어느 날 밤 모자를 쓰고 문의 손잡이를 쥐었다.

"어디 가십니까?"

나는 물었다.

"네가 무슨 상관이냐?"

아버지는 말했다.

"나쁜 일이 아니라면 말씀하셔도 괜찮지 않습니까?"

나는 말했다. 그러자 아버지는 웃으면서 이렇게 큰 소리로 말씀하셨다.

"따라와도 좋아. 너도 이제는 어린아이가 아니니까."

그래서 나는 아버지를 따라갔다. 음식점이었다. 농부 몇 사람이 할라우주를 한 병 놓고 앉아 있었다. 젊은 친구들이 둘러앉은 테이블에서는 트럼프를 하면서 매우 흥청거렸다.

나도 가끔 포도주 한 병쯤은 마셨지만, 쓸데없이 술집에 들어간 것은 이번이 처음이었다. 아버지가 대단한 술꾼이라는 소문은 들어서 알았다.

다른 일은 그렇게 마련 없이 하는 적이 없었지만, 술이라면 아버지는 마구 마셨기 때문에 집안 살림살이는 어쩔 수 없이 곤란해졌다. 주인이나 손님들이 아버지에게 대단한 경의를 표하는 것이 눈에 띄었다. 아버지는 바틀란트주를 1리터 주문해다가 나에게 부으라고 하고, 나에게 붓는 법을 가르쳐주었다. 처음에는 병을 낮추어 따르고, 그다음 흘러나오는 술을 어느 정도 따르다가 나중에는 다시 병을 될 수 있는 대로 낮춰야 한다고 말했다. 계속해서 여러 가지 포도주에 대한 이야기를 시작했다. 그가 좋아하는 것이나 또는 도시나 남쪽 나라에 갔을 때와 같은 그런 기회에 흔히 맛볼 수 있는 것 등 여러 가지가 있었다. 빨간 펠틀린주에 대해서는 심각한 표정으로 대단한 것이라고 말했다. 그리고 그 술은 세 가지로 구별한다고 했다. 그러더니 찡하니 눌리는 나직한 목소리로 바틀란트 병에 넣은 포도주에 대해서 말했다. 그리고 나중에는 마치 속삭이는 듯한 목소리로 무슨 옛말이나 하듯이 손짓하면서 뉴샤텔 포도주에 대해서 말했다. 그 포도주는 만든 연도에 따라서, 따를 때 술잔 속에 별 모양으로 거품이 생긴다고 했다. 아버지는 둘째손가락을 적셔서 테이블 위에 그 별 모양을 그렸다. 그러고 나서 샴페인의 특질이나 맛에 대해서 허무맹랑한 억측에 잠겼다. 그런 술을 그는 아직 한 번도 마신 적이 없었지만, 한 병만 있으면 장사 같은 두 사람이라도 죽탕이 되도록 마시게 할 수 있다고 믿었다.

아버지는 입을 다물더니 제법 무슨 생각에 잠기듯이 파이프에 불을 켜댔다. 그리고 나는 담배가 없는 것을 깨닫자, 담배를 사라고 하며 10라펜을 드렸나. 그 후 두 사람은 마주 앉아서 서로 얼굴에 담배 연기를 뿜어주면서 찔끔찔끔 천천히 1리터를 다 마셨다. 누렇고 마시면 찌릿한 바틀란트주는 더욱 맛이 좋았다. 하나씩하나씩 옆 테이블에 앉았던 농부들이 이야기에 뛰어들며, 나중에는 차차 헛기침을 하면서 공손히 우리 자리로 건너왔다. 곧 내가 화제의 중심이 되었다. 등산가로 이름난 내 평판을 아직도 잊지 않았다는 것을 알았다. 여러 번 대담하게 산에 올라갔던 일이나 미련하게도 떨어진 일을 신비롭게 얼버무리면서 말했다. 부인하는 사람도 있고 변호하는 사람도 있었다. 그러는 동안에 우리는 어느덧 2리터째 술을 거의 다 비웠다. 그제야 제법 눈에 피가 훌떡훌떡하기 시작했다. 나는 전혀 격에도 맞지 않는 커다란 목소리로 자랑삼아 이야기를 하며 대담하게도 상부 젠알프 산봉우리의 절벽까지 기어 올라가서 뢰지 키르타너를 위해서 알펜로제를 꺾어온 이야기를 했다. 아무도 믿지 않았다. 나는 단언을 했지만, 모두 웃었다. 화가 났다. 내 이야기를 믿지 않는 자가 있다면 누구하고든지 격투를 하겠노라고 말하고, 필요하다면 그런 자식들을 한데 모아서 해치우고 말겠다고 허풍을 떨었다. 그러자 허리가 굽은 나이 많은 농부가 스탠드로 가서 커다란 사기 술병을 들고 오더니 테이블 위에 놓았다.

그는 웃었다.

"자네가 말이지. 자네가 그렇게 힘이 세거든 어디 주먹으로 이 술병을 깨뜨려봐. 깨지면 그 안에 든 포도주만은 우리가 값을 갚을 테니. 깨뜨리지 못하면 술값은 자네가 치러야 하네."

아버지는 곧 찬성했다. 그래서 나는 일어서서 손수건을 손에 감고, 그 병을 쳤다. 두 번째까지는 아무 반응도 없었다. 세 번째에 술병은 여러 조각으로 갈라지고 말았다.

"계산해라!"

아버지는 이렇게 외치며, 희색이 만면했다. 그 노인은 잘 알았다는 듯한 표정이었다.

"좋소."

그는 말했다.

"이 병에 들어 있는 만큼 내가 술값을 치르지. 그러나 그거 뭐 얼마 들었겠나.”

물론 깨진 병에는 반 되도 들지 않았다. 나는 팔이 아프도록 깨뜨렸지만, 웃음거리가 되었다. 아버지도 그때는 나를 비웃었다.

“좋습니다. 그러면 당신이 이겼소.”

나는 외치고, 병에서 깨진 병 조각에 술을 따라 그것을 노인의 머리에 뒤집어씌웠다. 그래서 우리는 다시 승리자가 되고, 손님들의 갈채를 받았다.

이런 장난은 더 계속되었다. 얼마 후 아버지는 나를 끌고 집으로 돌아갔다. 우리는 어머니의 관이 놓여 있은 지 아직 3주도 지나지 않은 방을 흥분한 태도로 매우 사납게 터벅터벅 지나갔다. 나는 죽은 듯이 잠들었다. 다음 날 아침에는 그만 꼼짝할 수 없이 뻗어버리고 말았다. 아버지는 나를 놀리며 원기를 잃지 않고 명랑하며, 분명히 자기가 우월하다고 기쁨을 느끼는 것 같았다. 마음속으로 나는 다시는 폭음하지 않기로 맹세하고 떠날 날을 초조하게 기다렸다.

그날이 되어서 나는 떠났다. 하지만 맹세를 지키지는 못했다. 그 후부터 나는 누런 바틀란트주나 빨간 펠틀린주나 노이엔부르크의 별 포도주, 그밖의 여러 가지 포도주에 맛을 들였으며, 그 술들은 나의 좋은 친구가 되었다.

3

쓸쓸하고 지루한 고향 하늘에서 벗어나자 나는 기쁨과 자유로운 기분에 어쩔 줄을 모르며 크게 활개를 쳤다. 일생 동안 나는 다른 점에서는 실패를 거듭했지만, 청춘 시절의 열광적인 독특한 향락만은 준수한 마음으로 마음껏 맛보았다. 꽃 피는 수풀가에서 쉬는 젊은 용사처럼 나는 싸움과 장난 사이의 불안한 행복을 느끼며 살았다. 예지가 넘치는 예언자처럼 나는 컴컴한 심연 기슭에 서서 큰 강물이나 폭풍우가 설레는 소리에 귀를 기울이며 만물의 화음과 모든 생명의 조화를 들어보려고 마음의 준비를 갖추기도 했다. 깊숙이 즐거운 청춘의 흘러넘치는 술잔을 마시며 부끄러워하면서 그리워하던 예쁜 여자 때문에 남몰래 감미로운 고통을 받았다. 그리고 남성적으로 즐겁고 깨끗한 우정이 흘러넘치는 고귀한 청춘의 행복을 맛보았다.

새로운 능직 옷을 입고, 책이나 그밖의 소지품을 가득히 넣은 상자를 들고 나는 기차를 타고 왔다. 세계의 일부를 정복하고 되는 대로 빨리 고향에 있는 버릇 없는 자식들에게 내가 다른 카멘친트와는 달리, 된 인간이라는 것을 보여주려고 단단히 마음먹었다. 3년 동안 나는 전망이 좋고 바람이 잘 통하는 골방에서 지내며, 공부도 하고, 시도 짓고, 그리워하기도 하면서 따뜻이 아늑하게 감싸주는 지상의 모든 아름다움을 느꼈다. 매일같이 따뜻한 요리를 먹은 것은 아니지만, 내 마음에는 날마다 밤마다 시간마다 벅찬 기쁨이 흘러넘치고, 노래도 부르고, 웃기도 하고, 울기도 하면서, 사랑스러운 인생을 몹시 갈망하며 끌어안았다.

취리히는 나 같은 애송이 페터가 처음으로 보는 대도시였다. 몇 주일 동안 나는 줄곧 눈이 돌았다. 도시 생활을 경솔히 찬미하거나 그리워하는 것은 어림도 없는 일이었다. 그러한 점에서 확실히 나는 농부였다. 그러나 거리나 건물이나 사람들의 여러 가지 모습을 보고는 즐겼다. 마차를 타고 번화한 거리나 선창가나 광장이나 공원이나 호화로운 건물과 교회를 구경했다. 부지런한 사람들이 떼를 지어 일터로 발걸음을 재촉하고, 학생이 기운 없이 걸어가며, 부유한 사람들이 마차를 몰고, 어리석은 자식들이 멋을 부리고, 외국 사람들이 여기저기 돌아다니는 것이 보였다. 유행을 따르고 점잖은 척하며 돈이 많은 부인들은 양계장에 내린 공작새와 같이 아름답고 훌륭했지만, 나에게는 어쩐지 어색하게 보였다. 나는 본시부터 소심한 사람은 아니다. 너무 딱딱하고 거만한 것뿐이다. 그래서 도시의 이러한 흥성대는 생활을 샅샅이 알아보고, 후일 언젠가 거기에 내가 편히 살 수 있는 장소를 마련하기에 누구보다 적합한 남자라는 것을 스스로 의심치 않았다.

청춘은 아름다운 청년의 모습을 빌려 나에게로 가까이 왔다. 그 사람은 같은 대학에서 공부하고 더구나 내가 있는 건물 2층에 아담한 방을 두 개 얻고 살았다. 매일 그가 밑에서 피아노를 치는 소리를 듣고 나는 비로소 가장 여성적이며, 가장 감미로운 예술인 음악의 매력을 조금 느꼈다. 그리고 깨끗한 청년이 집을 나서는 것이 보였다. 왼손에는 책이나 악보 같은 것을 들고, 오른손에는 담배를 쥐었다. 그 연기가 후리후리하고 늘씬한 걸음걸이로 걸어가는 그의 뒤에서 감돌았다. 나는 그에게 수줍은 애정으로 끌렸지만, 언제나 외로웠으며 그와 같이 경쾌하고 자유롭고 부유한 사람과 비교하면 자신의 빈곤과 염치없는 태도가 비굴하게만 생각되었기 때문에 그런 사람과 교제하기를 겁냈다. 그러자 그의 쪽에서 나를 찾아왔다. 어느 날 밤 방문을 두드리는 소리가 들렸다. 나는 조금 놀랐다. 내 방으로 손님을 받아본 적이 한 번도 없었기 때문이다. 예쁜 학생이 들어오더니 나와 악수하고 이름을 대며, 서로 옛 친구이기나 하듯이 조금도 어색한 데가 없이 명랑한 태도를 취했다.

"나와 같이 음악을 좀 해볼 생각이 없는지 해서."

그는 정답게 말했다. 그러나 나는 생전 악기를 만져본 일이 없었다. 그렇게 말하고 나는 요들송 곡조를 부르는 것 이외는 아무 재주도 없지만, 당신이 치는 피아노 소리가 가끔 아름답게 여기까지 들려와 마음이 끌린다고 이야기를 덧붙였다.

"천만에, 어림도 없는 말씀!"

그는 유쾌하게 외쳤다.

"내가 보기에는 당신은 음악가라고 생각했는데, 이상하네! 그런데 요들송을 읊으시나요? 그러면 어떻습니까, 한번 불러주지 않겠습니까? 꼭 듣고 싶은데요."

나는 그만 당황하면서, 이렇게 부탁을 받고 더구나 방 안에서 요들송을 부를 수는 없는 것이고, 산 위나 적어도 밖에서 기분이 나지 않으면 할 수 없다고 말했다.

"그러면 산에 가서 하지요! 내일 어떻습니까? 꼭 부탁입니다. 저녁때라도 같이 가실까요? 천천히 걸어가며 이야기라도 하고 그다음 산 위에서 요들송을 부르지요. 그러고 나서 어느 마을에 가서 저녁 식사나 합시다. 시간은 있겠지요?"

사실 시간은 얼마든지 있었다. 나는 곧 찬성했다. 그리고 뭔가 한 곡 연주해주면 좋겠다고 그에게 부탁하고 같이 큼직하고 아담한 그의 방으로 내려갔다.

틀에 넣은 현대식 그림 몇 점과 피아노, 사치한 장식, 은근한 담배 냄새로 그 아름다운 방에는 조금도 지루한 점이 없이 시원하고 아담하며, 상쾌한 기분이 떠돌았다. 지금까지 맛보지 못한 기분이었다. 리하르트는 피아노 앞에 앉아서 몇 소절을 쳤다.

"이건 아시겠지요?"

그는 나에게 머리를 끄덕이더니 피아노를 치면서 아름다운 얼굴을 돌리고 명랑하게 나를 쳐다보았다. 그의 모습은 정말 화려하게 보였다.

"아니요. 저는 아무것도 몰라요."

나는 말했다.

"바그너의 곡입니다."

그는 뒤를 돌아보며 외쳤다.

"〈마이스터징거〉의 한 대목입니다."

그는 계속해서 쳤다.

그 소리는 경쾌하고 힘차고 그립고 명랑하게 들리며, 마치 따스하고 철철 넘치는 설탕물처럼 나를 감싸고 흘렀다. 그와 동시에 나는 피아노를 치는 사람의 늘씬한 목과 등과 음악가다운 하얀 손을 바라보면서 은근한 희열을 느꼈다. 그러자 전에 갈색 머리 학생을 바라보았을 때와 같은 애정과 경의와 자신도 모르는 감탄을 금할 수가 없었다. 그런 기분에 따라 이 아름답고 점잖은 사람은 정말 내 친구가 될지도 모른다, 머리에서 떠나지 않는 내 소원을 풀어줄지도 모른다는 예감을 느꼈다.

다음 날 나는 그를 데리러 갔다. 천천히 잡담을 하면서, 우리는 조금 높은 언덕에 올라가서 거리나 호수나 공원을 바라보며 해 질 무렵의 아름다운 경치를 마음껏 맛보았다.

"자, 요들송을 불러봐요!"

리하르트는 외쳤다.

"여기서도 부끄러우면 돌아앉아서 해봐요. 자, 어서 큰 소리로 불러봐요!"

그는 만족했을지 모른다. 나는 분홍색으로 물든 넓은 저녁 경치를 향해서 미칠 듯이 날뛰며 여러 가지 곡조로 멋지게 가락을 넘기며 요들송을 불렀다. 내가 노래를 멈췄을 때, 그는 무슨 말을 하려다

말고 귀를 기울이며 산을 가리켰다. 먼 언덕에서 대답이 있었다. 나직하고 길게 꼬리를 끌며 물결치는 소리였다. 목동이나 방랑객의 인사였는지도 모른다. 우리는 조용히 즐겁게 귀를 기울였다. 이렇게 함께 서서 귀를 기울이니까 처음으로 친구와 같이 나란히 서서 둘이서 아름다운 장미색 구름에 싸인 넓은 인생을 본다는 느낌에 가슴이 무거워지며 감미로운 몸서리를 느꼈다. 저녁 호수는 부드러운 색깔의 변화를 일으키기 시작했다. 바로 해가 지기 전에 사라지는 아지랑이 속에서 무시무시한 톱니 같은 알프스의 산봉우리가 뻔뻔스럽게도 얼굴을 들었다.

"저기가 제 고향입니다."

나는 말했다.

"중간에 있는 절벽이 빨간 벼랑이고, 오른쪽이 카이스호른이며, 왼편으로 아득히 둥근 젠알프의 봉우리가 보입니다. 제가 처음으로 저 넓고 둥근 봉우리에 올라간 것은 열세 살 때였습니다."

나는 좀 더 남쪽에 있는 봉우리를 찾아보려고 눈을 크게 떴다. 잠시 후 리하르트는 무슨 말을 했지만, 나는 듣지 못했다.

"무슨 말이지요?"

나는 물었다.

"당신이 무슨 예술을 하는지 이제야 겨우 알았다고 말했어요."

"대체 무슨 예술 같소?"

"당신은 시인이지요."

이런 이야기를 듣자 나는 얼굴이 붉어지며 화가 났지만, 그와 동시에 어떻게 그가 그걸 알아보았을까 하고 놀랐다.

"아니요."

나는 큰 소리로 말했다.

"저는 시인이 아닙니다. 사실 학교에서는 시를 지은 일이 있지만, 이미 오랫동안 전혀 쓰지 않았습니다."

"언제 한번 보여주겠어요?"

"태워버리고 말았어요. 설마 지금 갖고 있다고 해도 보여줄 수는 없을 겁니다."

"틀림없이 현대시일 테니까 니체와 비슷한 점이 많겠군요?"

"그건 무슨 말이지요?"

"니체 말입니다. 아아, 당신은 니체를 모르시나요?"

"몰라요. 알 수 있겠어요?"

내가 니체를 모른다고 하니까 그는 우스워서 어쩔 줄을 몰라 했다. 그러나 나는 화가 치밀어 그에게 지금까지 몇 번이나 빙하를 넘은 적이 있냐고 물어보았다. 그가 한 번도 넘은 일이 없다고 말했을 때, 나는 그가 바로 지금 내게 한 것과 같이 깜짝 놀라며 그를 비웃었다. 그러자 그는 내 팔에 손을 얹고 매우 심각한 표정으로 이렇게 말했다.

"당신은 노하기를 잘하지만, 부러울 정도로 순진한 사람이며, 그러한 사람은 그리 많지 않다는 것을 당신은 전혀 모릅니다. 한 해나 두 해쯤 지나면, 니체니 뭐니 하는 것도 다 알게 될 겁니다. 저보다도 훨씬 더 잘 알 겁니다. 무엇보다 당신은 저보다 철저하고 영리하니까요. 그러나 지금 그대로의 당신이 저는 좋습니다. 당신은 니체나 바그너를 모르지만, 가끔 눈이 덮인 산 위에 올라간 일이 있으며,

산골 사람같이 튼튼한 얼굴을 하고 있습니다. 틀림없이 당신은 시인이에요. 눈이나 이마에 나타나는걸 뭘 그래요."

그가 이렇게 솔직하게 서슴지 않고 나를 바라보며 의견을 토로하는 것이 나에게는 의외이며 심상치 않은 일 같이 생각되었다.

그러나 일주일 후에 손님이 많은 맥주 홀에서 그가 나하고 의형제의 인연을 맺고, 사람들 앞에서 날뛰며 나에게 키스하고, 끌어안으며, 미친 듯이 식탁 주위를 돌면서 나와 춤을 추었을 때, 나는 더욱 놀라며 어떤 행복감을 느꼈다.

"다른 사람들이 어떻게 생각할지 몰라!"

나는 부끄러워서 어쩔 줄을 모르고 그에게 주의를 줬다.

"저 두 사람은 참 행복한데, 아니면 몹시 취했다고 생각할지도 모르지만, 대개는 별로 달리 생각하지 않을 거야."

리하르트는 나보다 나이가 많고, 영리하며, 집안도 좋고, 무슨 일이나 잘 통하며 세련되었지만, 대체로 나보다 정말 어린아이 같이 생각될 때가 많았다. 거리에서 그는 아직 젖비린내가 나는 여학생에게 굽신거리며 사람을 무시하는 듯이 공손하게 인사를 하는가 하면, 매우 엄숙하게 치던 피아노를 갑자기 중단하기도 하며, 어디까지나 어린아이같이 허풍을 떨었다. 어느 때 장난삼아 교회에 들어갔더니, 한참 설교하는 중인데 그는 갑자기 정색하면서 무슨 큰 일이나 난 것처럼 나에게 말했다.

"이봐, 저 목사는 얼굴이 꼭 집토끼 같지?"

비유는 잘했지만, 나는 그런 말은 나중에라도 할 수 있지 않느냐고 말했다.

"정말 그렇다니까!"

그는 화를 내며 말했다.

"모르긴 하지만, 그때까지는 다 잊어버리고 말걸 뭘 그래."

그의 희롱은 그렇게 재치 있는 것은 아니며, 그저 가끔 부슈의 시를 인용하는 데 지나지 않았지만, 그래도 나나 다른 사람들의 기분에 거스르는 일은 없었다. 왜냐하면 우리가 그를 좋아하며 탄복하는 것은 그의 재치나 지성이 아니라, 언제나 마음속에서 우러나오며 그를 경쾌하고 즐거운 분위기 속에서 지내게 하는 그의 맑고 순진한 성격 때문이고, 그 명랑한 기분은 억제할 수가 없었다. 명랑한 기분은 그의 태도나 가느다란 웃음이나 맑은 눈초리에 나타났으며, 좀처럼 숨길 수가 없었다. 그는 자면서도 가끔 웃으며 유쾌한 몸짓을 했으리라고 나는 믿는다.

리하르트는 나에게 학생이나 음악가나 화가나 작가 같은 여러 방면의 외국 사람들과 자리를 함께하게 했다. 왜냐하면 거리를 돌아다니며 재미있고 조금 색다른 예술가들은 대개 그와 교제가 있었기 때문이다. 그중에는 철학자나 미학자나 사회주의자로서 진지한 태도로 논쟁을 즐기는 사람도 있었으며, 나는 그들에게서 여러 가지 좋은 점을 배우고 여러 방면으로 단편적인 지식을 얻었다. 그래서 나는 대체 무엇이 이 시대에서 가장 활기를 띤 두뇌를 이렇게 괴롭히느냐 하는 데 대해서 서서히 어떤 관념을 얻게 되었다. 그 소원이나 예감이나 일이나 인상은 내게도 매력이 있었으며, 잘 이해됐다. 무엇보다 걷잡을 수 없이 강하고 독특한 본능에 이끌려서 그 주장을 위해서, 또는 반대해서 서로 싸우는 일은 없었다. 사람들은 대부분 사상과 정열의 모든 정력을 사회나 국가나 학문이나 교육법의 모든 실정이나 시설에 기울이는 것 같았다. 그러나 외부적인 어떤 목적이 있는 것이 아니라, 자기 자신을 쌓아 올리며 시간과 영원에 대한 개인적 관계를 밝히려는 요구를 아는 사람은 극히 적은 것으로 생각되었다. 나 자신 역시 이러한 본능에 대해서는 아직도 어느 정도 혼수상태였다.

나는 어디까지나 리하르트를 사랑하며, 질투를 느낄 정도였기 때문에 다른 친구를 사귈 겨를이 없었다. 나는 그가 빈번히 정답게 교제하던 여자들에게서 그를 떼어보려고 했다. 그와 약속하면 어떤 사소한 일이라도 어김없이 꼭 지켰으며, 그가 시간을 어기고 기다리게 하는 일이 생기면 버럭 화를 냈다.

어느 때인가 그는 시간을 정하고 보트 놀이를 가자고 하면서 자기를 찾아달라고 부탁했다. 그 시간에 찾아갔지만, 그가 집에 없었기 때문에 세 시간이나 기다렸다. 그래서 다음 날 나는 그의 태만한 태도를 몹시 나무랐다.

"왜, 혼자서는 못 가? 그만 잊어버렸지 뭐야. 이리나저러나 별로 대단할 건 없지 않아."

그는 이상하다는 듯이 웃었다.

"나는 약속이라면 꼭 지키는 습관이 있거든."

나는 언성을 높이며 말했다.

"그러나 사실은 자네가 나를 아무 데나 기다리게 해놓고도 눈썹 하나 꼼짝하지 않지만, 그만한 건 나도 약과로 생각해. 자네같이 친구가 많으면 별수 없지!"

그는 어이가 없다는 듯이 나를 쳐다보았다.

"그래, 자네는 하찮은 일을 하나하나 그렇게 심각하게 생각하나?"

"나는 우정이라는 게 그리 단순한 건 아니라고 생각하는데."

이 말이 그의 심금을 울리자, 그는 곧 개심을 맹세했도다…….

리하르트는 이 시를 그럴듯하게 인용하면서 내 머리를 붙잡더니 동양 사람들이 애정을 표시하듯이 자기 코를 내 코끝에 비비고 나를 어루만졌다. 나는 웃음을 참지 못하며 그를 뿌리치고 말았다. 그러나 우정만은 전과 변함이 없었다.

나의 골방에는 빌려오기는 했지만, 그래도 매우 비싼 책으로 근대 철학자나 시인이나 비평가의 책, 독일과 프랑스의 문학, 평론 잡지, 새로운 희곡집, 파리의 문예지, 빈에서 유행하는 미학책 같은 것이 있었다. 이렇게 쉽사리 읽을 수 있는 것부터 시작해서 이탈리아의 고전 소설가나 역사 연구에 관한 책을 경애하는 마음을 가지고 진지한 태도로 즐겨 읽었다. 나의 소원으로는 될 수 있는 대로 빨리 철학을 정리하고 오로지 역사를 연구해볼 생각이었다. 나는 전사(全史)나 역사적 방법에 관한 저서를 읽는 한편 특히 이탈리아나 프랑스의 중세 후기에 관한 자료나 개별적 연구 서적을 읽었다. 그때 비로소 나는 모든 사람 가운데서 가장 사모하는 인물, 다시 말하면 모든 성자 가운데서 가장 축복을 받고 거룩한 성자인 아시시의 성 프란체스코를 자세히 알게 되었다. 나는 그때까지 꿈속에서 풍부한 생활과 정신이 내 눈앞에 나타나는 것을 보았는데, 그 꿈이 날마다 진실로 변하고, 야심과 기쁨과 청춘의 자부를 느끼게 하며 내 마음을 설레게 했다. 강당에서는 진지하기는 해도 어느 정도 까다롭고 때로는 지루한 학문을 들어야 했지만, 집에서는 안정되고 경건하면서도 한편 몸서리쳐지는 무서운 중세의 전설이나 재미있는 고전 소설가의 작품을 읽었으며 그 아름답고 즐거운 세계는 마치 그늘이 희미한 동화의 세계처럼 나를 감싸준다. 또는 근대의 이상과 정열의 사나운 물결이 나의 머리 위로 넘실거리며 지나가는 것을 느꼈다. 그러는 동안 나는 음악을 듣기도 하고, 리하르트와 웃기도 하고, 친구들의 모임 가운데 섞이기도 하며, 프랑스 사람이나 독일 사람이나 러시아 사람들과 교제도 하고, 조금 색다른 현대 서적의 낭독을 듣기도 했다. 그리고 여기저기 화가의 아틀리에에 드나들기도 하고, 흥분하며 정체를 알 수 없는 젊은 친구들이 많이 나타나는 야간 모임에도 나가서 환상적인 사육제의 기분에 잠기기도 했다.

어느 일요일, 리하르트는 나를 데리고 새로운 그림이 출품된 자그마한 전람회 구경을 갔다. 나의 친구는 목장과 몇 마리의 염소를 그린 그림 앞에서 발걸음을 멈추었다. 정성껏 깨끗이 그린 그림이었지만, 조금 시대에 뒤떨어진 감이 있었으며, 진정한 예술적인 핵심을 찾아볼 수가 없었다. 어느 살롱에 가든지 아담하기는 하지만, 별로 의미가 없는 그림은 얼마든지 볼 수 있었다. 그렇지만 고향의 목장을 어느 정도 충실하게 묘사한 점이 좋았다. 이 그림의 어떤 점에 마음이 끌리느냐고 나는 리하르트에게 물었다.

"여기야."

말하며, 그는 한쪽에 쓰인 화가의 이름을 가리켰다. 진한 갈색 글자는 알아볼 수가 없었다.

리하르트는 계속해서 말했다.

"이 그림은 그리 대단한 작품은 아니야. 좀 더 아름다운 것이 있지. 그러나 이 그림을 그린 사람보다 예쁜 여자 화가는 없어. 그 여자는 에르미니아 아리에티라고 부르는데, 생각이 있으면 내일이라도 그 여자에게 가서 당신은 훌륭한 여류 화가입니다 하고 말할 수 있단 말이야."

"자네는 이 사람을 아나?"

"알고말고. 그 여자의 그림이 그 여자만큼 아름다웠더라면 그 여자는 벌써 부자가 되어서 그림 같은 것은 그리지 않았을지도 모르지. 결국 그 여자는 그리고 싶어서 그리는 것이 아니야. 그리지 않으면 살길이 없으니까 그리는 것뿐이야."

리하르트는 하던 이야기를 잊어버리고, 마치 몇 주일이 지나서 겨우 생각이 난 듯이 이렇게 말했다.

"어제 아리에티를 만났어. 사실은 얼마 전부터 그 여자를 찾아가려고 했어. 그러니까 가봐! 그러고 보니 자네 옷깃은 정말 깨끗한데, 그 여자는 옷깃을 제일 유심히 보니까 말이야."

옷깃이 깨끗했기 때문에 우리는 함께 아리에티에게 갔다. 어쩐지 나는 마음이 내키지 않았다. 왜냐하면 리하르트나 그의 친구들이 여류 화가나 여학생들과 거리낌 없이 철부지처럼 얽혀 다니는 것이 내 기분에는 맞지 않았기 때문이다.

그러면 남자들은 뻔뻔스럽게 서둘면서 서슴지 않고 희롱을 일삼았다. 그러나 여자들은 어디까지나 현실적이며 영리하고 약을 대로 약은 사람들이었다. 나는 여자를 밝은 불빛 속에서 보기도 하고 숭배하려고도 했지만, 그러한 향기는 도무지 느낄 수가 없었다.

나는 머뭇거리며 아틀리에로 들어섰다. 화가의 일터에 머무는 공기에는 어느 정도 익숙한 사람이지만, 부인의 아틀리에로 들어간 것은 처음이었다. 너무나 쓸쓸하고 멋없는 방이었다. 완성되어 틀에 넣은 그림이 서너너덧 장 걸렸다. 또 한 장은 바탕색도 칠하지 않은 채 캔버스에 걸렸다. 나머지 벽 한쪽은 매우 깨끗하며, 마음을 끄는 연필 스케치와 반쯤 텅 빈 책장으로 가렸다. 여류 화가는 우리의 인사를 냉정하게 받아들이더니 연필을 놓고 작업복을 입은 채 책장에 몸을 기댔다. 우리 때문에 너무 시간을 소비하고 싶지 않다는 태도였다.

리하르트는 전람회에 출품된 그림에 대해서 대단한 찬사를 늘어놓았다. 그 여자는 그런 이야기를 일소에 부치고 찬사 같은 것은 필요 없다고 말했다.

"그러니 저는 그 그림을 사볼까도 해봤지요. 하여튼 그 암소는 그야말로……."

"그건 염소예요."

그 여자는 태연하게 말했다.

"염소요? 그렇지요, 염소지요! 습작기의 작품에 눈이 끌리던 일을 말하려고 했던 겁니다. 살아 있는 거나 다름이 없는 염소지요. 그야말로 염소가 틀림없더군요. 이 카멘친트 군에게 물어보세요. 저 사람이야말로 산에서 자란 사람이니까 제 말에 동의할 겁니다."

나는 어리둥절하면서도 흥미를 느끼며 이야기에 귀를 기울였는데, 이때 여류 화가의 눈이 힐끔 나를 쳐다보더니, 계속해서 나를 노려보는 것 같았다. 그 여자는 오랫동안 서슴지 않고 나를 쳐다보았다.

"신간 지방에서 오셨나요?"

"네, 그렇습니다."

"그렇게 보이는군요. 그런데 제가 그린 염소를 어떻게 생각하시지요?"

"네, 참 좋습니다. 적어도 저는 리하르트처럼 암소라고는 생각지 않았어요."

"감사합니다. 그런데 당신은 음악가이신가요?"

"아니요, 학생입니다."

그 이상 여자는 나하고 아무 말도 없었다. 그래서 나는 그 여자를 자세히 살펴볼 여유를 얻었다. 기다란 작업복에 싸여서 몸매가 이상한 것은 어쩔 수가 없었다고 하더라도 얼굴이 그리 예쁜 편은 아니었다. 얼굴 생김은 날카롭고 좁은 편이었으며, 눈은 매섭고, 검은 머리는 탐스럽고 부드러웠다. 눈에 거슬리고 불쾌감을 주는 것은 얼굴색이었다. 그 여자는 어디까지나 고르곤졸라 치즈를 연상케 했다. 얼굴에 푸른 금이 갔다 해도 나는 놀라지 않았을 것이다. 이렇게 이국적으로 창백한 빛을 나는 본 일이 없었다. 더구나 아틀리에로 스며드는 아침 햇빛이 좋지 못했기 때문에 그 여자는 놀랄 만큼 굳은 얼굴이었다. 그것도 대리석이 아니라, 비바람에 색깔이 다 낡아버린 돌같이 보였다. 나는 부인의 얼굴을 그렇게까지 보고 이러고저러고 말해본 일이 없었다. 여자의 얼굴이라고 하면 나는 아직 소년처럼 그 가운데서 젊은 빛이나 장미꽃같이 귀엽고 사랑스러운 점을 언제나 찾아보려고 했다.

리하르트도 오늘 찾아온 일이 별로 기분 좋은 것 같지 않았다. 그렇기 때문에 잠시 후 그가 나에게 아리에티가 내 얼굴을 스케치하고 싶어 한다고 말했을 때, 나는 의외라고 하기보다는 사실 놀라지 않을 수 없었다. 그저 몇 장의 스케치를 그릴 생각이지만 얼굴은 필요 없고 어깨가 넓은 내 몸에는 어떤 전형적인 점이 있다고 말했다.

그 이야기가 더 계속되기 전에 다른 사소한 사건이 일어나 내 생활 전체를 흔들어버리고 몇 년간 나의 장래를 결정짓고 말았다. 어느 날 아침 눈을 떴을 때 나는 작가가 되어 있었다.

리하르트가 서두는 바람에 나는 그저 문체를 연습하는 셈 치고 내 친구들 가운데서 독특한 유형의 인물이나 사소한 체험이나 대화 같은 것을 스케치로 될 수 있는 대로 충실하게 묘사해보았으며, 문학이나 역사에 관한 논문도 써보았다.

그런데 어느 날 아침, 내가 아식 자리에 누워 있으려니까 리하르트가 들어오더니 35프랑을 이부자리 위에 놓았다.

"자네 것일세."

그는 사무적인 어조로 말했다. 여러 가지로 추측하면서 묻기도 하고 추측할 재료가 떨어지니까 그제야 겨우 주머니에서 신문을 꺼내 들고 짧은 내 단편 하나가 실린 것을 보여주었다.

사실 그는 내 원고를 몇 개 베껴서 자기가 가까이 지내던 편집자에게 들고 가서 나를 위해 비밀리에 팔았다. 처음으로 인쇄된 내 글을 보수와 함께 손에 받아들었다.

그때처럼 기분이 이상한 적은 없었다. 사실은 리하르트가 수선을 떨어서 화가 났지만, 작가로서 처음으로 느끼는 감미로운 자존심과 반가운 돈과 문인으로서 얻을 수 있을지 모르는 사소한 명성 같은 것이 역시 더 강했고, 결국 다른 기분을 압도하고 말았다.

어떤 카페에서 리하르트는 나를 한 편집자에게 소개했다. 그는 리하르트가 보여준 다른 원고들도 받아두겠다고 말하며, 때때로 새로운 것을 보내달라고 나에게 부탁했다. 내가 쓴 것 중에서도 특히 역사에 관한 글은 독특한 맛이 있으며, 그런 것을 좀 더 받았으면 좋겠고, 고료는 틀림없이 지불하겠다는 이야기를 늘어놓았다. 그래서 나는 처음으로 사안의 중요성을 깨달았다. 매일 빠짐없이 식사를 하고 어쩔 수 없이 해야 했던 공부를 내던지고 아마 머지않아서 자기가 좋아하는 분야에서 일하며 순전히 자기 수입으로 살아나갈 수 있을 것 같았다.

그러는 동안 그 편집자는 비평을 써달라고 부탁하면서 새로 나온 책을 잔뜩 보내왔다. 나는 그것을 붙들고 2, 3주일이나 애를 썼다. 그러나 그 보수는 겨우 1년에 네 번 지불하며, 얼마 후에 지불하는 것이지만, 나는 그것을 믿고 전보다 사치한 생활을 했기 때문에 어느 날 한 푼도 없다는 것을 깨닫고 다시 단식 요법을 쓰지 않을 수 없었다. 며칠 동안 내 방에서 빵과 커피로 만족했지만, 배가 고파서 견딜 수가 없어 나는 식당으로 뛰어갔다. 비평할 책 세 권을 밥값으로 남겨둘 생각으로 들고 갔다. 고물점에서 그것을 팔아버릴 생각도 했지만, 제대로 되지가 않았다. 식사는 맛이 좋았지만, 커피를 마시자 어쩐지 미안했다. 나는 어물어물 여종업원을 보고 돈은 없지만 이 책을 대신 두고 가겠노라고 말했다. 그러자 그 여자는 그 가운데서 시집 한 권을 손에 들고 신기한 듯이 들추며, 읽어도 좋으냐고 물었다. 책 읽기를 매우 좋아하지만, 도무지 얻을 수가 없다고 했다. 나는 살았다고 안도하며 밥값 계산 대신으로 그 책 세 권을 받아달라고 내밀었다. 그 여자는 찬성이었다. 이와 같이 거듭해서 17프랑어치의 책을 받아주었다. 자그마한 시집이라면 나는 치즈 바른 빵을 요구하고, 장편소설이라면 포도주까지 청했다. 단편 하나하나는 커피 한 잔과 빵밖에 나오지 않았다. 생각건대 그러한 책은 대부분 일시적인 새로운 유행에 따르는 문체로 쓴 하찮은 책들이었다. 마음씨 좋은 그 소녀는 근대 독일문학에서 독특한 인상을 받았을 것이다. 오전 중 얼굴에 땀을 흘리며 후딱 한 권을 읽고 거기에 대해서 몇 줄을 쓰고, 정오까지 끝마치고 그것으로 간신히 입에 풀칠을 할 수 있었다는 것을 생각하면 정말 유쾌했다. 나는 돈에 쪼들리는 것을 리하르트에게는 어디까지나 숨기려고 했다.

나는 지나치게 그것을 부끄럽게 생각하는 한편 그의 노움을 받는 것이 싫었으며, 돈을 빌린다 해도 언제나 극히 짧은 기간만 쓰기로 했다.

나 자신을 시인이라고 생각한 적은 없었다. 내가 가끔 쓴 것은 잡문이었으며, 시는 아니었다. 그러나 마음속으로 그래도 시를 창작하며, 동경과 생명의 큼직하고 대담한 노래를 쓸 날이 오리라는 은근한 희망을 품고 있었다.

즐겁고 맑은 내 영혼의 거울도 가끔 우울한 기분으로 흐려지는 때가 있었지만, 그렇다고 해서 심히 흐려지는 일은 없었다. 우울한 기분은 때때로 하루 종일이나 하룻밤쯤 꿈꾸는 은거자의 슬픔처럼 떠올랐지만, 다시 자취도 없이 사라지고 몇 주일이나 몇 달이 지나서야 다시 떠올랐다. 나는 친한 여자 친구를 가까이하듯이 그런 일에도 익숙해졌으며, 조금도 고통을 느끼지 않고, 그것은 그것대로 독특한 감미를 갖는 불안한 피로감같이 느꼈다. 밤중에 그런 기분에 사로잡히면 언제나 나는 잠을 이루지 못하고 몇 시간 동안이나 창문 옆에 누워서 검은 호수와 파리한 하늘에 어리는 산그림자들과 그 위에 반짝이는 아름다운 별을 바라보았다. 그럴 때면 그렇게 아름다운 밤경치가 마치 비난이라도 하면서 나를 바라보듯이 나는 불안하며 감미로운 벅찬 기분에 사로잡히기도 했다. 별이나 산이나 호수는 자기들의 아름다움과 아무 말도 없는 존재의 고민을 이해하며 표현해주는 그러한 사람을 그리는 것 같았다. 내가 그런 사람 중의 하나인 것 같았고, 말 없는 자연을 시로 표현하는 것이 진정 나의 천직이라고 생각했다. 그것이 어떻게 하면 가능하다는 것은 생각한 일도 없고, 그저 아름답고 엄숙한 밤이 무언의 소원을 품고 가슴 설레며 나를 기다리는 것을 느낄 뿐이었다. 그러한 기분으로 무엇을 쓰는 일도 결코 없었다. 그러나 이 어두운 소리에 대해서 책임감을 느끼며, 그러한 밤을 경험하면 나는 언제나 며칠 동안 도보로 여행을 떠나기도 했다. 그렇게 해서 무언의 소원을 품고 내 품에 안기는 대지에 대해서 적으나마 사랑을 표현할 수 있으리라고 생각했다. 그러나 그러한 공상을 하다가 나 자신을 다시 비웃곤 했다.
방랑 생활은 그 후 내 생활의 토대가 되었다. 그때부터 대부분의 세월을 대개 방랑인으로서 지냈기 때문이다. 몇 주 동안이나 몇 달 동안이라도 여행을 계속하며 여러 나라를 걸어 다녔다. 많지도 않은 돈과 빵 한 조각을 주머니에 넣고 먼 길을 걸으며, 며칠을 두고 밤낮으로 혼자 방랑의 길을 더듬고, 가끔 밖에서 밤을 보내기도 했다.

여류 화가에 대해서는 글을 쓰기 시작하면서부터 완전히 잊어버리고 말았다.

그런데 그 여자에게서 엽서가 왔다.

> 몇몇 남자 친구들이 목요일 차를 마시는 시간에 제 집에 오기로 했습니다. 친구들과 같이 부디 참석해주시기를 바랍니다.

우리는 떠났다. 그리고 그곳에는 몇몇 예술가들이 모였다. 거의 무명의 친구들이었으며, 아무런 공로도 없이 세상에서 다 잊어버린 사람들뿐이었다. 그것이 어쩐지 내게는 괴로웠다. 무엇보다 모두가 제멋대로 만족을 느끼며, 흥겨워하는 태도였다. 차와 버터를 바른 빵과 햄과 샐러드가 나왔다. 나는 별로 아는 사람도 없고 이야기를 즐겨 하는 편도 아니었기 때문에 다른 사람들이 차를 마시며 이야기하는 동안, 배도 고프고 해서 30분간이나 아무 말 없이 계속 먹기만 했다. 그런데 다른 사람들이 주섬주섬 음식을 들려고 할 때 나는 내가 햄을 거의 다 먹어 치운 것을 알았다. 적어도 예비로 또 한 접시쯤 준비되어 있으리라고 생각한 터였다. 모두 키득키득 웃으며, 나에게 빈정거리는 듯한 시선을 보내는 사람도 있었기에 나는 화가 나서 이탈리아 여류 화가와 그 햄을 저주했다. 나는 일어서

서 그 여자에게 간단히 인사하고 이다음에는 저녁 식사 거리를 직접 갖고 오겠다고 솔직히 말하고 모자를 손에 들었다.

그러자 아리에티는 내 손에서 모자를 빼앗더니 놀라는 표정이면서도, 어디까지나 태연하게 나를 바라보며 가지 말라고 나에게 부탁했다. 스탠드의 광선이 엷은 명주 갓에서 스며 나와 그 여자의 얼굴을 비추었다. 그러자 나는 화를 내면서도 눈이 열린 듯이 이 여자의 놀랄 만큼 성숙한 아름다움을 보았다. 어느덧 나 자신이 버릇없고 어리석었다고 생각했다. 그래서 꾸지람을 받은 아이처럼 한쪽 구석에 앉아서 꼼짝도 하지 않고 고모호(湖)의 사진첩을 들추었다. 다른 사람들은 차를 마시며 이리저리 걸어 다니기도 하고, 이야기로 꽃을 피우기도 했다. 어딘지 한쪽 구석에서 바이올린과 첼로의 음정을 고르는 소리가 들렸다. 커튼을 걷자, 자리에 있던 탁자를 앞에 두고 앉아서 현악 사중주를 할 준비를 갖추는 젊은 사람 넷이 보였다. 그때 여류 화가가 내 옆으로 오더니 내 앞의 자그마한 테이블 위에 차 한 잔을 놓고 정답게 인사를 하며 나와 나란히 앉았다. 사중주가 시작되어 오랫동안 계속되었지만, 나는 별로 듣지도 않고 그저 눈을 크게 뜬 채 늘씬하고 점잖으며 아름다운 옷을 입은 그 여자에게 눈이 팔렸다. 나는 그때까지 그 여자의 미를 의심했으며, 조금 전에는 준비해놓은 음식을 다 먹어 치웠다. 그 여자가 나를 스케치하겠다고 한 말을 생각하며 나는 기쁨과 불안을 느꼈다. 그리고 뢰지 키르타너의 일이나 알프스의 절벽에 기어 올라갔던 일이나 백설 공주의 전설을 생각했지만, 지금에 와서는 그러한 모든 것이 오늘의 이 순간을 준비해준 것에 지나지 않는다는 생각이 들었다.

음악이 끝나도 여류 화가는 그러리라고 내가 생각했던 대로 그 자리를 떠나지 않고 그냥 앉아서 나와 잡담을 시작했다. 그 여자는 신문에서 본 내 소설에 대해서 찬사를 늘어놓았다. 그러더니 몇몇 젊은 여자들에게 둘러싸인 리하르트를 보고 농담을 걸었다. 리하르트의 염치 없는 웃음소리가 모든 사람의 말소리를 가로막으며 들려왔다. 그러더니 그 여자는 또 나를 스케치해도 좋냐고 물었다. 그때 내 머리에 언뜻 떠오르는 것이 있었다. 나도 모르게 나는 이탈리아어로 이야기를 계속했다. 그래서 그 여자의 명랑한 남쪽 나라 사람다운 눈이 기뻐서 어쩔 줄 모르는 듯한 시선을 보았을 뿐만 아니라, 그 여자가 자기 나라말을 쓰는 것을 듣고 기뻐하는 모습을 보았다. 나는 갑자기 이탈리아인이 된 듯한 기분으로 그녀가 가진 지중해풍의 생기 있는 눈매에서 신선한 충격을 느꼈고 모국어를 자유롭게 구사하는 그녀의 목소리를 즐겼다. 그녀의 입술과 눈매와 자태에 아주 잘 어울리는, 듣기 좋고 유려한 토스카나어에는 매력적인 이탈리아 티치노 지방 사투리가 살짝 섞여 있었다. 나 자신은 아름답고 유창하게 할 수는 없었지만, 그런 것은 조금도 구애될 필요가 없었다. 나는 그다음 날 그녀가 스케치를 그릴 수 있게 다시 오기로 했다.

"아 리베데를라(안녕히 계시오)."

나는 작별 인사를 하며, 될 수 있는 대로 깊숙이 허리를 굽혔다.

"아 리베데르치 도마니(안녕히, 내일 또 만나요)."

그녀는 웃으며, 고개를 끄덕였다. 그 여자의 집을 나와 계속 앞으로 걸어갔다. 길은 어떤 언덕 위로 이어졌고 눈앞에는 컴컴한 경치가 아름답고 조용히 나타났다. 빨간 등불을 켠 보트 한 척이 호수 위를 떠가면서 검은 수면 위로 흔들리는 몇 줄기 광선을 던졌다. 그밖에는 여기저기 가느다란 물결이 가끔 희미하게 윤곽을 보일 뿐이었다. 가까운 뜰 안에서 만돌린 타는 소리와 흥겹게 웃는 소리가 들렸다. 하늘은 반쯤 구름으로 덮이고 언덕에는 강하고 따스한 바람이 불었다.

바람이 과일나무 가지나 밤나무 가지 위를 어루만지기도 하고, 몰아치기도 하고, 굽히기도 하는 터라 나무는 신음하기도 하고, 떨기도 하면서 나와 정열을 다투려는 듯했다. 언덕 위에서 나는 무릎을 꿇고 땅에 누웠다가 벌떡 일어나며 신음도 하고, 땅을 발로 구르기도 하고, 모자를 던지고 얼굴로 풀을 헤치며 나무뿌리를 흔들기도 하고, 울고, 웃고, 흐느끼고, 날뛰며, 부끄러운 한편 행복을 느끼고, 어쩔 줄을 모르며 괴로워했다. 한 시간이 지나자 늘어질 듯이 피로를 느끼며, 쓸쓸하고 찌는 듯한 더위에 그만 숨이 막힐 지경이었다. 나는 아무 생각도 없고 어떻게 하겠다는 결심도 아무 느낌도 없었다. 꿈속을 헤매듯 언덕을 내려와서 거리를 반이나 방황하다가 변두리 길거리에서 늦도록 문을 열어놓은 자그마한 술집이 눈에 띄어 나도 모르게 들어가서 바틀란트주를 2리터나 마시고, 밝아올 무렵에 몹시 취한 채 집으로 돌아갔다.

그날 오후에 아리에티를 찾아갔더니 그 여자는 깜짝 놀랐다.

"어머나, 왜 이러세요? 어디가 편찮으세요? 정말 녹초가 된 것 같아요."

"별거 아니에요."

나는 말했다.

"어젯밤 몹시 취했나 봐요. 그뿐입니다. 그러면 어서 그려주시오."

그 여자는 나에게 의자에 앉아 꼼짝 말라고 했다. 나는 정말로 그렇게 했다. 나는 얼마 후 잠이 들어서 오후 한나절을 아틀리에에서 자고 말았기 때문이다. 아마 화실에 있는 테레빈유 냄새 탓인지도 모른다. 나는 고향에서 보트에 새로 칠을 하던 꿈을 꾸었다. 자갈밭에 누워서 아버지가 통과 솔을 들고 일하는 모습을 보았다. 어머니도 옆에 있었다. 내가 어머니에게 어머님은 죽지 않으셨던가요 하고 물었더니 어머니는 나직한 목소리로 이렇게 말했다.

"아니, 죽을 리 있나. 내가 없으면 너도 아버지와 같이 부랑자가 되지 않겠니."

눈을 떴을 때 나는 의자에서 떨어져서 내가 에르미니아 아리에티의 화실에 있는 것을 알고 깜짝 놀랐다. 그 여자의 모습은 보이지 않았지만 자그마한 옆방에서 주전자나 나이프나 포크를 달그락거리는 소리가 들렸기 때문에 틀림없이 저녁 식사 시간이 되었다고 생각했다.

"깨셨어요?"

그 여자가 저쪽에서 외쳤다.

"네, 제가 오랫동안 잤습니까?"

"네 시간 동안. 부끄럽지 않으세요?"

"그건 그렇지만. 정말 좋은 꿈을 꾸었어요."

"말씀해보세요!"

"그러지요. 당신이 나오셔서 저를 용서하신다면."

그 여자는 나왔지만, 내가 꿈 이야기를 다 해버릴 때까지는 용서할 수 없다고 했다. 그래서 이야기했다. 꿈 이야기를 하는 동안 나는 이미 다 잊어버렸던 유년 시대로 깊숙이 파고들어갔다. 이야기가 끝났을 때는 어느덧 완전히 어두워지고, 그동안 나는 그 여자와 나 자신에게 어린 시절의 이야기를 하나도 남김없이 말했다. 그 여자는 내 손을 붙잡고 꾸깃꾸깃 주름이 간 내 상의를 비벼서 주름을 펴주며, 내일 다시 와달라고 말했다. 그리고 나는 그 여자가 오늘의 내 불미한 태도를 이해하며 용서해주었다고 생각했다.

그다음 며칠 동안 나는 몇 시간씩 그 여자를 위해서 앉아 있었다. 그러면서 별다른 이야기는 없었다. 나는 마술에 걸린 것처럼 그만 자리에 앉았기도 하고, 서기도 하며, 스케치용 목탄을 부드럽게 움직이는 소리를 듣기도 하고, 가벼운 기름 물감의 냄새를 맡으면서 사랑하는 여자의 옆에서 끊임없이 나에게 던지는 그 여자의 시선을 느낄 뿐이었다. 하얀 아틀리에의 광선이 벽을 따라 흐르며, 파리 몇 마리가 졸다가 창문 유리에 붙어서 붕붕거렸다. 자그마한 옆방에서는 알코올 등잔불이 노래하듯이 소리를 냈다. 모델로 앉으면 나는 언제나 커피 한 잔을 대접받았다.

집에서도 나는 가끔 에르미니아를 생각했다. 그 여자의 예술을 존경할 수 없었다는 사실이 나의 정열을 흔들거나 감소시키지는 않았다. 그 여자 자신은 그처럼 예쁘고, 친절하고, 명랑하며, 믿음직하지 않은가. 그 여자의 그림이 내게 무슨 상관이 있단 말인가? 도리어 나는 그 여자가 열심히 일하는 데서 어떤 비장함을 느꼈다. 그 여자는 살기 위해서 싸우는 여성이며, 조용히 인내하고 나아가는 용감한 여자였다. 그것은 그렇고 사랑하는 어떤 사람을 언제나 두고두고 생각하는 것처럼 쓸데없는 일은 없다. 그런 잡다한 생각들은 민요나 군가 같다. 여러 가지 가사가 등장하지만, 마지막 후렴만은 전혀 어울리지지 않는데도 치근치근하게 반복되었다.

이렇게 해서 내가 기억하는 예쁜 이탈리아 부인의 모습도 사실 분명치 않은 것은 아니었지만, 가까이 있는 사람보다도 낯도 코도 모르는 사람에 대해서 훨씬 더 잘 느낄 수 있는, 그런 여러 가지 가느다란 선이나 특징이 분명치 않았다. 그 여자가 어떤 머리를 했는지, 또는 어떤 옷을 입었는지, 지금은 분명치가 않다. 대체 몸집이 큰 사람이었는지, 작은 사람이었는지도 기억이 없다. 그 여자를 생각할 때 눈앞에 떠오르는 것은 검은색에 점잖은 모양을 한 여자의 머리와 창백하면서도 생기가 도는 얼굴에 예리하게 빛나며 그리 크지도 않은 두 눈과 아니꼬울 만큼 성숙한 빛을 보이며 어디까지나 아름답고 가느다란 활 모양을 한 입술이었다. 그 여자와 그 여자에게 반해 다니던 그때 일을 전부 다 생각해보아도 언제나 머리에 떠오르는 것은, 따스한 바람이 호수를 스치며 나는 울고불고 미친 듯이 날뛰던, 언덕 위의 그날 밤 일뿐이었다. 그리고 또 다른 날 밤의 일이지만, 나는 이제부터 그 일을 말해보려고 한다.

어떻게 해서든지 나는 여류 화가에게 내 마음을 고백하고 사랑을 구하지 않을 수 없다는 사실을 알았다. 그 여자가 멀리 떨어져 있었더라면 그 여자를 은근히 사모하며, 그 여자를 수중에 넣으려는 괴로운 심정을 남몰래 참았을 것이다. 그러나 매일같이 그 여자와 만나서 이야기도 하고, 악수도 하고, 그 여자의 집을 드나들면서 항상 마음속에 가시를 품고 다닌다는 것은 언제까지나 참을 수 없는 일이다.

예술가와 그의 친구들이 간단한 여름 잔치를 베풀었다. 호숫가의 깨끗한 정원에서였으며, 여름도 한창인 찌는 듯한 무더운 밤이었다. 우리는 포도주나 빙수를 마시며 음악을 듣기도 하고, 나무 사이로 장식한 꽃에 매단 빨간 초롱불을 바라보기도 했다. 잡담도 하고, 험담을 하기도 하고, 나중에는 노래도 불렀다. 남루한 젊은 화가가 낭만적인 허풍을 떨며 뻔뻔하게도 베레모를 쓰고 난간에 전신을 쭉 뻗고 누워서 자루가 기다란 기타로 장난을 쳤다. 이름이 알려진 몇몇 예술가들은 오지 않았거나, 나이 먹은 사람들 사이에 끼여서 한쪽에 앉아 있었다. 몇몇 젊은 부인들은 산뜻한 여름옷을 입고 왔지만, 다른 사람들은 여전히 주책없는 옷차림을 하고 이리저리 돌아다녔다. 특히 내 눈에 거슬린 것은 나이가 들고 보기 싫은 대학생이었다. 그 여자는 단발머리에다 남자들이 쓰는 밀짚모자를 쓰고 담배를 피우며 제법 술도 마시고 커다란 목소리로 항상 떠들었다. 리하르트는 전과 같이 젊은 여자들과 어울렸다. 매우 들뜬 분위기였지만, 나는 냉정한 태도를 취하며, 술도 그리 마시지 않고 아리에티를 기다렸다. 그 여자는 오늘 나에게 보트를 태워달라고 해 약속을 했다. 얼마 후 그녀가 오더니 나에게 꽃을 몇 송이 주고, 우리는 함께 자그마한 배에 올랐다.

호수는 기름처럼 미끄럽고, 밤이었기 때문에 어두컴컴했다. 나는 가벼운 배를 거침없이 한가운데로 저어갔다. 그리고 날씬한 여자가 나와 마주 앉아서 만족한 기분으로 뱃머리 키 옆에 기댄 모습을 잠시도 놓치지 않고 바라보았다. 아직 푸르고 희미하게 빛나는 별이 높은 하늘에 하나씩 천천히 나타났다. 기슭 여기저기에서는 음악 소리와 뜰 안의 명랑한 속삭임이 들렸다. 엉긴 물이 나직이 부드득거리는 소리를 내며 노를 받아들였다. 그리고 다른 보트들은 잔잔한 물결 위에 여기저기 검게 떠서 거의 보이지 않았다. 나는 그런 것은 거들떠보지도 않고 키를 잡는 여자를 그저 뚫어지게 쳐다보며, 마음먹었던 사랑의 고백을 마치 무거운 쇠고리처럼 두근거리는 가슴에 매단 채였다. 시적으로 아름다운 밤경치와 타고 있는 자그마한 배, 별이나 미적지근하고 잔잔한 호수, 이러한 모든 것이 내 마음을 설레게 했다. 왜냐하면 그것은 아름다운 신파의 장식같이 보이며, 그 한가운데서 나는 감상적인 한 장면을 보이지 않을 수 없었기 때문이다. 가슴이 두근거리는 데다 둘이 다 아무 말도 없었기 때문에 깊은 정적에 그만 숨이 막힐 지경이었으며, 나는 그냥 힘껏 노를 저었다.

"정말 당신은 강하군요!"

여류 화가는 새삼스럽게 말했다.

"뚱뚱하다는 말씀인가요?"

나는 물었다.

"아니에요, 근육을 말하는 거예요" 하고 말하며 그 여자는 웃었다.

"그럼요, 강하고말고요."

이렇게 이야기를 시작했지만, 그럴싸한 시작은 아니었다. 쓸쓸하고 화가 났기 때문에 나는 계속해서 노를 저었다. 잠시 후에는 그 여자에게 자기 신변에 대한 이야기를 좀 해주었으면 하고 부탁했다.

"그런데 무슨 이야기를 듣고 싶으세요?"

"뭐든지."

나는 말했다.

"그러나 가장 듣고 싶은 건 연애 이야기입니다. 그러시면 다음에 저의 연애담, 한 번밖에 없는 연애담을 말씀드리겠습니다. 극히 짧은 이야기지만 아름답고, 당신은 재미있게 들으실 겁니다."

"그래요, 그러면 들려주세요!"

"아닙니다. 우선 당신 이야기부터 하세요! 그러지 않아도 제가 당신을 아는 것보다는 당신이 저를 훨씬 더 많이 알 거예요. 당신이 정말 연애를 한 일이 있는지, 아니면 제가 두려워하듯이 당신은 연애를 하기에는 너무 영리하며 자존심이 너무 지나치지는 않은지를 알고 싶어요."

에르미니아는 잠시 동안 생각에 잠겼다.

"이런 밤에 캄캄한 물 위에서 여자에게 이야기를 하라는 것도 당신의 낭만적인 생각 중 하나지 뭐예요."

그 여자는 말했다.

"미안하지만, 저는 그건 못 하겠어요. 당신들 시인은 무엇이든지 아름다운 것을 말로 표현하지만, 자기 감정에 관한 이야기가 적은 사람을 곧 아무 속도 없는 사람이라고 생각하는 버릇이 있어요. 당신은 저를 잘못 보셨어요. 왜냐하면 저같이 열렬하게 연애할 수 있는 사람이 있으리라고는 생각지 않아요. 저는 다른 여자에게 매인 남자를 사랑하며, 그 사람도 저에 못지않게 저를 사랑해요. 그러나 저희가 앞으로 언제 한번 함께 살 수 있을지 모르겠어요. 서로 편지를 보내기도 하고 가끔 만나기도 했지만."

"한마디 물어보겠습니다만, 당신은 그 사랑에서 행복을 느끼십니까, 아니면 불행을 느끼십니까, 아니면 쌍방을 다 느끼십니까?"

"아아, 사랑은 행복을 주려고 있는 것은 아니니까요. 사랑은 우리가 괴로워하면서도 얼마나 굳세게 참아나갈 수 있는지를 우리에게 보여주기 위해서 있다고 생각하는데요."

"그건 알지만."

나는 나직한 신음 같은 것이 대답 대신에 입속에서 스며 나오는 것을 억제할 수가 없었다.

"아아, 당신도 이미 그걸 아세요?"

그 여자는 말했다.

"아직 너무 어린데요. 당신도 솔직히 말씀해주시겠어요? 언제든 생각나실 때라도 좋아요."

"다음 기회에 하지요, 아리에티 씨. 그렇잖아도 어쩐지 마음이 허전한데요. 당신의 기분까지 거슬리게 했다면 용서하세요. 그러면 돌아갈까요?"

"좋을 대로 하세요. 그런데 대체 얼마나 멀리까지 와 있을까요?"

나는 아무 대답도 없이 노로 소란하게 물을 헤치며 방향을 돌리고, 마치 북동풍이라도 닥쳐오듯이 노를 쑥 당겼다. 그러자 보트는 물결을 스치며 쏜살같이 달렸다. 가슴속에서 설레는 슬픔과 부끄러움이 소용돌이처럼 맴돌며 얼굴에서 땀이 뚝뚝 흐르는 것을 느끼는 동시에 오싹 오한이 전신을 스쳤다. 거의 무릎을 꿇고 애원하며, 어머니처럼 정다운 태도로 거절을 당하는 애인의 역할을 할 뻔했다고 생각하며 골수에 사무치도록 몸서리를 쳤다. 겨우 그것만은 면했다. 지금은 뒤에 남은 쓸쓸한 기분을 어떻게 하면 가시게 할 수 있을까 하는 생각뿐이었다.

나는 정신없이 집을 향해서 노를 저었다.

기슭에서 간단히 작별 인사를 하고 그 여자를 뒤에 남겼을 때 어쩐지 예쁜 그 여자는 쓸쓸해 하는 것 같았다.

호수는 잔잔하고 음악 소리는 명랑하게 들리며, 초롱들은 여전히 화려하게 빛났지만, 모두가 나에게는 어리석게만 여겨졌다. 무엇보다 음악이 더 했다. 폭이 넓은 명주 끈으로 기타를 자랑이라도 하듯이 젊어진, 벨벳 상의를 입은 그 남자를 흠뻑 두들겨주었으면 하는 생각이 얼마나 간절했는지 모른다. 게다가 다음에는 불꽃놀이까지 할 모양이었다. 얼마나 어리석은 일인가!

나는 리하르트에게서 몇 프랑을 빌려서 모자를 뒤로 젖혀 쓰고 한없이 걸었다. 교외로 나가서 한 시간 또 한 시간 앞으로 계속해서 걸었다. 자꾸만 졸려서 그만 풀밭에서 자고 말았지만, 한 시간 후에 이슬에 젖어 잠에서 깼다. 온몸이 뻣뻣하고 으슬으슬 추웠다. 나는 다음 마을로 갔다. 이른 아침이었다. 토끼풀을 베는 사람들이 풀풀 먼지가 일어나는 좁은 길을 걸어갔다. 아직 잠이 덜 깬 하인이 외양간의 문에서 어물어물 내다보았다. 이렇게 여름철만 되면 농부들의 바쁜 모습은 어디서나 찾아볼 수 있다. 농사나 지어먹어야 했을 걸 하고 나는 스스로 말하고, 부끄러운 기분으로 마을을 지나 피로한 몸을 이끌며 앞으로 걸어가는 동안 따스한 아침 햇살을 받고 휴식을 느꼈다. 어린 참나무 수풀 기슭에서 시든 속새밭에 몸을 던지고 따스한 햇볕을 받으며 오후 늦게까지 잠을 잤다. 눈을 뜨자마자 머리에서는 풀 냄새가 풍기고 손발이 노곤했다. 하느님의 대지에서 긴 시간 동안 자고 난 다음이 아니면 느낄 수 없는 피로였다. 그러자 여름 잔치나 보트 놀이도 몇 달 전에 읽은 소설처럼 멀리 쓸쓸하게 어느 정도 사라진 것같이 생각되었다.

나는 사흘 동안이나 집을 떠나서 햇빛에 피부를 태웠다. 그리고 그만 집으로 돌아가 아버지를 도와드리며, 두 번째 베는 말꼴이나 베는 것이 낫지 않을까 하는 생각을 했다.

물론 그렇다고 해서 괴로운 마음이 이내 가라앉을 리는 없었다. 거리로 돌아와서도 나는 여류 화가와 만나기를 페스트라도 만나듯이 피했다. 그러나 언제까지나 그럴 수는 없었다. 그 후 그 여자와 만나서 이야기를 건넬 때마다 쓸쓸한 기분은 목구멍까지 치밀어 올랐다.

4

그 당시 아버지까지도 할 수 없었던 일을 이 불행한 애정은 해치웠다. 그 애정은 나를 대주객으로 만들어버렸다.

내가 지금까지 말한 그 무엇보다도 나의 생활이나 행실에 중대한 영향을 준 것이 술이었다. 강하고 달콤한 주신(酒神)은 변함없는 내 벗이 되어서 오늘까지 이르렀다. 주신처럼 강한 것이 있으랴? 그처럼 아름답고 공상적이요, 열정적이요, 명랑하며, 우울한 것이 있으랴? 주신은 영웅이요, 마술사다. 유혹자며, 사랑의 신과 형제다. 그는 어떠한 불가능한 일이라도 할 수 있다. 가난한 사람의 마음을 아름답고 훌륭한 시로써 충만하게 한다. 그는 나 같은 고독한 일개 농부를 왕으로, 시인으로, 성자로 만들었다. 텅 빈 생명의 조각배에 새로운 운명을 싣고 파선한 자를 커다란 생명의 물결 속으로 되몰아주었다.

술은 그런 것이다. 그러나 술도 귀중한 모든 선물이나 예술과 마찬가지다. 사랑을 받고, 요구받고, 이해되며, 노력에 따라서 얻어야만 한다. 누구나 다 할 수 있는 일은 아니다. 그것은 수많은 사람을 죽인다. 주신은 사람들을 늙게 하고, 죽이고, 그들 가운데 있는 정신의 불길을 꺼버린다. 그러나 주신은 그가 사랑하는 사람들을 불러서 그들에게 행복의 섬으로 무지개의 다리를 놓아준다. 그들이 피로를 느끼면 그는 머리 밑에 베개를 베어주며, 그들이 비애의 함정에 빠지면 친구처럼, 위안의 어머니처럼, 조용히 정답게 안아준다. 그는 혼란스러운 인생을 커다란 신화로 고치고 큼직한 수금으로 창조의 노래를 탄다.

주신은 또한 어린아이이며, 길고 명주결 같은 굽은 머리와 가느다란 어깨와 부드러운 손발을 갖고 있다. 그는 임의 품에 안겨서 조그만 얼굴을 들고 임의 얼굴을 쳐다보며 큼직하고 귀여운 눈으로 놀란 듯 꿈결같이 임을 쳐다본다. 그 눈 속에는 낙원의 회상과 신의 아들이 가진 불멸의 그림자가 숲속에서 새로 용솟음치는 샘물처럼 축축하게 반짝이며 물결친다.

감미로운 주신은 깊숙이 살랑거리며 봄날 밤에 흐르는 강물 같기도 하다. 또 차가운 물결 위에 태양이나 폭풍우를 싣고 흔들거리는 넓은 바다와도 같다.

그가 자기의 사랑하는 아이들과 말할 때, 비밀과 회상과 시와 예감에 미친 듯이 설레는 바닷소리가 그들을 전율과 넘실거리는 파도로 억눌러버린다. 이미 다 아는 세계는 줄어서 그만 사라지고 만다. 그리고 정신은 불안한 기쁨에 잠기며, 길도 없는 넓은 미지의 세계로 뛰어든다. 그러면 모든 것이 낯설면서도 매우 정답게 생각되며, 음악의 말이나 시인의 말이나 꿈속의 말을 말하게 된다.

그러면 이제 나는 무엇보다도 이것을 말해야겠다.

나는 몇 시간 동안이나 명랑하게 자기를 잊어버리고 공부도 하고, 쓰기도 하고, 리하르트의 음악을 듣기도 했지만, 아무 고통도 느끼지 않고 지나는 날은 하루도 없었다. 밤중에 침대 속에서 비로소 고통을 느끼는 일도 한두 번이 아니었다. 그러면 나는 신음하기도 하고 벌떡 일어나 기도하며, 늦어서야 눈물에 젖은 채 겨우 잠들기도 했다. 아니면 아리에티와 만났을 때의 고통이 다시 일어났다. 그러나 고통은 대개 오후 늦게, 아름답고 따스하고 노곤한 여름 저녁 무렵에 나타났다. 그러면 나는 호수로 가서 보트를 빌려 무더워지고 지쳐버릴 때까지 젓지만, 도무지 집에까지 돌아갈 기분은 나지 않았다. 그래서 술집이나 음식점 뜰 안으로 들어가서 여러 가지 포도주를 맛보고, 마시고, 생각에 잠기며, 다음 날까지도 반쯤 환자처럼 지내는 수가 적지 않았다. 그럴 때면 가엾게도 오싹하도록 구역질이 나며, 다시는 술을 마시지 않겠다고 결심한 적도 한두 번이 아니었다. 그러나 그다음에도 또 나가서 마셨다. 차차 나는 술과 그 효과를 구별하게 되었다. 그리고 전체적으로 보아서는 아직 소박하고 극히 얕았지만, 일종의 자각을 갖고 술을 즐겼다. 결국 나는 붉고 짙은 펠틀린주만 마시기로 했다. 이 포도주는 처음 한 잔은 떫고 자극적이지만, 얼마 후에는 내 생각을 몽롱하게 하며, 조용하고 끝없는 몽상 속으로 이끌어주었다. 그리고 마술을 부리고, 창조하며, 자기 자신이 시를 짓기 시작했다. 그러면 한때 내가 아름답게 생각했던 모든 풍경이 눈부신 조명을 받으며 나를 둘러쌌다. 그 가운데를 나 스스로 돌아다니며 노래를 부르고, 꿈도 꾸고, 귀하고 따스한 생명이 나의 체내에서 도는 것을 느꼈다. 그리고 바이올린으로 켜는 민요를 듣기나 하듯이, 다시 그 옆을 지나며 놓쳐버린 커다란 행복이 어디 있는지 아는 것처럼 너무나 반가운 비애로 끝을 맺었다.

자연히 그렇게 되었지만 차차 혼자 술을 마시는 일은 드물어졌으며, 여러 방면의 친구들을 발견했다. 사람들에게 둘러싸이자 술의 효과도 달라졌다. 나는 이야기가 많아졌고, 그리 흥분하지는 않았지만, 도리어 싸늘하고 이상한 열을 느꼈다. 자기 자신에게서 지금까지 느끼지 못했던 면이 하룻밤 사이에 꽃같이 활짝 피어났지만, 그것은 뜰 안의 화초나 관상용 화초가 아니라, 엉겅퀴나 쐐기풀 같은 것이었다. 결국 이야기가 많아지자 예리하고 냉정한 정신이 나타나며, 나에게 안정감과 우월감을 주고 비판력과 풍자적인 힘을 북돋아주었다. 옆에 있어서 도리어 방해가 되는 그러한 사람이 오면 나는 그들이 견딜 수 없어서 나가버릴 때까지 교묘하게도 빈틈없이, 또는 시납고 짓궂게 그들을 놀려서 불쾌하게 했다. 대체 사람이라는 것을 나는 어렸을 때부터 좋아하지도 않고, 필요하다고도 생각지 않았지만, 지금은 사람을 비판적으로나 풍자적으로 관찰하게 되었다. 사람 사이의 관계가 무정하게, 또는 사뭇 그럴듯하게 풍자적으로 표현되어 통쾌하게도 조소를 받을 만한 사소한 이야기를 나는 즐겨 생각해내서 이야기했다. 그런 모욕적인 어조가 어디서 나왔는지 나 자신도 알 수가 없었다. 내 본성에서 곪은 종기처럼 터져 나와서 오랫동안 좀처럼 떨어지지를 않았다.

그러는 동안에도 어느 날 밤 홀로 있을 때면 또 산이나 별이나 슬픈 음악에 관한 꿈을 꾸었다.

그 몇 주일 사이에 나는 현대 사회와 문화와 예술에 관해서 관찰한 바를 써보았다. 독설적인 자그마한 책자로, 술집에서 나눈 대화가 토대가 되었다. 상당히 열심히 계속한 역사 연구에서 여러 가지 역사상의 재료를 첨가했는데, 그 자료는 나의 풍자적인 면에 한갓 딱딱한 배경을 이루어주었다.

이 일이 토대가 되어서 나는 상당히 큰 신문에 정기적으로 기고할 수 있는 지위를 얻고 그것으로 생활하게 되었다. 얼마 후에 그 수상(隨想)은 자그마한 단행본으로 나와 다소 성공을 거두었다. 그렇게 되자 나는 언어학을 내던지고 말았다. 이미 대학 상급반이었으며, 독일 잡지와 관계가 생겨, 그 때문에 그때까지의 아무도 알지 못하고 빈곤하던 상태에서 벗어나 저명인사들 사이에 끼게 되었다. 자신이 밥벌이를 하고, 귀찮은 장학금을 포기하고, 보잘것없는 직업 문필가의 천한 생활을 향해서 돛에 바람을 가득 싣고 달렸다.

성공과 허영, 풍자와 사랑의 괴로움이 있었지만, 즐거우나 괴로우나 나의 머리 위에는 청춘의 따스한 빛이 빛났다. 실컷 비웃기도 하고, 조금 어색하게 침체에 빠지기도 했지만, 나는 꿈속에서 언제나 하나의 목표와 행복과 완성을 바랐다. 그것이 대체 무엇인지 나도 몰랐다. 나는 그저 인생이 어느 때 한번 특히 화려한 행복의 물결로 내 발을 틀림없이 씻어주리라고 생각했다. 그것이 명성인지, 사랑인지, 동경의 실현인지, 내 인격의 향상인지 알 수가 없었다. 하여튼 나는 아직 귀부인이나 기사나 커다란 명예를 꿈꾸는 졸장부는 아니었다.

나는 내가 위를 향해서 올라가는 궤도 위에 서 있다고 믿었다. 지금까지 체험한 모든 것이 한갓 우연에 지나지 않았으며, 자기 본질이나 생활에서 독자적이며 깊숙한 기준이 없는 것을 느끼지 못했다. 사랑이나 명성도 최후의 만족을 얻을 수 없는 동경이며, 여기에 대해서 자신이 괴로워하는 것을 나는 아직 깨닫지 못했다.

그래서 나는 보잘것없고 어느 정도 불쾌한 명성을 청춘의 기쁨과 함께 즐겼다. 좋은 포도주를 마시며, 정신적으로 총명한 사람들과 자리를 같이하고, 내가 이야기를 시작하면 모두 탐내는 얼굴로 열심히 내 얼굴을 쳐다보는 것은 유쾌한 일이었다.

오늘날 이러한 사람들의 마음속에서는 어떠한 동경이 구원을 구하며 어떤 신기한 길로 그들을 이끌어가는가 하는 데에 나는 주의를 기울였다. 신을 믿는다는 것은 어리석고 미련한 일이라고 생각했다. 그러나 그밖의 여러 가지 가르침이나 이름, 다시 말하면 쇼펜하우어나 부처나 차라투스트라 같은 이름이 믿음직했다. 젊은 무명 시인으로서 아담한 집에 입상이나 회화를 모시고 엄숙히 예배를 드리는 사람도 있었다. 그들은 신 앞에서는 머리를 숙이기를 부끄러워하면서도 오트리콜리의 제우스 동상 앞에서는 무릎을 꿇었다. 절제로서 자신을 괴롭히며, 코를 쳐들 수 없는 살림을 하는 금욕주의자도 있었다. 그들이 섬기는 신의 이름은 톨스토이나 부처였다. 잘 선택해 조화된 벽지나 음악이나 요리나 포도주나 향수나 담배에 따라서 특별한 기분에 잠기는 예술가도 있었다. 그들은 입만 살아서 아는 체하면서 음악적인 선이라든가 빛깔의 화음이라는 그런 엉뚱한 말을 하며 어디서나 개성적인 악보를 노리지만, 그것은 대개 쓸데없고 어울리지 않는 환상이나 광채에 지나지 않았다. 사실 발작적인 이 희극 전체가 나에게는 재미있고 우습게 생각되었지만, 역시 거기서 얼마나 많은 진지한 동경과 영혼의 힘이 타오르다가 꺼지고 마는가 하는 것을 느끼면 이상하게도 나는 가끔 몸서리를 쳤다.

속세를 떠난 걸음걸이를 하며 새로운 유행을 따르는 시인이나 예술가나 철학자들을 알고 놀라기도 하고 기뻐하기도 했지만, 그 중에서 누구 하나 유명해진 사람을 나는 모른다. 그들 중에는 나와 나이가 비슷한 북부 독일 사람이 있었다. 인상이 좋고 자그마한 사람이었지만, 대개 예술적인 문제에는 섬세하고 예민했다. 그는 미래의 대시인으로 통했다. 그의 시를 몇 수 낭독하는 것을 들었는데, 지금까지도 진귀하게 향취가 높고 넋을 잃지 않은 아름다운 것으로서 내 기억에 떠오른다. 아마 그는 우리 중에서 누구보다 진정한 시인이 될 수 있는 사람이었는지도 모른다. 그 후 우연히 나는 그의 짧은 신세타령을 들었다. 너무나 예민한 이 남자는 문학적인 실패에 그만 겁을 집어먹고 이 세상과 일체 교제를 끊고, 어떤 엉터리 문예 애호가의 수중에 들어가고 말았다. 그는 그 시인의 마음을 북돋아 이성으로 돌아가게 할 생각은 없이 순식간에 그를 완전히 망쳐버리고 말았다. 그는 어느 부호의 별장에서 신경이 날카로운 부인들을 상대로 유미(唯美)주의자처럼 아무 흥미도 없는 넋두리 같은 이야기를 늘어놓고, 불우한 영웅을 가장하면서 가엾게도 길을 잘못 든 탓으로 쇼팽의 음악이나 라파엘로 이전의 화파와 같이 황홀경에 빠져서 차차 이성을 잃어버렸다.

색다른 옷을 입거나 머리를 이상하게 한 시인이나 아름다운 정신을 가졌다고 하는 이른바 애송이 친구들을 생각하면 나는 전율과 동정을 느끼지 않을 수 없었다. 그들과의 교제가 얼마나 위험했던가를 후에야 비로소 깨달았기 때문이다. 나는 산골 농민의 기질을 타고났기 때문에 그래도 그렇게 소란한 분위기 속에 섞이지 않았다.

명성이나 술이나 사랑이나 학문보다 더 귀하고 즐거운 것은 우정이었다. 결국 타고난 나의 우울증을 씻어주고, 청춘 시대를 조금도 건드리지 않고 생생하게 아침 햇빛처럼 보존해준 것은 우정뿐이었다. 오늘날도 나는 이 세상에서 남자들의 성실하고 충실한 우정만큼 귀한 것은 없다고 생각한다. 내가 어느 날 생각에 잠기며 청춘에 대한 향수에 사로잡히게 된다면 이유는 오로지 학생 시절의 우정을 생각하기 때문이다.

에르미니아를 사랑하게 된 다음부터 나는 리하르트를 조금 등한시했다. 처음에는 나도 몰랐지만, 몇 주가 지나자 양심의 가책을 받았다. 나는 그에게 속죄했다. 그는 나의 연애가 실패로 돌아가고 불행이 더해가는 것을 보고 섭섭하게 생각했다고 말했다. 나는 진정한 마음으로 질투를 느끼면서 그를 가까이했다. 그 당시 나는 다소 명랑하고 자유스러운 처세술이라고 할 만한 것을 보이게 되었는데, 모두 그에게서 얻은 것이었다. 그는 심신이 아름답고 명랑하며, 그에게는 인생이라는 것이 그림자 하나 없는 것 같았다. 그는 총명하고 예민해서 시대의 고민과 잘못을 알았지만, 그러한 것은 아무

손해도 끼치지 않고 그의 옆을 지나갔다. 그의 걸음걸이나 이야기나 태도 전체는 부드럽고 조화를 보이며 귀여웠다. 아아, 그의 웃음은 더구나 말할 나위가 없었다.

그는 내가 술에 매달리며 돌아가는 것을 별로 이해하지 못했다. 가끔 술집에 함께 가기도 했지만, 두 잔만 마시면 그만이며, 내가 엄청나게 마시는 것을 보고 그는 솔직히 경탄해 마지않았다. 그러나 내가 괴로워하며, 손발을 가누지 못하고 우수에 잠긴 것을 보면 그는 나에게 음악을 들려주기도 하고, 책을 낭독해주기도 하며, 산책을 데리고 나가기도 했다. 잠시 소풍을 나가도 우리는 가끔 어린아이처럼 기뻐서 어쩔 줄을 몰랐다. 한때는 수풀에 덮인 골짜기에 누워 한낮의 따스한 햇볕 속에서 쉬면서, 서로 전나무 열매를 던지기도 하고, 〈거룩한 헬레네〉 가운데 있는 구절을 흥겨운 멜로디로 불렀다. 맑고 급한 시내가 살랑거리는 물소리가 시원하게 우리를 부르는 듯이 얼마 동안 귀를 울렸기 때문에 우리는 옷을 훌랑 벗고 차가운 물 속으로 들어갔다. 그러자 그는 희극을 해볼 생각을 했다. 그는 이끼 낀 바위 위에 앉아서 로렐라이의 아름다운 여인이 되었다. 그리고 나는 자그마한 배의 뱃사공으로서 돛을 달고 밑으로 내려갔지만 그가 어디까지나 아가씨처럼 수줍어하면서 몹시 얼굴을 찌푸렸기 때문에 괴로운 표정을 해야만 했던 나는 그만 웃음보를 터뜨리지 않을 수 없었다. 갑자기 가까이에서 인기척이 나더니 여행자의 일행이 길가에 나타났기에, 우리는 하는 수 없이 벗은 채 물에 씻기고 불쑥 튀어나온 바위 밑으로 당황스럽게 몸을 숨겼다. 아무것도 모르고 일행이 우리 옆을 지날 때 리하르트는 투덜거리기도 하고, 쉬쉬하기도 하며 여러 가지 이상한 소리를 냈다. 그 사람들이 깜짝 놀라 주위를 돌아보고 물속을 엿보았기 때문에, 우리는 그 사람들의 눈에 띄었다. 그러자 리하르트는 숨은 곳에서 반신을 드러내놓고 성난 일행을 놀리면서 나직한 목소리로 설교라도 하는 듯한 태도로 "잠자코 지나가요!" 하고 말했다. 그러더니 곧 다시 숨어서 내 팔을 꼬집으며 이렇게 말했다.

"이것도 하나의 기적이야."

"무슨 기적인데?"

나는 물었다.

"목자의 신인 판이 목동을 놀라게 한 거지 뭐야."

그러면서 그는 웃었다.

"그런데 부인들이 있어서 미안한데."

내가 연구하는 역사에 대해서 그는 별로 주의를 기울이지 않았다. 그러나 아시시의 성 프란체스코에게 애착을 느끼며 마음을 기울이는 데에는 얼마 후엔 그도 공명하게 되었다. 사실 그는 성 프란체스코에 내해서까지 가끔 희롱하며 내 기분을 긴드렸다. 행복한 이 성자가 다 자란 귀여운 아이처럼 황홀한 기분으로 명랑하게 신을 즐기며, 모든 사람에게 어디까지나 겸허한 사랑을 보이면서 움브리아 광야를 거니는 모습을 우리는 눈앞에 그려보았다. 우리는 그가 남긴 불후의 명작 〈태양의 노래〉를 함께 읽고 거의 외울 정도였다. 언젠가 자그마한 증기선으로 호수를 건너 산책에서 돌아올 때, 저녁 바람이 금빛으로 물든 파도를 흔드는 것을 보고 그는 나직한 목소리로 이렇게 물었다.

"이봐, 이러한 곳에서 그 성자는 뭐라고 말했지?"

그러자 나는 이런 구절을 인용했다.

> 오오 주님이시여, 정다운 바람도, 공기도, 구름도, 맑은 하늘도, 하늘의 온갖 모양도 당신을 찬양하리로다!

우리가 싸우며 모욕적인 말을 서로 건넬 때 그는 언제나 반농담으로 소학생 같은 말투로써 나에게 우스운 별명을 한바탕 퍼붓기 때문에 곧 나는 웃어버리고, 불쾌한 일이라도 그만 누그러지고 말았다. 내 친구가 비교적 얌전해지는 것은 좋아하는 작곡가의 음악을 듣거나 연주할 때뿐이었다. 그런 때에도 그는 중단하고 뭐라고 농담을 지껄이는 적이 있었다. 그러나 예술에 대한 그의 애착은 순수한 마음에서 온 정신을 거기에 기울이는 것이며, 진정하고 뜻깊은 것에 대한 그의 감정은 조금도 거짓이 없었다.

자기 친구 누가 곤란에 빠졌으면 그는 위로도 하고, 동정하는 마음으로 보살펴주기도 하고, 원기를 북돋아주기도 하며, 사실 아름답고 부드러운 그러한 솜씨에 능했다. 내가 기분이 좋지 못한 것을 보면 그는 매우 재미있고 짤막한 웃음거리 이야기를 얼마든지 말했다. 그 어조는 어쩐지 마음을 안정시키고 명랑하게 해주어서 좀처럼 거역할 수가 없었다.

그는 어느 정도 나를 존경했다. 내가 그보다 얌전했기 때문이다. 그뿐만 아니라, 그는 나의 체력에 그만 눌리고 말았다. 그는 다른 친구들 앞에서도 떠들어대며 한 손으로 자기를 눌러 죽일 수 있는 친구가 있다고 뽐냈다. 그는 육체적인 능력이나 경쾌한 태도를 매우 존중하며, 나에게 테니스를 가르치고, 함께 배를 젓기도 하고 헤엄도 치며, 나를 데리고 가 말을 타기도 했다. 그리고 내가 자기만큼 당구를 칠 수 있을 때까지 좀처럼 가만히 있지를 않았다. 당구는 그가 능한 유희며, 예술적인 명사의 솜씨를 보였을 뿐만 아니라, 당구를 치면 언제나 특별히 원기를 얻어서 재치를 보이며 명랑해지는 것이 보통이었다. 그는 가끔 당구공 세 개에 우리 친구의 이름을 붙이고, 칠 때마다 당구공이 모이고 흩어지는 위치에서 재치 있는 말이나 추측이나 만화 같은 비유를 짜 넣어서 장편소설을 엮었다. 그러면서도 그는 태연하고, 가볍고, 매우 아름답게 당구공을 쳤다. 그리고 당구공을 치는 그를 바라보는 것은 즐거웠다.

글을 쓰는 일이라면 그는 나를 나 자신 이상으로 높이 평가하지는 않았다. 어느 때 그는 나를 보고 이렇게 말했다.

"이봐, 나는 언제나 자네를 시인이라고 생각했어. 지금도 그렇게 생각하지만, 그건 신문에 실린 자네 작품을 보았다고 해서 그러는 게 아니라, 자네 속에 무엇인지 아름답고 깊숙한 것이 살아 있고, 그게 머지않아서 둑을 뚫고 넘쳐 나오리라고 생각했기 때문이야. 그때야말로 그건 진짜 문학이 되겠지."

그러는 동안에 마치 잔돈이 손가락 사이로 새어 나오듯이 학기가 하루하루 지나가서 어느덧 리하르트는 집에 돌아갈 생각을 해야 할 때가 되었다. 지나간 몇 주일 동안 우리는 더욱 마음 놓고 즐겼다. 그리고 섭섭하게 떠나기 전에 어떤 화려한 잔치라도 베풀어서 즐거웠던 이 시절을 명랑하게 희망을 품고 끝마치자고 서로 이야기가 되었다. 나는 베른 알프스로 여행하자고 했지만, 사실은 아직 이른 봄이었으며, 산에 오르기에는 너무 일렀다. 내가 다른 제안을 생각하는 동안 리하르트는 아버지에게 편지를 쓰며, 나를 위해서 혼자 의외로 무슨 큼직한 일을 준비했다. 어느 날 그는 거액의 수표를 들고 와서 북부 이탈리아로 함께 갈 테니 안내해달라고 나를 꾀었다.

나는 불안과 기쁨에 설레어 가슴이 두근거렸다. 소년 시절부터 품었고, 여러 번 꿈을 꾸며 그리던 소원이 실현되었다. 열병에라도 걸린 듯한 기분으로 나는 약간 준비를 갖추고 친구에게 이탈리아어를 조금 더 가르쳤다. 그리고 마지막 날까지, 이 여행에 무슨 지장이나 생기지 않을까 해서 염려했다.

짐은 먼저 보냈다. 우리는 차에 몸을 실었다. 푸른 벌판과 언덕이 거침없이 지나갔다. 우른 호수와 고트하르트 고개에 이르렀다. 곧 테신 지방의 산촌과 시내와 돌이 깔린 산허리와 눈이 덮인 산봉우리가 나타났다. 그리고 평탄한 포도밭 한가운데에 처음으로 컴컴한 돌집이 나타났다. 우리는 호수를 따라 롬바르디아의 비옥한 평야를 지나서 소란하고 흥청흥청하며 이상하게도 매혹적이지만, 어쩐지 가고 싶지 않은 밀라노를 향해서 여러 가지 기대를 품고 차를 달렸다.

리하르트는 밀라노의 대사원에 대해서는 생각해본 일도 없고, 그저 유명한 건물이라는 것만 알았다. 그가 실망하고 화를 내는 것이 우스웠다. 처음 놀랐던 것을 극복하고 흥겨운 기분을 다시 찾더니 그는 지붕으로 올라가서 되는대로 여기저기 늘어선 석상(石像)

들 사이를 거닐어보자고 했다. 고딕식으로 지은 뾰족한 탑 위에 있는 수많은 성자의 쓸쓸한 석상이 그렇게 섭섭하게 생각할 정도는 아니라는 것을 알고 우리는 다소 안심했다. 왜냐하면 석상이 대부분, 그 가운데서도 적어도 새로운 것은 모두 그리 대수롭지 않은 공장 제품이라는 것을 알았기 때문이다. 우리는 4월의 햇볕을 받아 따뜻한 기운이 있는 경사진 넓은 대리석 판 위에 거의 두 시간 동안이나 누워 있었다. 리하르트는 지루한 줄도 모르고 명랑한 어조로 말했다.

"이봐, 결국 이 엉터리 대사원에서 느낀 것과 같은 실망을 우리는 앞으로 얼마든지 느끼게 될 것 같은데, 그래도 나는 여행하는 동안에 여러 가지 웅장한 것을 보고 그만 질려버리지나 않을까 하는 불안을 다소 품었지 뭐야. 그런데 이렇게 처음부터 가벼운 기분으로 인간적이며 웃음거리에 지나지 않는 것을 보리라고는 생각하지 못했어!"

그러자 우리 주위에 되는대로 늘어선 석상들이 그의 마음을 이끌며 여러 가지 신기한 공상을 일으켜주었다.

그는 말했다.

"아마 저 성당 위에 있는 탑은 가장 높은 탑으로서 가장 고귀하고 점잖은 성자가 서 있을 거야. 돌로 만든 줄타기 어릿광대로서 이 뾰족한 탑 위에서 영원히 몸의 균형을 취한다는 것은 결코 즐거운 일이 아니기 때문에 가끔 가장 위에 있는 성자가 구원을 받고 천국으로 자리를 옮기는 것은 당연한 일이지 뭐야. 그런데 좀 생각해봐. 그럴 때마다 얼마나 소동이 일어나는지 아나! 왜냐하면 그러면 물론 다른 성자들이 모두 정확한 직위에 따라서 하나씩 자리가 오르고 일대 비약을 하며 전임자의 탑으로 올라가기 때문이지. 더구나 제각기 몹시 서둘며 자기 앞에 있는 자보다 앞서려고 하기 때문이야."

그 후 밀라노를 지날 때마다 그날 오후의 일이 다시금 머리에 떠올랐다. 수많은 대리석 성자가 대담하게도 날이 올리기는 것을 나는 쓸쓸한 웃음을 띠며 바라보았다.

제노바에서 나는 또 하나의 정다운 정경을 대하고 흐뭇한 기분을 느꼈다. 맑고 바람이 부는 어느 날 정오가 지나서였다. 나는 폭이 넓고 나직한 울타리에 팔을 짚었다. 뒤에는 다채로운 제노바의 거리가 가로놓였고, 밑에는 커다란 푸른 물결이 넘실거렸다. 바다였다. 까닭 없이 설레며 이해할 수 없는 욕망을 품고 이 영원불변한 바다 물결이 나를 향해서 밀려왔다. 나는 마음속으로 무엇인지 거품을 뿜는 이 푸른 파도와 생사를 같이하려는 듯한 어떤 친밀감을 느꼈다.

아득한 수평선도 역시 힘차게 내 마음을 붙잡았다. 나는 또 어렸을 때처럼 파리하게 가물거리는 먼 경치가 열린 문처럼 나를 기다리는 것을 보았다. 나는 또다시 사람들 사이나 거리나 아파트에서 편안히 살려고 태어난 것이 아니라, 타향에서 방황하며 넓은 바다를 떠돌아다니도록 태어났다는 그러한 감정에 사로잡혔다. 신의 가슴에 몸을 던지고 자신의 보잘것없는 생명을 무한한 것과 영원한 것에 단단히 매어보고 싶은 그러한 옛날부터의 쓸쓸한 소원이 막연하게 충동을 일으키며 솟아 올랐다.

라팔로에서 헤엄을 치며 나는 처음으로 바다를 얼싸안고 찝찔한 바닷물을 맛보며 파도의 힘을 느꼈다. 나는 맑고 푸른 파도나 해안가의 황갈색 바위나 높고 잠잠한 하늘이나 끊임없이 설레는 파도소리에 싸였다. 가물거리며 지나가는 배, 검은 돛대와 하얀 돛, 멀리 떠나가는 기선에서 가느다란 연기가 나부끼는 광경은 언제나 다시금 내 마음을 사로잡았다. 내가 좋아하는, 쉴 줄 모르며 흘러가는 구름 이외에는 그러한 배, 다시 말하면 멀리 가물가물 달리며 점점 작아져서 활짝 트인 수평선 속으로 사라지는 배만큼 동경과 방랑을 아름답고 엄숙하게 나타내는 것을 나는 알지 못한다.

우리는 피렌체에 닿았다. 이 거리는 많은 그림이나 그보다 몇십 배나 꿈속에서 보아서 이미 아는 그러한 모습이었다. 밝고 널찍하며, 살기 좋고, 다리가 놓인 푸른 강이 흐르고 깨끗한 언덕으로 싸여 있었다. 베키오 궁전의 탑이 빛나는 하늘로 제멋대로 대담하게 우뚝 솟았다. 언덕 위에는 아름다운 피에솔레 거리가 하얗게 따스한 햇볕을 받으며 가로놓였다. 언덕이라는 언덕은 모두 희고, 붉은 과일나무 꽃이 활짝 펴 뒤덮였다. 경쾌하고, 명랑하며, 소박한 토스카나 지방의 생활이 마치 기적처럼 내 눈앞에 나타났다. 얼마 후에는 전에 집에 있을 때와 다름없이 아늑한 기분을 느꼈다. 며칠 동안 나는 낮이면 사원이나 광장이나 골목길이나 복도나 시장에서 돌아다니고 저녁이면 이미 라임이 다 익은 언덕 뜰에서 꿈꾸듯 공상하며 시간을 보내든지, 칸티주를 파는 자그마하고 간소한 술집에서 마시기도 하고 먹기도 하며 지냈다. 그러면서 한편 화랑이나 바르젤로의 수도원이나 도서관이나 성물방 같은 데서 즐겁고 만족한 시간을 보내고 오후에는 피에솔레나 산 미니아토나 세티냐노, 프라

토 같은 곳으로 돌아다녔다.

집을 나오기 전에 한 약속에 따라서 나는 여기서 일주일 동안 리하르트를 남겨두고, 살지고 푸른 움브리아 고원 지대를 걸으면서 내 젊은 시절을 통틀어서 가장 귀중하고 감미로운 여행을 즐겼다. 성 프란체스코가 걸은 길을 지나며, 그가 나와 나란히 걷는 것같이 느낀 일도 한두 번이 아니었다. 헤아릴 수 없는 사랑이 넘쳐흐르는 마음으로 어린 새들이나 샘물이나 무성한 찔레꽃에게 감사와 기쁨이 넘치는 인사를 했다. 햇빛을 받아 반짝이는 언덕에서 라임을 따먹고 자그마한 마을에서 머물며, 혼자 마음속으로 노래도 부르고, 시도 짓고, 아시시 성자의 사원에서 부활제를 축복했다.

움브리아 지방을 걸어 다닌 이 일주일은 언제나 나의 청춘 시절에서 가장 화려하며 아름다운 저녁 노을 같은 시간이었다. 매일같이 내 마음속에는 샘물이 용솟음쳤다. 신의 부드러운 눈길을 엿보듯이 나는 맑고 화려한 봄 경치를 바라보았다.

나는 움브리아에서 신의 악사인 성 프란체스코를 사모하며, 그의 발자취를 더듬었다. 피렌체에서는 언제나 15세기의 생활을 연상하며 즐겼다. 나는 이미 고향에서 우리의 오늘날 생활 형식에 대해서 풍자적인 글을 쓴 일이 있지만 피렌체에 와서 비로소 근대 문화의 보잘것없이 우스운 면을 느꼈다. 거기서 처음으로 나는 우리 사회에서 영원히 이방인이라는 느낌에 사로잡혔다. 거기서 처음으로 내가 속한 사회를 떠나 될 수 있으면 남쪽 나라에서 살고 싶다는 생각이 싹텄다. 거기라면 나는 사람들과 교제할 수도 있었다. 거기라면 여유로운 생활의 자연스러운 맛을 즐길 수가 있었다. 그 삶에는 이렇게 자연스러운 면과 아울러 고전적 문화와 역사의 전통이 존재했으며, 고귀하고 세련된 미가 있었다.

아름다운 몇 주일이 화려하고 즐거운 가운데 지나갔다. 리하르트도 여태껏 그처럼 정열적으로 도취한 적은 없었다. 흐뭇하고 즐거운 기분으로 우리는 미와 향락의 술잔을 비웠다. 우리는 뚝 떨어진, 무더운 언덕 위의 부락으로 가서 여인숙 주인이나 수도승이나 시골 처녀나 언제나 만족하는 자그마한 그 부락의 목사와 가까이 지내며, 단조로운 세레나데에 귀를 기울이기도 하고, 볕에 탄 귀여운 아이들에게 빵이나 과일을 먹이기도 하며, 양지쪽 언덕에서 봄빛을 받는 토스카나 지방이나 멀리 반짝이는 리구리아 바다를 바라보았다. 우리는 이 행복하고 풍부한 새로운 생활을 향해서 함께 가자고 단단히 마음먹었다.

노동과 전쟁과 향락과 명성이 가까이서 빛나며, 확실히 우리 눈앞에 있었기 때문에 우리는 조금도 서둘지 않고 행복한 하루하루를 즐겼다. 머지않아서 헤어진다 해도 별로 괴로울 것 없이 일시적인 작별이라고 생각되었나. 왜냐하면 우리는 서로 없어서는 안 될 존재이며, 일생을 두고 서로 변함없는 친구라는 것을 어느 때보다도 확실히 알게 되었기 때문이다.

이것이 내가 젊었을 때의 이야기다. 곰곰이 생각해보면 여름철의 하룻밤처럼 짧았다. 약간의 음악과 약간의 정신과 약간의 사랑과 약간의 허영에 지나지 않았다. 그러나 아름답고 풍족하고 다채로웠으며, 마치 엘로이지스의 축제와 같았다.

그리고 그것은 바람 앞의 등불처럼 어느 결에 무참히도 꺼지고 말았다. 취리히에서 리하르트와는 작별했다.

그는 이등 열차에서 내려와서 나에게 키스했다. 그리고 보이지 않을 때까지 차창에서 나를 보고 정답게 머리를 끄덕였다.

2주가 지난 후 그는 보잘것없이 자그마한 강에서 헤엄을 치다가 그만 물에 빠져 죽어버리고 말았다. 그 후 그를 다시는 만나지 못했다. 매장할 때도 가보지 못했다. 며칠이 지나 그가 이미 관에 들어서 땅속에 누운 후, 처음으로 모든 이야기를 들었다. 나는 내 방 마루에 쓰러져서 신과 인생을 천하고 무섭고 험악한 말로써 저주하며, 울고불고 미칠 듯이 날뛰었다. 그때까지 몇 해 동안에 내가 얻은 확실하고 단 하나밖에 없는 재산이 우정이었다는 것을 생각해본 적은 한 번도 없었다. 이제는 그것도 다 지난 일이었다.

여러 가지 추억에 시달려 숨을 막히게 하는 이 도시에 나는 더 머물 수 없었다. 결과야 어찌 되든 나에게는 마찬가지였다. 내 영혼의 핵심은 병들고, 살아 있는 모든 것에 공포를 느꼈다. 다 부서진 나라는 존재가 다시 일어나서 새로 돛을 달고 장년의 한층 더 쓰라린 행복을 향해서 나아갈 희망은 얼마 동안 보이지 않는 것 같았다. 신은 내가 나라는 인간의 가장 좋은 점을 순결하고 즐거운 우정에 바치기를 원했다. 두 척의 빠른 조각배와 같이 우리는 서로 나란히 달렸다. 그리고 리하르트의 배는 다채롭고, 가볍고, 행복하고, 귀여웠다. 나는 그 배에 눈을 걸고 그 배가 언젠가 나를 아름다운 목적지로 이끌어주리라고 믿었다. 지금 그 배는 짤막한 소리를 외치며 가라앉고 말았으며, 나는 갑자기 어두워진 물 위에서 키를 잃어버리고 방황했다.

가혹한 시련을 참고, 별을 따라서 방향을 정하고 새로운 항해에 올라 인생의 영광을 얻기 위해서 싸우며 배회하는 것이 나의 운명이었는지도 모른다. 나는 우정과 여자의 사랑과 청춘을 믿고 살아왔지만, 이제 그것이 하나씩하나씩 나를 떠나고 말았다. 왜 나는 신을 믿으며, 좀 더 강한 그의 손에 내 몸을 맡기지 않았을까? 그러나 나는 일생을 두고 어린아이처럼 소심하면서도 한편 꿋꿋한 데가 있었다. 진정한 생명이 폭풍우처럼 나에게 밀려들며 나를 현명하고 너그럽게 하며, 커다란 날개에 태워 무르익은 행복을 향해서 데려가주려니 하고 나는 언제나 기다렸다.

그러나 현명하고 경제에 밝은 인생은 아무 말도 없이 흘러가는 대로 나를 내버려두었다. 인생은 나에게 별로 폭풍우를 보내지도 않았고, 그저 내가 다시 자신을 죽이고 꾹 참으며, 내 고집을 굽히기를 기다렸다. 내가 거만하고 아는 체하는 희극을 하게 시키고는 모르는 척 거들떠보지도 않고, 헤매던 아이들이 다시 어머니를 찾기를 기다렸다.

5

여기서 언뜻 보기에 이제까지보다도 파란이 심하고 다채로우며, 자칫하면 짤막한 현대소설 하나쯤 나온다고도 할 수 있는 내 생애의 새로운 시기가 시작된다. 내가 어느 독일 신문사에서 편집자로서 초청을 받았고, 펜과 독설을 너무나 자유롭게 휘두른 탓에 공격의 대상이 되어 비난을 받은 일과 그다음부터 주객이라는 평을 받으며 결국 쓸데없이 싸운 끝에 그 자리에서 물러나 통신원으로 파리로 파견된 일, 이 께름한 도시에서 떠돌며 별로 하는 일도 없이 시간을 허비하고 독한 담배를 피워대던 일을 이야기하지 않을 수 없다.

독자들 가운데는 내 방탕했던 생활을 공개하기를 바라는 사람이 많을지 모르지만, 이 짧은 기간 동안 내가 어떻게 살아왔는지 언급하지 않는 것이 내가 비겁하기 때문만은 아니다. 나는 방황할 대로 방황하고, 온갖 더러운 면을 보며, 그 속에 빠지고 말았던 일을 고백한다. 그 후 나는 보헤미안적인 예술가의 낭만적 경향을 사랑하는 감각을 잃어버리고 말았다. 내가 나의 생활 가운데 아직 남은 깨끗한 것과 선한 것에 애착을 느끼며, 잃어버린 그 시대는 잃어버린 것, 다 끝난 것, 다 정리된 것으로서 흘려버려도 여러분은 용서해주기를 바란다.

어느 날 저녁 나는 숲속에 혼자 앉아서 파리를 떠나느냐, 그러지 않으면 차라리 이 자리에서 인생 자체를 버리느냐 생각해보았다. 그러는 동안 오랜만에 자신의 생활을 다시금 머릿속에 그려보며, 죽어도 별로 아깝지 않다는 결론을 얻었다.

그러나 그때 뜻밖에도 벌써 다 지나간 일이며, 이미 다 잊어버렸던 어느 날 일이 분명히 머리에 떠올랐다. 산에 둘러싸인 고향집에서 어느 여름날 이른 아침에 일어난 일로, 그때 나는 침대 옆에 무릎을 꿇었다. 침대에는 어머니가 누워 죽음의 고통과 싸우던 때였다.

나는 그처럼 오랫동안 그날 아침 일을 잊었다는 데 놀라며, 부끄러움을 금할 수 없었다. 어리석게도 자살하려던 생각은 그만 사라지고 말았다. 왜냐하면 진실하고 어디까지나 탈선할 수 없는 인간은 건전하고 튼튼한 생명이 사라지는 것을 한 번이라도 보았다면 스스로 생명을 끊을 수는 없다고 생각했기 때문이다. 나는 어머니가 다시금 세상을 떠나는 것을 보았다. 어머니의 얼굴에서 나는 그 얼굴에 고상한 표정을 띄워주는 죽음의 조용하고 엄숙한 움직임을 보았다. 죽음은 괴로운 것 같았지만, 길을 잃은 아이를 집으로 데리고 가는 신중한 아버지처럼 강하며, 또한 정답기도 했다.

죽음은 어질고 착한 우리의 형제며, 적당한 때를 알기에 마음 놓고 그것을 기다리면 그만이라는 것 또한 의외로 깨달았다. 고통과 실망과 근심이 닥쳐오는 것은, 우리를 불쾌하게 하며 아무 가치도 품위도 없는 사람으로 만들기 위해서가 아니라, 어디까지나 우리를 성숙하게 하며, 앞날을 밝혀주기 위한 것임을 나는 이해하기 시작했다.

일주일 후에 나는 짐을 바젤로 부쳤다. 걸어서 남프랑스의 아름다운 지방을 여행하고, 사나운 냄새처럼 추억 가운데서 나를 따라오는 불행한 파리의 나날이 멀어져가며 흐려지는 것을 느꼈다. 나는 연애 재판 게임에도 참여해보고, 성터나 물방앗간이나 창고에서 잠을 자며, 이야기를 즐기는 검은 머리 청년과 함께 따뜻하게 데운 포도주를 마셨다.

지칠 대로 지치고, 메마르고, 햇볕에 타고, 마음까지 변해서, 두 달 후 바젤에 닿았다. 이런 여행은 처음이었으며, 가장 긴 여행이었다. 로카르노와 베로나 사이에도, 바젤과 부리크 사이에도, 피렌체와 페루지아 사이에서도 내가 먼지투성이 구두를 이끌며 두 번 세 번 지나지 않은 곳은 거의 없었다. 꿈을 따라 걸었지만, 그 꿈은 아직 하나도 실현되지 않았다.

나는 바젤 교외 어느 하숙에 들어서 짐을 풀고 일을 시작했다. 누구 하나 아는 사람도 없는 거리에서 지내는 것이 즐거웠다. 몇몇 신문이나 평론 잡지의 일거리는 아직 계속 있었다. 나는 일을 하며 살아가지 않을 수 없었다. 처음 몇 주 동안은 편안하게 안정할 수 있었지만, 차차 옛날의 쓸쓸한 기분이 다시금 떠올라 며칠이고 몇 주고 계속되며, 일을 해도 사라지지 않았다. 우울한 기분을 스스로 맛보지 못한 사람이라면 모를 것이다. 무엇이라고 말하면 좋을까? 나는 몹시 고독함을 느꼈다. 나와 다른 사람들과 도시나 광장이나 집이나 거리의 생활 사이에는 언제나 커다란 간격이 있었다. 커다란 사고가 있거나 중대한 일이 신문에 나도, 나에게는 아무 관계도 없었다. 축제가 벌어지고, 죽은 사람이 매장되고, 시장이 열리고, 음악회가 개최되었다. 대체 무엇 때문일까? 나는 밖으로 나가서 숲속이나 언덕이나 신작로를 이리저리 거닐었다. 내 주위에서는 풀밭이나 나무들이나 밭이 잠잠하며, 묵묵히 애원하듯이 나를 쳐다보고, 뭐라고 말하면서 가까이 와 인사라도 하려는 것 같았다. 그러나 그런 것은 그냥 그 자리에 가로놓였을 뿐 아무 말도 없었다. 나는 그들의 괴로움을 이해하며, 함께했다. 왜냐하면 나는 그들을 구해줄 수가 없었기 때문이다.

나는 의사를 찾아가 나의 정신적 고뇌를 상세히 기록해서 보이고, 나의 고통을 설명하려고 했다. 의사는 그것을 읽고 이것저것 물으며 나를 진단했다.

"매우 건강합니다."

그는 칭찬했다.

"몸에는 별로 지장이 없습니다. 독서나 음악으로 마음을 명랑하게 해보십시오."

"저는 직업상 매일 새로운 글을 여러 가지 읽습니다."

"하여튼 밖에서 운동을 좀 하는 것이 좋겠습니다."

"매일 세 시간이나, 네 시간씩 걷습니다. 그리고 휴가 때는 적어도 그 두 배는 걷습니다."

"그러시면 억지로라도 사람들 사이에 섞여보십시오. 당신은 매우 사람을 꺼릴 위험성이 있습니다."

"그건 관계없습니다."

"관계가 없을 리 있겠습니까? 지금 당신이 교제를 싫어하면 싫어할수록 억지로라도 사람들과 만나야만 합니다. 당신의 현재 상태는 아직 병이라고는 할 수 없고, 염려할 것은 없습니다. 그러나 그렇게 소극적으로 돌아다니기만 하다가는 결국 언젠가는 건강에 지장이 생길지도 모르지요."

의사는 이해심이 있고 친절한 사람이었다. 그는 나를 동정하여 교수 한 분을 소개해주었다. 그 교수의 집에는 많은 사람이 드나들었으며, 말하자면 정신적이며, 문학적인 생활을 했다. 나는 그곳을 찾아갔다. 모두 내 이름을 알며, 정답고 친절하게 진심으로 나를 맞이해주었다. 나는 가끔 그곳을 찾아갔다.

늦가을 어느 추운 날 밤에 찾아갔더니, 젊은 역사학자와 매우 늘씬하고 머리가 검은 어떤 소녀가 와 있었다. 그 외에는 손님이 없었다. 그녀는 좀 수다스러웠으며, 차 끓이는 것을 도왔다. 그녀는 역사학자에게 매우 쌀쌀한 태도였다. 잠시 피아노를 치고 난 그녀는 나에게, 나의 풍자 소설을 읽었지만, 조금도 재미가 없었다고 말했다. 지나치게 영리한 여자인 것 같았다. 잠시 후 나는 집으로 돌아왔다.

그러는 동안 사람들은 차츰 내가 술집에 자주 드나드는 숨은 대주객이라는 사실을 알게 되었다. 나는 별로 놀랍게 생각하지 않았다. 왜냐하면 인텔리들의 사회에서는 남녀를 막론하고 남의 이야기를 가장 많이 화제로 삼았기 때문이다. 그러한 사실이 드러난 것은 부끄러운 일이었지만, 그렇다고 해서 교제하는 데 별로 방해가 되는 것은 아니고, 도리어 인기를 얻었다. 왜냐하면 바로 그때 모든 사람은 금주 운동에 열중했으며, 신사 숙녀들은 모두 금주협회의 위원으로서 죄인이 들어오면 누구나 다 기뻐했기 때문이다.

어느 날 처음으로 은근히 공격이 시작되었다. 술집을 드나드는 생활의 추잡한 점이나 알코올 중독의 해로운 점을 어디까지나 위생적이며, 윤리적이며, 사회적인 견지에서 생각해보라고 설명해주었다. 그리고 협회에서 베푸는 잔치에 참석하라는 초대가 있었다. 나는 매우 놀랐다. 그러한 협회나 운동에 대해서는 조금도 몰랐기 때문이었다. 음악과 종교적인 색채를 띤 협회의 모임은 우스워서 견딜 수가 없었다. 나는 그러한 인상을 숨기려 하지 않았다. 몇 주 동안이나 억지로 친절을 보이면서 설교해주었지만, 나는 그것만으로 그만 지쳐버리고 말았다. 어느 날 밤 다시금 똑같은 설교가 시작되고 개심하라고 안타깝게 조르는 것을 나는 도리어 될 대로 되라는 태도로 그런 시끄러운 수작은 그만두라고 단단히 거절했다. 그때 옆에서 함께 듣던 앞서의 그 소녀는 내 이야기에 귀를 기울이다가 "옳소!" 하고 말했다. 그러나 나는 기분이 좋지 않았기 때문에 그 말이 귀에 들어오지 않았다.

그런 일이 있고 나서 금주협회의 대회가 성대히 벌어졌을 때, 어떤 웃음거리가 생기면 나는 한층 더 유쾌한 기분으로 바라보았다. 커다란 협회가 그 본부에서 수많은 손님과 같이 식사하며 회의를 열었다. 연설하고, 우정이 맺어지고, 합창하고, 좋은 일이 진행되면 축복이라도 하듯이 만세 소리가 드높았다. 기수(旗手)의 역할을 맡은 사환은 금주 연설이 너무나 길었기 때문에 다리가 저려서 슬며시 가까이에 있는 술집으로 들어갔다. 엄숙한 축하식이 끝나고 가두에서 시위 행렬이 시작되자 심술궂은 술꾼들은 구경거리나 생긴 듯이, 감격한 사람들의 행렬을 이끄는 지휘자가 얼근히 취했으며, 그가 든 푸른 십자가의 깃발이 파선된 배의 돛대 모양으로 흔들리는 우스운 광경을 보고 좋아했다.

술에 취한 사환은 물리쳤지만, 각 경쟁 단체나 위원회 내부에서 일어나서 한층 더 유쾌한 화제로 꽃을 피운, 어디까지나 인간다운 허영이나 질투나 음모의 혼란은 물리칠 수가 없었다. 그 운동은 분열되고, 몇몇 야심가들이 명성을 독점하려고 그들의 이름 밑에 개심하지 않는 주객들을 마구 비난했다. 순결하고 자기 자신은 돌보지 않는 협력자도 없지는 않았지만, 그들은 무참하게도 이용을 당할 뿐이었다. 가까이 있던 사람들은 여기서도 이상적인 이름표 밑에서 여러 가지 불결한 인간성이 악취를 풍긴다는 것을 알 수가 있었다. 나는 이러한 희극을 어쩌다가 제삼자에게 듣고 은근히 유쾌하게 생각했다. 그리고 밤에 취해서 돌아오면서 '봐요, 우리 야만인들이 훨씬 좋은 인간이지 뭐야' 하고 생각했다.

라인강을 바라보며, 높고 전망이 좋은 자그마한 내 방에서 나는 열심히 공부하고, 여러 가지 생각에 잠겼다. 이렇게 인생이 나의 옆을 지나갈 뿐, 거센 물결이 나를 앗아가지도 않고, 심한 정열에 열중하며 무슨 공명을 느끼지도 못하고, 덧없는 꿈에서 벗어나지도 못한 데 대해서 절망을 느꼈다. 사실은 매일같이 하는 일과 아울러, 초기 성 프란체스코 교파 수도사들의 생활을 그리려고 한 작품의 준비를 마쳤다. 그러나 그것은 창작이 아니라, 전부터 있던 소박한 재료를 모아보려는 데 지나지 않았으며, 타오르는 나의 동경심을 만족시킬 수는 없었다. 나는 취리히나 베를린이나 파리를 회상하며, 같은 시대 사람들의 근본적인 소망이나 정열이나 이상을 밝혀보려고 했다. 어떤 사람은 종전의 가구나 벽지나 의복을 배척하며, 좀 더 자유롭고 아름다운 환경에서 지내도록 애를 썼다. 또 어떤 사람은 헤겔의 일원론(一元論)을 통속적인 책이나 강연을 통해 보급해보려고 했다. 어떤 사람은 영원한 세계 평화를 가져오는 데 애쓸 필요가 있다고 생각했다. 또 어떤 사람은 굶주린 하부 계급을 위해서 싸우고 또는 민중을 위해서 극장이나 박물관을 세워서 개관할 수 있도록 기부금을 모집하기도 하고 강연도 했다. 그러나 이 바젤에서는 술이 공격의 대상이었다.

이러한 모든 노력에는 생명과 충격의 운동이 있었다. 그러나 나에게는 그런 것들 중에 중요하고 필요하다고 생각되는 것은 하나도 없었다. 모든 목표가 오늘 달성된다고 해도 나와 내 생활에는 아무 관계도 없었을 것이다. 희망을 잃어버리고 나는 의자에 털썩 주저앉아서 책이나 종이 같은 것을 밀어 치우고, 그만 생각에 잠기고 말았다. 그러자 밖에는 라인강이 흐르고, 살랑거리는 바람 소리가 들렸다. 나는 감격한 나머지 어디를 가나 나의 뒤를 따르는 심한 우수와 동경의 이야기에 귀를 기울였다. 희미한 밤 구름이 뭉게뭉게 밀려서 마치 겁을 집어먹은 새처럼 공중으로 날개 치는 것을 보고

라인강의 물소리를 듣자 어머니의 죽음이나 성 프란체스코나 눈에 덮인 산에 둘러싸인 고향이나 물에 빠져 죽은 리하르트를 머릿속에 그려보았다. 뢰지 키르타너를 위해 알펜로제를 꺾으려고 절벽으로 기어오르던 나나 취리히에서 책이나 음악이나 대화에 흥분하던 나, 아리에티와 어두운 밤 호수에서 보트를 타던 나, 리하르트의 죽음에 실망하고 여행길을 떠났다가 다시 돌아와 마음의 상처가 가시기는 했지만, 또다시 가련한 신세가 된 나를 보았다. 무엇 때문에, 무엇을 위해서 그랬을까? 아아 신이시여, 모든 것은 한낱 장난이며, 우연이요, 그려놓은 그림에 지나지 않았던가? 나는 정신이나 우정이나 미나 진리나 사랑을 구하여 싸웠고, 그 정욕의 고민을 맛보지 않았던가? 그리움과 사랑의 무더운 파도가 나의 마음속에서 여전히 끓어오르지 않았던가? 더구나 모두가 아무 소용도 없었으며, 나를 괴롭힐 뿐 누구 하나 즐겁게 할 수가 없지 않았던가?

그러자 나는 술집으로 나가지 않을 수 없었다. 등불을 끄고 더듬거리며, 급하고 낡고 굽은 계단을 내려가 펠틀린 홀이나 바틀란트 주점으로 나갔다. 거기서 나는 언제나 콧대 높고 때로는 몹시 사나운 편이었지만, 좋은 손님으로서 환영받고, 존경받았다. 나는 읽을 때마다 화가 치미는 정치 풍자 잡지 《천치》를 읽고 포도주를 마시며, 그 위안을 기다렸다. 그리고 정다운 주신은 여자처럼 부드러운 손으로 어루만져주며, 나의 손발을 알맞게 피로케 하고, 나의 흐려진 정신을 아름다운 꿈나라로 이끌어주었다. 가끔 어째서 내가 남을 사납게 대하며, 호령하는 데에서 일종의 위안을 느꼈는지 나로서도 이상하게 생각되었다. 자주 찾아가는 한 요릿집에서는 여종

업원들이 언제나 나를 불평만 하는 시끄러운 시골뜨기 양반이라고 말하면서, 무서워하고 몹시 싫어했다. 남자와 이야기를 시작하면 나는 비웃는 어조로 매우 사나웠다. 물론 상대방도 그런 태도를 따랐다. 그럼에도 내게는 몇몇 술친구가 생겼다. 모두 늙고 돌이킬 수 없는 주정뱅이들이었다. 나는 가끔 그들과 술로 하룻밤을 새우며, 그런대로 사귀었다. 특히 그 가운데는 어느 정도 나이가 든 버릇없는 친구가 있었다. 직업은 도안 화공이며 여자를 싫어하고, 음란한 이야기를 잘하며 술에서는 딱지가 붙은 대주객이었다. 밤에 어느 주점에서 혼자 술을 마시는 그를 만나면 반드시 폭음을 했다. 우선 잡담이 시작되고 농담이 벌어지는 한편 자그마한 붉은 포도주병 하나를 비운다. 그러는 동안 차츰 술을 마시는 일이 주가 되고, 이야기는 그만 잦아들고 만다. 우리는 아무 말도 없이 마주 앉아서 허리를 구부리고 각각 브리사고 담배를 피우며, 제멋대로 자기 병을 비웠다. 그러면 서로 비슷하게 술이 취해서 언제나 동시에 병을 채우며, 서로 어느 정도 존경하면서도 한편 심술궂은 쾌감을 갖고 서로 쳐다보았다. 늦가을 새로운 포도주가 나오면 우리는 함께 마르크그레플러에 있는 포도밭 마을을 돌아다녔다. 키르헨에 있는 히르센 술집에서 그는 나에게 자신의 신세타령을 했다. 그 이야기는 재미도 있고 독특한 것이라고도 생각했지만, 서운하게도 다 잊어버리고 말았다. 머리에 남은 것은 그가 만년에 만취했던 이야기였다. 어느 시골에서 축제가 벌어졌을 때의 일이라고 한다. 마을 유지들의 식사 자리에 끼게 된 그는 우선 목사와 읍장에게 잔뜩 취하도록 술을 먹였다고 한다. 그런데 목사는 다음에 연설을 하게 되어 있었다. 사람들은 목사를 겨우 연단으로 끌어올렸지만, 그는 거기서 터무니없는 이야기를 늘어놓았기 때문에 다시 끌어내렸다. 그래서 그 공간을 메우기 위해서 읍장이 뛰어나가 대단한 기세로 일장 연설을 시작했지만, 너무 열을 올려 그만 갑자기 기분이 나빠지고, 이상하게도 멋쩍게 축사를 끝내고 말았다고 한다.

이 이야기나 그밖의 이야기를 다시 한번 들었으면 했다. 그런데 사격제(射擊祭)가 있던 날 밤, 우리 사이에는 도무지 화해할 수 없을 만한 싸움이 벌어져서 서로 수염을 쥐어뜯은 끝에 화를 내며 헤어지고 말았다. 그 후 우리는 두서너 번 원수처럼 술자리에서 만났지만, 물론 그때는 서로 다른 식탁에 앉았다. 옛 습관대로 우리는 서로 아무 말도 없이 쳐다보며, 같은 속도로 술을 마시고 어느덧 두 사람만이 나중에 남아 마침내 일어나려고 할 때까지 그냥 뻗댔다. 그러나 결국 화해는 하지 못하고 말았다.

자신의 비애와 무능한 생활의 원인을 아무리 생각해봐야 소용도 없고 그저 피로할 뿐이었다. 그렇다고 해서 자신이 다되고 쓸모가 없나는 생각은 들지 않고, 도리어 막연한 어떤 충동에 잠기며, 때만 오면 무슨 깊이가 있고 훌륭한 것을 만들어내어, 마음대로 되지 않는 인생이지만 그래도 한 가닥 행복을 차지할 수 있지나 않을까 하는 생각이 떠올랐다. 그러나 그러한 때가 언제 올 것인가? 내 속에는 여러 가지 힘이 써보지도 못한 채 도사리고 있지만, 신경질적인 현대파 문사들이 자연스럽지 못한 여러 가지 자극을 받으며 예술적인 활동으로 자신을 채찍질하는 것을 보면 꺼림칙한 생각이 들었다. 그리고 나는 또 강하고 팽팽한 내 몸속에 어떤 장해나 마귀가 숨어서 내 마음을 침체시키며, 더욱더 괴롭히는 것일까 하는 생각에 잠겼다. 그러자 나는 특수하고, 실패한 인간이며, 이 괴로움은 아무도 모르고, 이해할 수도 없고, 동정을 살 수도 없다는 이상한 생각까지 떠올랐다. 우울한 기분은 사람을 병들게 할 뿐만 아니라, 자기도취를 길러주고, 근시안적이며, 거만한 태도까지 길러준다. 이것이 우울증의 좋지 못한 점이다. 마치 하이네의 멋대가리 없는 아틀라스처럼 혼자서 세계의 모든 고뇌와 수수께끼를 어깨에 짊어진 듯 생각한다. 따라서 몇천의 사람들은 그러한 고통을 모르고 살며, 자기와 같이 미로에서 방황하지 않는 줄 안다. 나의 성질이나 여러 가지 버릇이 내 것이라기보다 도리어 카멘친트 가문에 대대로 내려오는 유전, 아니 악습이라는 생각은 나처럼 혼자서 지내며 고향을 떠나 있으면 고스란히 다 잊어버리고 만다.

몇 주일마다 또 그 친절한 교수의 집을 찾았다. 차츰 나는 그 집에 드나드는 사람들을 거의 모두 알게 되었다. 대개가 젊은 학자들로, 그 가운데는 독일 사람도 많았다. 여러 분야의 사람들이지만, 몇몇 화가나 음악가도 있고, 부인이나 딸을 데리고 온 시민도 있었다. 나를 귀빈처럼 대해주는 그들을 볼 때 가끔 놀라지 않을 수 없었다. 그들이 매주 몇 번씩 서로 만난다는 것을 알았다. 대체 무슨 이야기를 하며, 무엇을 하는 것일까? 그들은 대부분 일관되고 아무 변화도 없는 사교적인 인간들이었다. 내가 갖지 못한 일관된 사교성으로 그들끼리는 어쩐지 조금씩 닮은 것 같았다. 그들 중에는 이러한 사교성에도 결코 고결한 인격과 개성을 잃지 않는 사람도 있었다. 그들은 사교계에 있으면서도 신선한 맛이나 개성적인 힘을 조금도 잃지 않았다. 이러한 사람이라면 나는 한 사람 한 사람 오랫동안 재미있게 이야기할 수 있었다. 그러나 이 사람 저 사람에게로 돌아가며, 잠시도 한곳에 붙어 있지 못하고 여자에게는 쓸데없이 아양을 떨고, 차를 마시며 몇 마디 이야기를 건네는 동시에 피아노 곡에 주의를 기울이며, 더구나 그런 데 마음이 쏠려서 만족한 표정을 떠는 그런 짓은 할 수가 없었다. 문학이나 예술을 이야기해야 한다는 것은 도무지 견딜 수가 없었다. 이러한 방면에서는 느끼는 바가 극히 적고, 그저 대개는 거짓말을 늘어놓는 것이 사실이며, 하여튼 지루할 정도로 여러 가지 이야기가 오간다는 것을 나는 깨달았다. 그래서 나도 같이 거짓말을 했지만, 조금도 흥미가 없었다. 아무 쓸데도 없는 그러한 이야기는 지루하기 짝이 없으며, 모욕적이었다. 그보다 도리어 나는 어린아이에 대한 부인의 이야기를 듣는 한편, 여행이나 하루하루의 사소한 경험이나 그밖의 현실적 이야기를 들려주었다. 이렇게 하여 가끔 사람들과 어울리며 즐거운 한때를 가져보기도 했지만, 그러한 하룻밤이 지나면 대개 포도주 파는 집으로 가서 기갈이 든 목과 멋없이 시루한 기분을 벨틀린주로 씻어버렸다.

이러한 어느 회합에서 나는 머리가 검고 어린 그 소녀를 다시 만났다. 많은 사람이 모여서 음악을 연주하며, 전과 같이 떠들었다. 나는 그림책을 들고 구석에 있는 등불 옆에 앉았다. 토스카나의 풍경화였지만, 평범하고 어디서나 볼 수 있는 인상적인 그림이 아니라, 좀 더 아늑하고 개인적으로 스케치한 풍경화였으며, 대개는 주인의 여행 친구나 또는 그밖의 여러 친구의 선물이었다. 그때 나는 산 클레멘테의 쓸쓸한 계곡에 있는, 창문이 좁고 돌로 만든 자그마한 집의 스케치를 발견했다. 나는 그곳을 여러 번 산책했기 때문에 그것을 알아보았다. 그 골짜기는 바로 피에졸레 근방이지만, 옛 고적이 없기 때문에 그곳을 찾는 손님은 그리 많지 않았다. 골짜기는 험하고, 별로 아름다운 점도 없고, 쓸쓸하고, 별로 집도 없으며, 높고 험한 벌거숭이 산으로 둘러싸여서, 적적하고 인적이 드문 곳이었다.

소녀가 가까이 오더니 내 어깨너머로 넘겨다보았다.

"왜 그렇게 언제나 혼자만 계세요, 네, 카멘친트 씨?"

귀찮다는 생각뿐이었다. 다른 남자들이 상대하지 않으니까 나에게 왔구나 하고 생각했다.

"그런데 왜 대답도 안 하세요?"

"미안합니다, 아가씨. 그런데 무슨 대답을 해요. 저는 혼자 있는 것이 즐거우니까 혼자 있는 겁니다."

"그러면 방해가 되겠네요?"

"당신은 참 우스운 양반인데요."

"미안합니다. 그런데 우스운 것은 매일반인걸요."

그러면서 그녀는 자리에 앉았다. 나는 그림을 그냥 손에 든 채였다.

"당신은 산골에서 오셨어요?"

그 여자는 이야기를 꺼냈다.

"산골 이야기를 듣고 싶어요. 오빠 말로는 당신이 사는 마을에는 성(姓)이 하나뿐인데, 모두 카멘친트라면서요. 정말이에요?"

"글쎄요. 그러나 퓌슬리라는 빵집 주인도 있고, 뉘데거라는 요릿

집 사장도 있는데요."

나는 못마땅한 듯이 어물어물 말했다.

"그밖에는 모두 카멘친트지요? 그리고 모두 친척이라면서요?"

"그런 사람도 있겠지요."

나는 스케치를 여자에게 주었다. 그 여자는 그림을 받아 쥐었다. 나는 그녀에게 화첩을 받아 쥔 자세가 좋다고 말했다.

"칭찬하시는 거예요? 그런데 어쩐지 학교 선생 같군요."

그 여자는 웃었다.

"그림을 보지 않겠습니까? 보지 않으면 넣어두겠습니다."

나는 무뚝뚝한 어조로 말했다.

"도대체 무슨 그림이지요?"

"산 클레멘테입니다."

"어디예요?"

"피에졸레 옆입니다."

"거기 가보신 일이 있어요?"

"그림요. 여러 번 갔지요."

"골짜기 경치는 어때요? 이 그림은 그 일부군요."

나는 생각에 잠겼다. 엄숙하고 험하고 아름다운 경치가 눈앞에 나타났다. 그것을 그대로 눈에 담아두기 위해서 반쯤 눈을 감았다. 잠시 후 나는 입을 열었다. 그 여자가 그대로 내 이야기를 기다리는 것이 반가웠다. 그녀는 내가 생각에 잠긴 것을 알았다.

산 클레멘테의 경치가 말없이 여름날 오후의 뜨거운 햇살을 받으며 메마르면서도 당당하게 가로놓인 것을 그려보았다. 가까운 피에졸레에서는 공업을 경영하며, 밀짚모자나 바구니를 엮기도 하고, 기념품이나 오렌지를 팔기도 하며, 손님을 속이기도 하고, 구걸도 한다. 훨씬 밑에는 피렌체가 가로놓였으며, 낡은 생활과 새로운 생활이 엇섞였다. 하지만 산 클레멘테에서는 그 두 곳이 보이지 않는다. 거기서 일을 한 화가는 없고 로마식 건물도 없었다. 역사는 그 쓸쓸한 골짜기를 잊어버렸다. 그러나 거기서는 태양과 비(雨)가 대지와 싸웠다. 그리고 쓰러져가는 소나무가 생명을 이어보려고 애썼다. 몇 그루의 삼나무가 엉성한 가지를 공중으로 뻗고, 메마른 뿌리로 생명을 향해서 원망스러운 폭풍우가 가까워 오지 않나 망을 보는 듯이 보였다. 가끔 가까이에 있는 커다란 농장에서 황소가 끄는 우차가 지나갔다. 또는 농부의 가족들이 피에졸레로 순례의 길을 떠났다. 그러나 이들은 가끔 지나는 손님에 지나지 않는다. 다른 곳에서는 그렇게 경쾌하게 보이는 산골 여인들의 붉은 앞치마도 이곳에서는 거추장스럽게만 보였다.

나는 젊었을 때 친구와 함께 그곳을 거닐며 삼나무 밑에서 자기도 하고, 메마른 뿌리에 기대 서기도 했다. 슬프고 아름다운 골짜기의 고독감이 고향 산천을 연상시켰다. 나는 이런 이야기를 그녀에게 들려주었다.

잠시 우리는 아무 말도 없었다.

"당신은 시인이군요."

소녀는 말했다.

나는 얼굴을 찌푸렸다.

"다른 의미에서 말씀드린 거예요."

그 여자는 말을 이었다.

"당신이 소설 같은 것을 쓴다고 해서 그렇게 말한 게 아니라, 당신이 자연을 이해하고 사랑하기 때문입니다. 나무가 살랑거리고, 산이 햇빛에 빛난다고 해서 다른 사람들에게 그게 뭐겠어요. 그러나 당신에겐 그 가운데 생명이 있고, 그것과 당신은 같이 살아가니까요."

나는 누구에게도 "자연을 이해한다"라고 말할 수 없으며, 아무리 찾고 알아보려고 해도 보이는 것은 기적뿐이며, 슬퍼질 뿐이라고 대답했다. 양지에 서 있는 나무나 바람에 부서지는 돌이나 짐승이나 산, 이러한 모든 것에는 생명이 있으며, 역사도 있다. 살아서 고민하며, 항거하며, 즐기다가 그만 죽고 만다. 그러나 우리는 그것을 모른다.

나는 이야기하면서 그 여자가 조용히 아무 말도 없이 들어주는 것을 반가이 생각하고, 여자를 살펴보기 시작했다. 그 여자는 나의 얼굴을 쏘아보며, 내 시선을 피하지 않았다. 그 여자의 얼굴은 사실 조용히 아무 잡념도 없이 주의를 기울이면서 조금 긴장한 빛을 띠었다. 마치 어린아이들이 내 이야기를 듣는 것 같았다. 아니다, 그런 것이 아니라, 어른이 주의를 다해서 들으면서 자기를 잊어버리고, 자기도 모르게 어린아이의 시선을 띠게 된 것 같았다. 바라보는 동안 나는 티 없는 마음으로 차츰 발견자의 기쁨을 느끼며, 그 여자를 매우 아름답게 보았다.

내가 입을 다물자, 소녀도 아무 말이 없었다. 그러더니 그 여자는 갑자기 일어서며 눈이 부신 듯이 등불 빛을 쳐다보며 눈을 깜빡거렸다.

"아가씨, 이름이 뭐지요?"

내가 물었다. 별로 다른 생각이 있는 것은 아니었다.

"엘리자베트예요."

그 여자가 자리에서 일어나자 곧 나는 피아노를 들려달라고 간청했다. 그 여자의 연주는 훌륭했다. 그러나 가까이 가보았을 때 나는 그 여자가 그렇게 예쁘지 않다는 것을 알았다.

집으로 돌아가려고 고풍스러운 층계를 내려섰을 때 현관에서 외투를 입은 두 화가가 주고받는 대화가 두서너 마디 내 귀에 들렸다.

"이봐, 그 자식이 오늘 저녁에는 엘리자베트 곁을 떠나지 않더군."

한 남자가 이렇게 말하며 웃었다.

"얌전한 강아지가 부뚜막에 오르는 격이지. 그래도 눈은 높거든."

다른 남자가 말했다. 원숭이 같은 자식들이 벌써 그런 이야기를 했다. 나는 의외로 내가 쓸데없이 처음 만난 어린 소녀에게 정다운 추억과 나의 내면생활을 고스란히 털어놓았다는 것을 깨달았다. 어떻게 그 소중한 이야기를 했는지 알 수 없었다. 그런데 벌써 그런 험담을 하다니! 나쁜 자식들!

나는 그 집을 떠난 후 몇 달 동안 발을 들여놓지 않았다. 우연히 그 화가 중 한 사람을 길거리에서 만났는데, 그는 보자마자 그 이야기를 물었다.

"왜 당신은 그만 그 집에 안 가시오?"

"쓸데없는 이야기를 하니 어디 견디겠어요."

나는 말했다.

"정말이지 그 여자들은 그렇더군요!"

그는 웃었다.

"천만에요. 저는 남자 중에서도 특히 화가에 대한 이야깁니다."

나는 대답했다.

이 몇 개월 동안 내가 길거리에서 엘리자베트를 만난 일은 그저 한두 번에 지나지 않았다. 한 번은 상점에서, 또 한 번은 미술관에서 만났다. 언제나 그 여자는 귀엽기는 했지만, 예쁘지는 않았다. 그 여자의 너무나 홀쭉한 몸매에는 어쩐지 이상한 점이 있었으며, 대개는 그러한 점이 더욱 그 여자를 장식하며 눈에 띄게 했지만, 너무 지나친 감이 드러났으며 허세를 부리는 것 같았다. 그때 미술관에서 만났을 때는 예뻤다. 그 여자는 나를 알아보지 못했다. 나는 한쪽 옆에 앉아 쉬면서 목록을 들추었다. 그 여자는 내 옆에 큼직한 세간티니의 그림 앞에 서서 그만 그림에 정신이 팔렸다. 알프스의 메마른 목장에서 일하는 시골 여자 두서너 명을 그린 그림인데, 배경에는 스톡홀름 연봉(連峰)이라도 보는 듯이 톱날같이 험한 산들이 솟았다. 그 위에는 차가운 맑은 하늘에 뭐라고 말할 수 없을 만큼 천재적으로 그린 하얀 구름이 떠 있었다. 이상하게도 서로 뭉치고 휘감긴 구름 조각은 첫눈에 사람의 마음을 이끌었다. 마치 바로 지금 바람에 몰리고 말려서 하늘 높이 올라가 서서히 흘러가기 시작하는 것 같았다. 엘리자베트가 이 그림에 그만 마음이 끌린 걸 보면 틀림없이 이 그림을 이해했다. 전 같으면 나타나지도 않던 넋이 그 여자의 얼굴에 나타나고, 큼직하게 뜬 눈에서는 가느다란 웃음이 흐르며, 엷은 입을 어린아이처럼 부드럽게 다물고 미간에 지은 너무나 얄고 거친 주름은 보이지 않았다. 훌륭한 예술품의 아름답고 참다운 맛에 그만 마음이 끌려서 그 여자의 넋까지도 어쩔 수 없이 아름답고 진실하게 있는 그대로 나타났다.

나는 그 옆에 조용히 앉아서 세간티니가 그린 아름다운 구름과 그 구름에 그만 정신이 팔린 예쁜 소녀를 바라보았다. 나는 그녀가 혹시 몸을 돌려 나를 알아보고 말을 걸어와 그녀의 아름다움을 잃어버리지나 않을까 하여 조용히 그곳을 떠나 밖으로 나왔다. 그때 말 없는 자연에 대한 나의 기쁨과 태도가 변하기 시작했다. 나는 아름다운 교외를 한없이 헤매다니고, 내가 특히 좋아하는 유라산 속으로 거니는 일이 한두 번이 아니었다. 그럴 때마다 나는 다시금 삼림이나 산이나 목장이나 과일나무나 수풀을 보고 그것들이 무엇인가를 기다리는 것을 알았다. 혹시나 나를 기다렸는지도 모르지만, 하여튼 사랑을 기다렸다.

그래서 나는 그런 것을 사랑하기 시작했다. 내 마음속에는 말없이 아름다운 자연에 대해서 강하고 애달픈 욕망이 끓어올랐다. 그리고 또 한없는 생명과 동경이 치밀어오르며, 알아주고, 이해해주며, 사랑해주기를 원했다.

사람들은 흔히 "자연을 사랑한다"라고 한다. 그러나 그것은 그들이 자연의 매력을 언제나 달게 받아들일 수 있다는 정도의 이야기다. 그들은 밖에 나가 대지의 아름다움을 즐기고 풀밭을 짓밟다가 나중에는 여러 꽃이나 가지를 꺾어서 곧 버리거나 그러지 않으면 집에서 시드는 모습을 바라볼 것이다. 그들은 이렇게 자연을 사랑한다. 그들은 일요일에 날씨라도 맑으면 이러한 사랑을 연상한다.

그리고 자신의 부드러운 마음에 그만 흔들리고 만다. "인간은 자연의 으뜸"이기 때문에 사실 그런 것은 필요치 않을지도 모른다. 아아, 정말이지 으뜸!

그래서 나는 언제나 모든 것을 깊이 살펴보았다. 바람이 갖은소리를 다 내며 나무 끝을 울리는 소리를 들었다. 골짜기에서 시냇물이 설레며, 잔잔하고 고요한 강물이 벌판으로 흐르는 소리를 들었다. 나는 이러한 소리가 신의 이야기며, 심오하고 어디까지나 아름다운 이 말을 이해한다면 낙원을 다시 찾는 것이라고 생각했다. 책에서는 이러한 말을 찾을 수가 없다. 다만 성경에 피조물의 '말할 수 없는 탄식'이라는 훌륭한 말이 있다. 그런데 어느 시대에나 나처럼 이 이해할 수 없는 말에 마음이 끌려서 조물주가 만든 자연의 노래에 귀를 기울이고, 오가는 구름을 바라보며 한없는 동경심에 부풀어 영원한 것으로 기도의 손길을 뻗는 사람이나 은거자나 참회자나 성자가 있다는 것을 나는 어설피 느꼈다.

피사나 캄포산토를 찾아간 일이 있는가? 그곳에는 지나간 몇 세기 동안 빛깔이 다 바랜 낡은 그림으로 장식된 벽들이 있다. 그중 하나는 테바이 사막 은거자의 생활을 나타냈다. 그것은 자연 그대로의 그림이며, 빛깔은 희미해졌지만, 아직 그 그림에서는 행복한 평화의 힘이 넘치기 때문에 갑작스러운 고통을 느끼며 속세를 떠난 어느 먼 성지에 가서 죄악과 더러움을 씻고 다시는 돌아오기를 원치 않게 되리라. 수많은 예술가가 성스러운 그림으로 이렇게 향수를 나타내려고 했다. 루트비히 리히터가 귀여운 어린아이를 그린 그림 한 장에서도 피사의 벽화와 같은 노래를 우리는 들을 수 있다.

현실적이며 육체적인 것을 좋아한 티치아노가 맑고 구체적인 그 그림에서 어째서 가끔 아늑한 푸른 하늘을 배경으로 삼았을까? 그것은 따스한 한 줄기 푸른빛에 지나지 않는다. 티치아노가 나타내고자 한 것은 먼 산들이었을까, 아니면 무성한 공간에 지나지 않았을까는 나도 알 수 없다. 사실주의 화가인 티치아노도 그것을 몰랐다. 미술사를 연구하는 사람이 말하듯이 그는 빛깔의 조화를 생각하며 그렇게 그린 것이 아니라, 명랑하고 행복한 이 사람의 영혼 속에, 나타나지 않고 생생하게 살아 있으며 억제할 수 없는 그 무엇에 그는 자기대로 바칠 것을 바쳤다. 이와 같은 예술은 어느 때나 우리 마음속에 들어 있는 거룩하고 말 없는 소원을 마치 말하듯이 나타내보려고 애를 써왔다고 나는 생각했다.

성 프란체스코는 그것을 더욱 능란하고 아름다우면서도 훨씬 순진하게 표현했다. 나는 그때 비로소 그를 충분히 이해했다. 그는 온 누리와 식물이나 별이나 동물이나 바람이나 물을 신의 사랑 속에 포함시켜 중세를 넘고, 단테까지 넘어서 시간을 초월한 인간다운 말을 발견했다. 그는 자연의 모든 힘과 현상을 사랑하는 형제자매라고 불렀다. 만년에 의사들에게서 빨갛게 달군 쇠로 이마를 지지라는 선고를 받았을 때, 몹시 고통받는 중환자의 불안을 느끼면서도 그는 이 무시무시한 쇠를 '사랑하는 형제인 그 불'로 달게 받았다.

자연을 가까이 사랑하며, 알 수 없는 말로 이야기하는 친구나 여행의 길동무처럼 자연에 귀를 기울이기 시작한 다음부터, 나의 우울한 기분은 가시지 않았지만, 그래도 나 스스로가 고귀하고 깨끗해지는 것을 느꼈다. 귀와 눈은 날카로워졌다. 나는 아름다운 어조와 그 차이를 분간할 수 있었다. 그리고 모든 생명의 고동을 좀 더 가까이 좀 더 분명하게 들으며, 될 수 있으면 앞으로 그것을 이해하고, 그것을 시인의 말로 표현할 수 있는 재주가 생기며, 그렇게 해서 다른 사람들까지도 그 고동 소리가 나는 곳으로 좀 더 가까이 가서 한층 더 이해하게 되고 모든 원기와 정화와 동심의 원천을 찾아 주었으면 했다. 그러나 그것은 한때의 희망이요, 꿈이었다. 어느 때 한 번 그것이 실현될지 어쩔지 그것은 알 수 없다. 나는 눈에 보이는 모든 것에 사랑을 바치며, 어떠한 것이라도 무관심하거나 경멸하는 마음으로 보지 않으려고 하면서 가장 가까운 것부터 시작해보았다.

이것이 나의 어두운 생활에서 얼마나 기분을 전환시켜주고, 위안을 주었는지 말할 수 없다. 이 세상에서 걱정 없고 변함 없는 무언의 애정만큼 고귀하고 행복한 것은 없을 것이다. 내 글을 읽는 사람 가운데서 몇 사람만이라도, 단 두 사람이나 한 사람만이라도 내 자극을 받아서 비로소 이 순수하고 행복한 기술을 배우기를 나는 무엇보다도 절실히 바란다. 다고난 기술을 갖고 일생 동안 자신도 모르게 그것을 실행하는 사람도 적지 않다. 그것은 신의 사랑을 받는 사람이며, 착한 사람이고, 어린아이와 같은 사람이다. 이 기술을 괴로운 고통을 겪고 나서 배운 사람도 적지 않다. 여러분은 불구자나 불행한 사람들 가운데서 뛰어나고, 얌전하고, 눈에 정기가 있는 그러한 사람을 본 적이 없는가? 여러분이 나와 나의 변변치 않은 말에 귀를 기울이려고 하지 않는다면 그들을 찾아가는 게 좋을 것이다. 그들은 사심이 없는 사랑으로 고통을 극복하고 정화되어 있을 것이다.

이렇게 완숙한 태도를 가끔 가난한 순교자들에게서 보고 존경하는 마음을 금치 못하지만, 지금의 나는 그런 경지에 이르기에는 아직도 너무나 멀다.

그러나 이 몇 해 동안 자신을 완성시킬 수 있는 올바른 길을 알고 있다는 위안을 느끼며 그러한 신념을 잃어본 적은 한 번도 없다.

그러면 그 바른길을 언제나 걸었느냐 하면 그렇지도 않다. 도리어 나는 도중에 수많은 의자에 앉기도 하고, 옳지 못한 길을 돌아간 일도 한두 번이 아니었다. 내 마음속에서는 두 가지 이기적이며 강한 버릇이 진실한 사랑과 싸웠다. 나는 술을 마시며, 사람들을 꺼렸다.

사실 주량은 많이 줄었지만, 몇 주일마다 주신의 꼬임에 넘어가 나는 그의 품 안으로 뛰어들고 말았다. 길거리에서 잠이 들거나, 밤에 그와 비슷한 추태를 부리는 일은 없었다. 왜냐하면 술은 나를 사랑하며, 유혹한다고 해도 주신의 정신이 내 정신과 정답게 이야기할 수 있었기 때문이다. 그리고 마시고 난 다음에는 언제나 얼마 동안 양심의 가책을 받았다. 하지만 결국 술에 대한 강한 애착은 아버지에게서 물려받았기 때문에 술에 대해서만은 사랑을 끊을 수가 없었다. 몇 해를 두고 나는 아버지에게서 물려받은 이 재산을 정성껏 경의를 다하며 키워왔으며, 어디까지나 내 것으로 만들었다. 그때 한 가지 방편으로 욕망과 양심 사이에 어느 정도 진정이면서도 한편 농담 삼아 계약을 맺었다. 결국 아시시 성자의 찬가 속에 '내가 사랑하는 형제인 포도주'를 첨가해서 넣기로 했다.

6

내게는 나쁜 버릇이 또 하나 있었는데, 그 버릇이 훨씬 더 나빴다. 나는 사람을 대하기가 싫고, 은거자처럼 살며, 사람이 하는 일에 대해서는 언제나 조롱과 경멸을 일삼았다.

나의 새로운 생활이 시작될 때 그런 일은 조금도 생각지 않았다. 사람들은 그들끼리 내버려두고, 나의 애정과 헌신적인 태도와 관심을 오로지 말 없는 자연의 생명에 바치는 것이 옳다고 생각했다. 또 자연은 언제나 내 마음을 충족시켜주었다.

밤에 잠을 자려고 하면 언덕이나 삼림 기슭이나 이미 오랫동안 가보지 않았지만, 내가 사랑하는 나무 한 그루 같은 것이 언뜻 나의 머리에 떠올랐다. 지금쯤 그 나무는 밤바람에 떨면서 잠이 들어 꿈을 꾸고, 아마 신음하며 가지를 흔들고 있을 것이다. 어떤 모양일까? 그러면 나는 집을 나가 그 나무를 찾아가서 어둠 속에 희미한 그림자가 서 있는 것을 보고 애정에 넘치는 마음으로 바라보다가 그 희미한 그림자를 가슴에 안고 돌아오기도 했다.

여러분은 그런 모습을 생각하면 웃을 것이다. 아마 이러한 사랑은 심상치 않은 것이긴 하지만, 헛된 사랑은 아니다. 그러나 어떻게 하면 여기서부터 인간의 애정에 통하는 길을 찾을 수가 있을까?

그런데 시작만 되면 언제나 자연히 가장 좋은 방법이 연달아 나타난다. 커다란 창작의 아이디어가 머지않은 장래에 나타날 듯이 나의 머리에 떠올랐다. 그러나 나의 애인이 내가 어느 때 한 번 시인으로서 숲이나 강물의 말을 이야기할 수 있게 한다 해도, 그때 나는 누구를 위해서 말하면 좋단 말인가? 그저 내가 사랑하는 자연계의 모든 것을 위해서가 아니라, 무엇보다 사람을 위해서 말하고 싶었다. 나는 사람들의 안내자나 사람의 스승이 되려고 했다. 그러나 나는 이러한 사람들을 대할 때 사납고 비웃는 태도를 보였으며, 애정을 느끼지 못했다. 이러한 모순을 느끼며, 쓸쓸하고 생소한 기분을 극복하고, 다른 사람에게도 형제와 같은 기분으로 대할 필요가 있다고 느꼈다. 곤란한 일이었다. 왜냐하면 바로 이러한 점에서 고립과 여러 가지 운명이 나를 괴롭게 하며, 나의 감정을 건드렸기 때문이다. 집이나 음식점에서 좀 더 명랑해지려고 하며, 길가에서 만난 사람에게 친절히 인사를 건네는 것만으로는 충분하다고 할 수 없었다. 그러나 그렇게 하는 것만으로도 내가 얼마나 사람들과 관계를 근본적으로 그르치고 말았나 하는 것을 알 수 있었다. 왜냐하면 그들은 내가 친절하게 대하려고 해도 몹시 의심하며 쌀쌀하게 받아들이거나 그러지 않으면 조롱하는 것으로 생각했기 때문이다.

가장 나쁜 것은 내가 아는 집이라고는 그 교수의 집뿐이었는데도, 거의 1년이나 그 집에 가까이 간 일이 없었다는 사실이다. 그러나 무엇보다도 먼저 나는 그 집을 찾아가서 이 지방 풍습에 따르는 사교계로 나갈 어떤 길을 찾지 않을 수 없다고 생각했다.

그런데 여기서 내가 비웃던 나 자신의 인간성이 많은 도움이 되었다. 그 집을 생각하자마자, 나는 엘리자베트가 세간티니의 구름 앞에 서 있는 아름다운 모습을 머릿속에 떠올렸다. 그러자 어느덧 나의 동경과 우수가 그 여자와 얼마나 관계가 깊은가를 깨달았다. 그리고 그때 비로소 처음으로 여자에게 사랑을 구해보려는 생각이 진정으로 일어났다. 그때까지는 결혼 생활 같은 것은 도무지 할 수 없는 것으로 생각했기 때문에 어쩔 수 없는 염증을 느끼며, 단념한 차였다. 나는 시인이며, 방랑자며, 술꾼이며, 독신자였다. 그런데 지금은 운명이 사랑을 결혼까지 이끌어주며, 나를 위해서 인간 세계로 건너가는 다리를 놓아주려는 것이며, 자신의 운명을 알게 된 것같이 생각되었다. 모든 일이 어디까지나 매력적이며, 확실하게 보였다. 엘리자베드가 나를 동정하며, 또 감정이 예민하고 고상한 성격을 가졌다는 것을 벌써부터 느끼기도 하고 보기도 했다. 산 클레멘테에 대한 이야기를 할 때, 세간티니의 그림 앞에 서 있을 때, 그 여자의 아름다운 모습이 얼마나 생생한 빛을 띠었던가를 머릿속에 그려보았다. 마침 나는 그동안 예술이나 자연에서 풍부한 내면적인 재산을 모아두었다. 어디서나 가벼이 잠든 아름다움을 보는 법을 그 여자는 나에게서 배우게 될지도 모른다. 그리고 이렇게 아름다운 것과 진실한 것으로 그 여자를 감싸주면 그 여자의 얼굴과 마음은 어떠한 우울한 기분이라도 다 잊어버리고 자기 능력을 충분히 발휘하며 꽃을 피울지도 모른다. 이상하게도 나는 내가 갑자기 변한 것을 조금도 느끼지 못했다. 고독한 독신자인 나는 하룻밤 사이에 사랑을 느끼는 멋쟁이가 되어 결혼의 행복과 내 세간을 꾸며보려는 꿈을 꾸었다.

나는 그 사교적인 집을 찾아가서 정다운 비난으로 영접을 받았다. 몇 번 그 집을 찾아 드나드는 동안에 거기서 또 엘리자베트를 만났다. 아아, 그 여자는 정말 아름다웠다. 내가 나의 연인으로서 머리에 그리던 것과 마찬가지로 아름답고 행복하게 보였다. 나는 한 시간 동안이나 눈앞에 보이는 그 여자의 즐겁고 아름다운 모습을 음미했다. 그 여자는 나를 정다우면서도 어디까지나 진심으로 사양없이 친절한 태도로 맞이해주었다. 나는 행복했다.

호수 위에 보트를 띄운 그날 밤의 일을 여러분은 아직도 기억하는가? 밝은 초롱으로 장식하고, 음악 소리가 울려오던 그날 밤의 일이나 내 사랑이 고백의 실마리를 풀다가 그만 질식해버리고 만 그날 밤의 일을 아직도 기억할지 모르겠다. 사랑을 느낀 소년의 슬프고도 어이없는 이야기였다.

한층 더 어이가 없고 슬픈 것은 이미 어른이 된 페터 카멘친트가 사랑을 느끼는 이야기다.

어느덧 나는 엘리자베트가 얼마 전에 약혼했다는 이야기를 들었다. 나는 그 여자를 축복하고 그 여자를 데리고 온 약혼자와 알게 되어 그에게도 축하를 했다. 하룻밤 동안 줄곧 호의에 넘치는 후견인

같은 웃음을 얼굴에 띠고 있었지만, 나는 마음속으로는 무슨 가면을 쓴 것 같아서 불쾌했다. 그 후에 숲에도 음식점에도 가지 않고, 침대에 앉아서 멍하니 어떤 충격을 느끼며 등불을 바라보았다. 얼마 후에 이상한 냄새를 풍기며 등불이 꺼지자 그제야 겨우 정신을 차렸다. 그러나 고통과 절망이 또 나의 머리 위에 검은 날개를 펼쳤기 때문에 나는 어쩔 줄을 모르며 기신없이 산산이 찢어진 마음으로 누워서 마치 소년처럼 흐느껴 울었다.

그러고 나서 다음 날, 나는 배낭에 짐을 넣어 짊어지고 정거장으로 나가 집으로 돌아왔다. 다시금 젠알프로 기어 올라가서 어린 시절을 회상하며, 아버지가 아직 건강하신지 안부를 물어보고 싶은 생각이 간절했다.

우리는 서로 매우 생소한 기분이었다. 아버지는 검은 머리가 하나도 없고 약간 허리가 굽고 조금 꺼칠한 모습이었다. 아버지는 나를 정답게 대해주며, 사양하는 탓인지 아무 말도 묻지 않고 침대를 나에게 양보하려고 했다.

아버지는 내가 집에 돌아와서 놀랄 뿐만 아니라, 조금 당황하는 것 같았다. 집은 그대로 두었지만, 아버지는 목장과 가축을 팔아치우고 많지 않은 이자를 받았다. 그리고 여기저기에서 다소 가벼운 일을 했다.

아버지가 밖으로 나가고 혼자 남자, 나는 전에 어머니의 침대가 놓였던 곳으로 갔다. 지난날이 넓고 고요한 강물처럼 내 옆을 흘러갔다. 이미 나는 젊은이가 아니었다. 세월이란 정말 빨리도 지나간다고 생각했다. 머지않아서 나도 허리가 굽고 초라한 백발노인이 되어 쓰라린 죽음의 자리에 눕게 될 것이다. 내가 어린 시절을 보내고 라틴어를 배우고 어머니의 죽음을 본 낡고 쓸쓸한 방은 거의 변함이 없었다. 거기서 이런 일을 생각하려니까 어쩐지 마음은 자연스럽게 안정되고 가라앉았다. 나는 감사하는 마음으로 풍성한 청춘 시절을 회상했다. 그러나 피렌체에서 배운 로렌초 데 메디치의 시구가 머리에 떠올랐다.

아름다운 청춘이여!
그대는 덧없이 지나가도다.
마음껏 즐기세!
헤아릴 수 없는 내일이기에.

동시에 이탈리아나 역사나 넓은 정신의 나라에 대한 회상을 고향의 낡은 방으로 갖고 들어온 것을 이상하게 생각했다.

그러고 나서 아버지에게 돈을 약간 주었다. 저녁때 우리는 음식점으로 나갔다. 거기는 모든 것이 전과 다름이 없었다. 그저 이번에는 내가 포도줏값을 치르고 아버지는 별표 포도주나 샴페인 이야기를 하면서 나에게 동의를 구하고, 이제는 내가 아버지보다 더 많이 마시게 되었을 뿐이었다.

옛날 나는 초라한 농부의 벗겨진 머리 위에 포도주를 뒤집어씌운 일이 있었는데, 그 노인은 어떻게 되었느냐고 물었다. 그 노인은 재치 있고 간사한 천재였지만, 이미 세상을 떠났으며, 농담이 심하던 그의 무덤 위에는 풀이 나기 시작했다. 나는 바틀란트주를 마시며 다른 사람들의 이야기에 귀를 기울이고, 조금 이야기도 했다. 달빛이 찬연한 가운데 아버지와 함께 집으로 돌아오는 길에 아버지는 술에 취해 손짓발짓을 하며, 이야기를 계속했다. 나는 지금까지 그렇게 황홀한 기분을 느껴본 적이 없었다. 콘라트 큰아버지나 뢰지 키르타너나 어머니나 리하르트나 아리에티 같은 사람들의 옛 모습에 싸여서 나는 아름다운 그림책이라도 보듯이 그 모습을 바라보았다. 사실은 그 반만큼도 아름답지는 못하지만, 그림책에서는 무엇이든지 아름답고 훌륭하게 보이는 게 이상했다. 모든 것이 흘러가고 지나가고 잊혔지만, 역시 맑고 분명히 내 마음속에 기록되었다. 내가 원한 것도 아닌데, 반생(半生)이 기억에 남고 보존되었다.

집으로 돌아와서 늦게서야 아버지가 잠이 들자, 처음으로 나의 마음에는 또 엘리자베트에 대한 생각이 떠올랐다. 바로 어제 나는 그 여자의 인사를 받고 그 여자를 칭찬하고 그 여자의 약혼자에게 축하의 뜻을 표했지만, 그 후 어느덧 오랜 시간이 흐른 것 같았다. 그러나 잠에서 깬 고통이 얽히고설킨 추억의 밀물에 섞여서 마치 남풍이 부서져 덜커덩거리는 목장의 오막살이 집을 흔들듯이 이기적이며 벌거벗은 내 마음을 흔들어버렸다. 집에 있을 수가 없었다. 낮은 창문을 넘어가 자그마한 뜰을 지나서 호수로 나갔다. 그리고 내버려둔 자그마한 배를 풀어서 호수의 희미한 어둠 속으로 조용히 저어갔다. 은빛 같은 아지랑이가 낀 주위의 산들은 엄숙하게 침묵을 지키며, 거의 보름달에 가까운 달이 파리한 밤하늘에 걸렸다. 그리고 컴컴한 산봉우리 끝이 달을 찌를 것 같았다. 사방이 고요했기 때문에 멀리 젠알프 봉우리의 설레는 폭포 소리가 희미하게 들려왔다. 고향의 넋과 청춘 시절의 넋이 푸른 날개로 나를 스치고 나의 자그마한 배를 충만케 하며, 두 손을 벌리고 괴롭고 이상한 태도로 애원했다.

그런데 지금까지 나의 생활은 무엇을 의미하는 것일까? 무엇 때문에 이렇게도 많은 기쁨과 괴로움이 내 머리 위를 지난 것일까? 왜 나는 지금까지도 진실한 것과 아름다운 것을 갈망하는가? 어째서 나는 그리워하던 보람이 있는 그 여자를 위해서 고집을 부리고 눈물을 흘리며, 사랑의 괴로움을 참고 지내야 했던가? 오늘도 나는 부끄러움과 눈물 속에서 사랑의 비애를 느끼며, 머리를 숙이고 있지 않느냐? 알 수 없는 신은 사랑을 받아본 일도 없는 고독자의 생애를 나에게 마련하시면서, 어째서 사랑을 향한 불타는 향수를 내 마음 속에 일으켰을까?

물은 뱃머리에서 나직한 소리를 냈고 노에서는 은빛 물방울이 떨어졌다. 주위에 있는 산들은 아무 말도 없이 가까이 다가오며 차기운 달빛이 골짜기의 아지랑이 위로 흘렀나. 청춘 시절의 내 넋이 묵묵히 나를 에워싸고 조용히 말을 건넬 듯이 응시했다. 그 가운데는 엘리자베트도 있는 듯이, 그 여자는 나를 사랑하며 내가 시기만 놓치지 않았더라면 틀림없이 내 사람이 되었으리라고 생각했다.

나는 파리한 호수로 들어갔으면 했다. 그러면 아무도 내 일을 묻는 사람이 없을 것이다. 그러나 다 부서지고 낡은 배 안으로 물이 들어오는 것을 보자 한층 더 빨리 노를 저었다. 갑자기 온몸에 오한을 느끼며 집으로 돌아가 급히 침대에 들어갔다. 피로한 몸으로 침대에 누웠으나 잠을 이루지 못하고 내 삶에 관해 생각했다. 좀 더 행복하고 진실하게 살며, 좀 더 인생의 핵심에 가까워지기 위해서 무엇이 필요한지를 찾아보려고 애썼다.

모든 선의와 기쁨의 핵심은 사랑이며, 엘리자베트에 대해서는 아직도 머리에서 떠나지 않는 고민이 있지만, 나는 비로소 사람을 진심으로 사랑하지 않으면 안 된다는 것을 알았다. 그러나 누구를 어떻게 사랑하면 좋았을까?

그때 늙은 아버지가 머리에 떠올랐다. 비로소 정말 그때까지 아버지를 사랑하지 못했다는 것을 깨달았다. 어렸을 때는 아버지를 괴롭게 했다. 그 후에는 집을 나가 어머니가 세상을 떠난 다음에도 아버지를 혼자 남겨두었다. 가끔 아버지 때문에 화를 내고, 결국은 고스란히 아버지를 잊어버리고 말았다. 아버지는 임종의 자리에 누워 있다. 나는 혼자 고아처럼 그 옆에 서서 끝내 나에게는 가까워지지 못한 아버지의 넋, 나로서도 그때까지 그 사랑을 구한 일이 없는 아버지의 넋이 사라지는 것을 본다. 이러한 장면을 상상하지 않을 수 없었다.

이와 같이 나는 찬양의 대상이었던 아름다운 여인 대신에 초라하고 늙어빠진 주정뱅이를 상대로 사랑한다는 어렵고도 감미로운 기술을 배우기 시작했다. 이미 아버지에게 그렇게 불손한 대답은 하지 않고, 될수록 아버지의 상대가 되고, 연감에 실린 이야기를 읽어주기도 하고, 이탈리아나 프랑스에서 마신 포도주에 관해 이야기하기도 했다. 얼마 되지 않는 아버지의 일을 빼앗지는 않았다. 일이 없으면 아버지는 도리어 있을 곳이 없었다. 밤에는 주막에서 술을 마시는 대신에 집에서 나와 함께 마시도록 해보려고 했으나, 잘 되지 않았다. 며칠 밤을 두고 그렇게 해보았다. 나는 포도주와 담배를 들고 와서 노인의 지루한 기분을 씻어주려고 애를 썼다. 나흘인가 닷새째 되는 날 밤에는 아무 말도 없이 아버지를 비꼬는 태도가 되었다. 나중에 내가 무엇이 부족하냐고 물었을 때 아버지는 "나를 더는 술집에 보내지 않을 셈이지" 하며 불평했다.

"천만의 말씀입니다."

나는 말했다.

"당신은 아버지시고 저는 아들입니다. 어떻게 하시든지 그건 아버지의 마음에 달린 겁니다."

아버지는 무엇을 살피듯이 실낱같은 눈으로 나를 쳐다보더니 만족한 듯이 모자를 벗었다. 우리는 함께 술집을 드나들었다.

아버지는 아무 말도 없었지만, 너무 오랫동안 같이 있으면 아버지의 기분을 거스를 것만은 틀림없었다. 나도 어느 다른 곳에서 나의 분열된 상태가 진정되기를 기다리려는 생각이 앞섰다.

"며칠 안에 다시 떠나려고 생각합니다만, 아버지는 어떻게 생각하십니까?"

나는 떠나기 전에 몇몇 이웃 사람들과 같이 수도원을 찾아가서 아버지를 보살펴달라고 부탁했다. 그리고 맑은 날을 잡아 젠알프 꼭대기로 올라갔다. 반원형으로 널찍한 산꼭대기에서 나는 산맥과 푸른 골짜기와 하얗게 빛나는 물줄기, 먼 곳의 가느다란 연기를 바라보았다. 이러한 모든 것은 어린 시절 강력한 소원으로 내 마음을 벅차게 했다. 나는 아름답고 넓은 세계를 정복하려고 집을 떠났다.

그 세계는 지금도 아직 옛날과 변함없이 아름답고, 마치 기적처럼 눈앞에 가로놓였다. 나는 다시 한번 떠나서 행복의 나라를 찾아보려고 계획했다. 벌써부터 나의 연구를 위해서 언제 한번 상당히 오랜 기간을 아시시에 가 보내려고 마음먹고 있었다. 먼저 바젤로 돌아가 꼭 필요한 일을 끝마치고, 짐을 몇 개 꾸려서 페루지아로 보냈다. 나는 피렌체까지 가서 거기서부터 천천히 편한 기분으로 걸어서 남쪽으로 순례를 했다. 남쪽에서는 사람들과 교제할 때도 어떤 기교가 필요치 않았다. 이 사람들의 생활은 언제나 표면에 나타났으며, 매우 단순하고 자유롭고 소박하기 때문에 자그마한 이 거리저 거리에서 여러 사람들과 터놓고 친하게 지낼 수가 있었다. 나는 또 평안히 고향에 있는 기분을 느꼈다. 그래서 이후에는 바젤에서도 인간다운 생활의 따스한 친절함을 사교계에서 구하는 것이 아니라, 소박한 사람들 사이에서 구해보려고 마음먹었다.

페루지아와 아시시에서 나는 다시 역사 연구에 대한 흥미와 기운을 회복했다. 거기서는 하루하루의 생활이 기쁨이었기 때문에, 상처를 입었던 나의 본성도 곧 건강을 회복하고 인생으로 새로운 다리를 놓기 시작했다. 아시시의 하숙집 부인은 이야기가 많고 신앙이 두터운 채소 장수였다.

성 프란체스코에 대해서 서로 이야기를 한 것이 계기가 되어서 그 여자는 나와 친해졌으며, 내가 엄격한 구교도라는 소문을 퍼뜨렸다. 이러한 평판은 나에게는 전혀 당치도 않았지만, 그 덕으로 나는 사람들과 친밀한 교제를 할 수가 있었다. 흔히 외국 사람에게는 반드시 따르는 이교도라는 의혹을 면할 수가 있었기 때문이다. 문제의 그 여인은 아눈치아타 나르디니라고 불렀으며, 서른네 살의 과부로서 몸집이 크고 태도가 매우 점잖았다. 일요일에 꽃무늬가 들고 빛깔이 밝은 옷을 입으면 마치 무슨 축제라도 열리는 것 같았다. 귀고리 이외에도 금고리를 가슴에 달았다. 그 고리에는 금판으로 만든 메달이 쭉 달렸으며, 소리를 내고 반짝반짝 빛났다. 그리고 또 은박을 입힌 묵직한 기도서를 들고 다녔지만 사용하기는 매우 힘든 것 같았다. 가느다란 은 사슬에 달린 아름다운 흑백 진주도 가졌는데, 그것은 훨씬 가벼이 다룰 수가 있었다. 그리고 그 여자가 교회의 복도 사이에 있는 발코니에 앉아서 감탄하는 이웃 여자들에게 성당에 나오지 않는 친구들의 죄악을 헤아릴 차례가 되면 그 여자의 통통하고 믿음직한 얼굴에는 신과 융합된 넋의 감동적인 표정이 나타났다.

그 지방 사람들은 내 이름을 발음할 수가 없었기 때문에 간단히 피에트로 씨라고 불렀다. 맑고 아름다운 밤에 우리는 같이 좁은 발코니에 앉았다. 이웃 사람들이나 어린아이나 고양이까지 있었다. 아니면 상점에서 과일이나 채소 바구니나 씨앗 상자나 걸어 놓은 찐 소시지 사이에 앉았다. 서로 자기의 경험을 말하며, 수확에 대한 전망을 하기도 하고 담배를 피우며 각각 멜론 한 조각을 먹기도 했다. 나는 성 프란체스코나 그의 예배당이었던 포르티운클라나 성자의 사원의 역사나 성녀 클라라나 처음 만난 형제들에 대해서 말했다. 모두 심각한 표정으로 귀를 기울이더니 여러 가지 질문도 하고, 성자를 찬양하며 얼마 전 평판이 자자했던 사건을 말하고 그 해설까지 했다. 그러한 이야기 중에서는 도둑에 대한 이야기와 정치

적 싸움이 무엇보다 흥미를 끌었다. 우리 사이에서는 고양이와 아이들과 어린 개가 희롱하며 서로 재롱을 부렸다. 취미가 있기도 했지만 한편으론 좋은 평판을 유지하기 위해서, 나는 성도전을 들추어 교훈이 되고 감동적인 이야기를 찾아두었고, 몇 권의 책과 함께 아르놀트의 성부 성도전을 가지고 온 것을 기쁘게 생각했다. 나는 그중에서 성실한 일화를 몇 개 고쳐서 알기 쉬운 이탈리아어로 번역을 했다. 지나가던 사람들이 가끔 발걸음을 멈추고 귀를 기울이며, 이야기에 끼어들기도 했다. 이렇게 해서 이야기의 상대가 하룻밤 사이에도 때로는 세 번, 네 번이나 바뀌었지만, 나르디니 부인과 나는 그냥 그 자리에 앉아서 한 번도 빠지는 일이 없었다. 나는 그리 평판이 좋지 못한 빨간 포도주 한 병을 옆에 두었다. 내가 멋지게 포도주를 마셨기 때문에 넉넉하지 못한 살림을 하는 가난한 사람들은 그만 질려버리고 말았다. 수줍어하던 이웃 소녀들도 차츰 터놓고 입구에서 이야기에 섞였다. 그리고 나에게서 그림엽서를 받고, 나의 성자다운 태도를 어디까지나 믿었다. 무엇보다 내가 심한 농담을 하려는 것도 아니요, 그 여자들과 무리하게 가까워지려고 하지 않는 것같이 보였기 때문이다. 그들 중에는 페루지아의 그림 속에서 튀어나온 듯이 눈이 큼직하고 환상적인 미인이 몇 사람 있었다. 나는 그 여자들을 모두 좋아하며, 정답고 장난을 좋아하는 그 여자들을 즐겁게 상대해주었다. 그러나 그 여자들 중 어느 여자에게도 애정을 느낀 일은 절대 없었다. 왜냐하면 아름다운 그 여자들은 서로 비슷한 점이 있어서, 나로서는 그 아름다운 점이 그저 언제나 종속적인 것이지, 개인적인 특징이라고 생각되지는 않았기 때문이었다.

가끔 빵집 아들 마테오 스피넬리도 왔는데, 그는 빈틈이 없고 매우 재치 있는 아이였다. 여러 짐승 흉내를 내고, 좋지 못한 소문이라면 뭐든지 알았으며, 여러 가지 간사한 계획을 꾸미고는 했다. 내가 성도전 이야기를 하면 그는 매우 얌전하고 공손한 태도로 들었지만, 이야기가 끝나면 순진하고 너무 지나치게 앙큼한 질문이나 비유나 추측을 하며, 성자를 놀려서 과일점 아주머니를 놀라게 하기도 하고, 숨김없이 수많은 청중을 즐겁게 했다.

나는 또 가끔 혼자서 나르디니 부인 옆에 앉아서 그 여자의 유익한 말을 들었는데, 인간미 넘치는 그 여자의 태도에 무한한 기쁨을 느꼈다. 그 여자는 자기와 가까이 지내는 사람들의 결점이나 죄악을 조금도 놓치지 않았다. 그 여자는 그러한 사람들이 지옥에 가면 어떠한 자리에 있게 되리라는 것을 곰곰이 헤아려서 예언했다. 그러나 나를 나쁘게 생각하지는 않고, 아무리 사소한 경험이나 관찰한 것이라도 숨김없이 자세히 말해주었다. 내가 간단한 무슨 물건을 사 오면 그때마나 얼마나 주었느냐고 물으며 속지 않도록 주의를 주었다. 또 성자의 전기를 듣는 대신에 과일이나 채소 장수 이야기나 부엌의 비밀을 나에게 알려주었다.

어느 날 밤 우리는 부서져가는 홀에 앉아 있었다. 내가 스위스의 노래를 부르고 요들송 곡조를 외치자, 어린아이들과 여자들은 미칠 듯이 날뛰며 기뻐했다. 그들은 재미있다는 듯이 몸을 틀며 외국어의 발음을 흉내 내기도 하고, 내가 요들송을 부를 때 목젓이 얼마나 우스웠던지 그 흉내를 내기도 했다. 그러자 누군지 연애담을 하기 시작했다. 여자들은 킬킬 웃고, 나르디니 부인은 눈알을 휘돌리며 감상적인 한숨을 쉬었다. 결국 그들이 조르는 바람에 내 연애담을 하지 않을 수 없었다. 나는 엘리자베트에 대한 이야기는 입 밖에 내지도 않고 아리에티와 보트를 타고 사랑을 고백하려다가 실패한 이야기를 했다. 리하르트 이외에는 어느 누구한테도 입 밖에 낸 일이 없는 그 이야기를 남쪽 나라의 좁다란 돌길과 붉은 저녁놀이 짙어가는 언덕을 바라보며 호기심에 가득 찬 움브리아 사람들에게 말하니 참 이상한 기분이었다. 나는 별로 생각하지도 않고 옛날 소설식으로 말했지만, 그만 이야기에 신이 났기 때문에 듣는 사람들이 웃으며 놀리지나 않을까 해서 은근히 두려웠다.

이야기가 끝나자 그들은 쓸쓸한 표정으로 나에게 동정의 시선을 던졌다.

"이렇게 미남인데!"

어떤 여자가 신이 나서 말했다.

"이렇게 미남인데 실연을 하다니!"

그러나 나르디니 부인은 통통하고 부드러운 손으로 어물어물 내 머리를 어루만지며 말했다.

"정말 불쌍하게도!"

어떤 여자는 나에게 커다란 배를 주었다. 그 여자에게 먼저 한입 베어 물라고 했더니, 그 여자는 그렇게 하면서 정말 나를 유심히 쳐다보았다. 내가 다른 여자들에게도 베어 물게 하려고 했지만, 그 여자는 어림도 없었다.

"안 돼요, 당신이 드셔야지! 당신이 연애에 실패한 이야기를 했으니까 드린 거예요."

"그러나 지금은 틀림없이 다른 사람을 사랑하고 있겠지요."

햇볕에 탄 포도원 농부가 말했다.

"천만에요."

"그러면 아직 그 심술궂은 에르미니아를 사랑합니까?"

"저는 지금 성 프란체스코를 사랑하고 있습니다. 성 프란체스코는 모든 사람, 다시 말하면 당신들이나 페루지아 사람들이나 여기 있는 어린아이들이나 에르미니아의 애인까지도 사랑하라고 나에게 가르쳐주었습니다."

마음씨 좋은 나르디니 부인이 내가 여기 그냥 눌러앉아 자기와 결혼해주었으면 하는 안타까운 소원 때문에 가슴 설레고 있다는 것을 알았을 때 목가적인 우리 생활 가운데는 어떤 혼란과 위험성이 생겼다. 이 사소한 사건은 나를 간사한 외교관으로 만들어버렸다. 어쨌든 우리 사이의 조화를 깨지 않고, 즐거운 우정을 잃지 않은 채 이 꿈을 깨뜨린다는 것은 그리 쉬운 일이 아니었기 때문이다. 더구나 나는 다시 집으로 돌아갈 생각도 해야 했다. 앞으로 칭직에 대한 꿈이 없고 주머니 사정이 그리 절박하지 않았다면, 그곳에 더 머물렀을지도 모른다. 그렇지 않으면 주머니 형편 때문에 나르디니와 결혼했을지도 모른다. 그러나 그렇게 하지 않은 것은 엘리자베트한테서 받은 상처가 아직 아물지 않았으며, 그 여자를 한 번 더 만나고 싶었기 때문이었다.

뚱뚱한 그 과부는 뜻밖에 어찌할 수 없는 운명이라고 단념하고도 나에게 실망의 앙갚음을 하지는 않았다. 떠날 때는 아마 그 여자보다 내가 훨씬 더 이별의 고통을 느꼈을 것이다. 한때 고향을 떠날 때보다도 더 많은 미련을 느꼈다. 떠날 때, 이때처럼 그리운 여러 사람들과 진심으로 악수를 나눈 적은 없었다. 그들은 과일이나 포도주나 달콤한 술이나 빵이나 소시지 같은 것을 내 차 안에 넣어주었다. 내가 떠나는 데 무관심할 수 없는 친구들과 헤어진다는 이상한 기분을 느꼈다. 아눈치아타 나르디니 부인은 작별할 때 양 볼에 키스를 하며 눈물을 글썽였다.

전에는 나 자신은 사랑하지 않으면서도 사랑을 받는다는 것이 무엇보다 즐거운 일이 틀림없으리라고 생각했다. 그러나 지금은 이렇게 사랑을 받으면서도 보답할 수 없다는 것이 얼마나 괴로운 일인가 깨달았다. 그러나 낯선 여자가 나를 사랑하며 남편으로 삼으려고 한 일에는 역시 흐뭇한 기분을 느끼지 않을 수 없었다.

이러한 약간의 허영심이 벌써 나로서는 한 가닥 마음이 회복되었다는 징조였다. 나르디니 부인에게는 미안한 일이었지만, 나는 이런 일이 일어나지 않았으면 하는 생각은 없었다. 행복은 외부적인 소원이 이루어지는 것과는 아무 관계도 없었으며, 여자에게 사랑을 느낀 청년의 고민은 아무리 괴롭다 해도 슬플 게 없음을 차츰 더욱 깊이 깨달았다. 사실 엘리자베트를 손에 넣을 수 없었다는 것은 확실히 서러운 일이었다. 그러나 나의 생활이나 자유나 일이나 사고방식에는 조금도 지장이 없었다. 멀리서 나는 전과 다름없이 마음껏 그 여자를 사랑할 수 있었다. 이러한 생각, 더구나 움브리아에서 보낸 지난 몇 달 동안의 명랑하고 소박한 생활은 내 마음에 위안을 주는 데 큰 효과가 있었다.

전부터 나는 웃음거리나 익살맞은 일에 눈을 떴으면서도 그런 것을 즐기는 마음을 스스로 비웃으며 깨뜨렸다. 그러나 이제 인생의 유머를 대하는 눈이 차츰 열려서 내 운명의 별과 화해하고 앞으로 인생의 식탁에서 이것저것 맛난 음식을 마음껏 가벼운 기분으로 주워 먹을 수 있겠다는 생각이 들었다.

물론 이탈리아에서 돌아오면 누구나 다 그런 기분이 된다. 주의나 편견 같은 것은 모두 잊고 너그럽게 웃음을 지으며 바지 주머니에 양손을 넣고, 처세에 능하고, 빈틈없는 사람이라고 생각하게 된다. 남쪽 나라 사람들의 기분에 맞고 아늑한 생활에 잠시 잠겼기 때문에 고향에서도 틀림없이 그런 식으로 지내리라고 생각하게 된다. 나도 이탈리아에서 돌아오면 언제나 그랬지만, 이번에는 더욱 그러했다. 바젤로 돌아와서 옛날부터 계속되던 답답한 생활이 신선한 맛을 회복하지 못하고 조금도 변함이 없는 것을 보자 나는 명랑하고 높은 경지에서 차츰차츰 무기력하고 불쾌한 경지로 잠겨버리고 말았다. 그러나 거기서 얻은 것이 일부나마 계속해서 싹이 텄다. 그 후 나의 자그마한 배는 맑은 물을 달리건 흐린 물을 달리건 적어도 대담하고 믿음직하게 아롱진 자그마한 깃발을 휘날렸다.

그밖에도 내가 생각하는 바는 점점 변했다. 나는 별다른 비애도 느끼지 않고 청춘 시절을 벗어난다는 것을 느꼈다. 그리고 내 생애를 짧은 과정으로, 나 자신을 방랑객으로 생각했으며, 가령 이 방랑객이 어떠한 길을 걷건, 또는 사라져 없어지건 그렇게 세상을 소란하게 하거나 괴롭히지는 않으리라는 사실을 알 수 있는 시기까지 성숙해가는 것을 느꼈다. 인생의 목표나 즐거운 꿈을 놓치는 것은 아니지만, 내가 반드시 없어서는 안 될 존재라고 생각하지는 않았다. 그리고 도중에 가끔 여가를 즐기며, 종종 샛길로 접어들어 하루하루를 게으르게 보내면서도 양심의 가책을 받지 않고, 휘파람으로 시구절을 부르며 아무 근심도 없이 즐거운 현재를 만끽했다. 지금까지 한 번도 차라투스트라를 숭배한 적은 없지만, 원래 나는 신사적인 인간이며, 자신을 존중하며, 보잘것없는 인간에게 경멸감을 느끼지 않는 일은 없었다. 지금은 인간 사회에 어떤 움직일 수 없는 한계를 두는 것이 아니라, 보잘것없는 사람이나 압박을 받는 사람이나 가난한 사람 사이에서도 생활은 마찬가지로 다채로울 뿐만 아니라, 도리어 대개는 넉넉한 사람이나 호화로운 사람보다도 한층 더 따스하고 진실하고 모범적인 생활을 누린다는 것을 차츰 더 잘 알게 되었다.

하여튼 때마침 바젤로 돌아와서 그사이에 결혼한 엘리자베트의 집에서 열린 첫 야회에 나갔다. 나는 여행을 한 덕분으로 얼굴이 타고 기운을 잃지 않고 명랑했다. 적으나마 즐거운 추억도 여러 가지 얻었다. 아름다운 부인은 세심하게 친절을 다하여 나를 특별히 위해주었다. 그때 시기에 맞지 않는 구혼을 하려다가 간신히 수치를 면한 나의 행운을 하룻밤 동안 죽 기쁘게 생각했다. 이탈리아에서 경험해봤는데도, 여자란 자기에게 애정을 품었던 남자가 절망적인 고통에 빠질 때 가혹할 정도로 기쁨을 느끼지 않을 수 없는 존재라는, 여성에 대한 막연한 불신을 여전히 품었기 때문이다. 한때 다섯 살 난 남자아이에게 들었는데, 유치원의 생활에 대한 사소한 이야기가 그러한 불명예스럽고 괴로운 심정을 아주 생생하게 표현해주었다. 그 아이가 다니던 유치원에서는 신기하고 상징적인 습관이 있었다. 남자아이가 너무 지나친 장난을 하면 벌로 볼기짝을 얻어맞는데, 그 아이를 걸상에 엎어놓고 벌을 받기에 적당한 괴로운 자세를 취하게 하도록 여자아이들 여섯 명이 지시를 받았다. 이렇게 억눌러두라는 허락을 받는 것은 무엇보다도 즐겁고 대단한 명예라고 생각되었기 때문에 그때마다 가장 얌전한 모범생 여섯 명만이 이 가혹한 기쁨에 참여할 수 있었다. 어린아이의 이러한 우스운 이야기를 나는 생각하지 않을 수 없었으며, 꿈속에까지 나타난 적이 한두 번이 아니었다. 그래서 꿈의 경험에 따라 그러한 꼴을 당한 자가 얼마나 처량한 생각이 들지 알 수 있었다.

7

나의 문필 생활에 나 스스로는 여전히 경의를 표할 수 없지만, 그 일을 해서 살아가며, 조금 저축도 하고, 가끔 아버지에게 송금을 할 수도 있었다. 그러면 아버지는 돈을 들고 음식점으로 가서 거기서 별별 이야기를 다 늘어놓으면서 아들 칭찬을 하고, 나의 후의에 보답해야겠다고까지 생각한 모양이었다. 어느 땐가 대개 신문에 원고를 실어서 돈을 번다고 말한 적이 있었는데, 아버지는 지방 신문에서 보듯이 나를 편집인이나 통신원으로 생각하고, 나에게 아버지다운 편지를 세 번이나 보냈기 때문이다. 그 가운데서 아버지는 나에게 중요한 재료가 되고, 돈벌잇감이 된다고 생각한 사건을 알려주었다. 한번은 창고의 화재 사건이며, 다음은 등산객 둘이 추락한 일, 세 번째에는 동장 선거 결과였다. 그러한 보고는 신문에나 실릴 법한 말투로 쓰여 있었고, 나는 매우 흥미를 느꼈다. 하여튼 그것은 아버지와 나 사이의 친밀한 결합의 표시였으며, 몇 년 이래 내가 고향에서 받은 첫 편지였기 때문이다. 또 그런 편지는 고의는 아닐지라도 나의 문필집을 비웃는 것이어서 나는 나대로 흥미를 느꼈다. 매달 책 몇 권을 비평하는 글을 썼지만, 그러한 책들의 출간이 갖는 중요성과 결과로 보자면 그 시골 사건보다도 훨씬 뒤떨어지는 것이기 때문이다.

바로 그때 취리히 시대에 조금 색다른 서정적인 청년으로서 내가 알게 된 두 작가의 책이 나왔다. 한 사람은 지금 베를린에 살며, 큰 도시의 카페나 유곽의 추잡한 면을 그렸다. 또 한 사람은 뮌헨 교외에 화려한 저택을 마련하고 신경쇠약에서 나온 자기반성과 심령주의적인 자극 사이를 경멸과 절망을 느끼면서 이리저리 비틀거렸다. 나는 그들의 책을 비평하지 않을 수 없었고, 물론 그 두 사람을 솔직히 힐난했다. 신경쇠약증 환자한테서는 엄숙한 문체로 쓴 경멸에 가득 찬 편지 한 통이 왔을 뿐이었다. 베를린에 사는 작가는 어떤 잡지에서 떠들어댔다. 그의 참다운 의도를 오해했다면서 졸라를 인용하기도 하고, 나의 이해할 수 없는 비평을 도대로 해서 나뿐만 아니라 스위스 사람 전체의 공상적인 산문 정신을 비난했다. 그 남자는 아마 취리히에 있을 당시에는 그래도 한때 문사로서 건전하고 진실한 문학 생활을 했을 것이다.

내가 무슨 특별한 애국자는 아니었지만, 그 남자는 다소 베를린 냄새가 심한 사람이었다. 불만을 품은 그 남자에게 장문의 편지로써 회답을 보내고, 그 가운데서 대도시의 거만한 근대파에 대한 경멸의 뜻을 숨김없이 토로했다.

이 논쟁은 나에게 도움이 되었으며, 나는 어쩔 수 없이 현대 문명에 대한 나의 생활관을 다시 한번 잘 생각해보았다. 그 작업은 쉬운 일이 아니었으며, 한없이 계속되었지만 별로 시원한 결과를 얻지 못했다. 내가 이러한 이야기를 하지 않는다고 해도 나의 자그마한 이 책에 별로 마이너스가 될 부분은 없을 것이다.

그러나 이러한 생각을 하면서 나 자신과 내가 오랫동안 일생을 두고 계획하던 작품을 좀 더 깊이 생각하지 않을 수 없었다.

누구나 다 아는 바지만 나는 상당히 방대한 작품으로 현대인에게 규모가 크고 말 없는 자연의 생명과 친하며 애정을 느낄 수 있도록 하려는 소원을 품었다. 대지의 고동을 느끼고, 전체적인 생명에 참여하며, 또 보잘것없는 운명에 억눌린 동안에 우리는 신도 아니요, 대지와 전 우주의 자손이며, 일부분이라는 것을 잊어버리지 않도록 그들에게 가르쳐주려고 생각했다. 시인의 노래나 강이나 바다나 하늘 높이 흐르는 구름이나 폭풍우도 우리가 밤에 꾸는 꿈과 같이 역시 동경을 상징하고 대신하는 것이며, 이 동경은 천지간에 날개를 펼쳤고, 그 목표는 뭇 생명의 시민권과 불멸성을 어디까지나 확신하는 것이다. 모든 생물 속에 깊숙이 들어 있는 핵심은 이 권리를 확보했으며, 신의 아들로서 아무런 불안도 없이 영원의 품속에서 쉰다. 이와 반대로 우리가 품은 악한 것과 병적인 것과 타락한 것은 모두 그것을 거역하며, 죽음을 믿었다.

그러나 나는 또 자연에 대한 형제애 안에서 기쁨의 샘터와 생명의 흐름을 발견하도록 인간에게 가르칠 생각이었다. 그리고 또 보는 법과 방랑하는 법과 즐기는 법과 눈 앞에 보이는 물건에 대한 기뼘을 설명하려고 생각했다. 산맥이나 넓은 바다나 푸른 섬이 매력적이며 힘찬 말로 너희들에게 말하도록 하며, 너희들의 집이나 도시의 밖에서 한없는 여러 가지 생활을 흥청거리며, 날마다 꽃을 피우는 것을 보여주리라고 생각했다. 너희들은 교외에서 제멋대로 피어나며 약동하는 봄이나, 너희들의 다리 밑을 흐르는 강이나, 너희들의 철로가 달리는 삼림이나 아름다운 풀밭보다 이국의 전쟁이나 유행하는 풍설이나 문학이나 예술을 더 많이 안다는 것을 부끄럽게 생각하라고 할 작정이었다. 고독하고 처세에 서툰 내가 아름답게 계속되는 잊을 수 없는 기쁨을 이 세상에서 발견했다는 사실을 너희들에게 말하리라고 생각했다.

아마 나보다 행복하고 명랑한 너희들이 좀 더 커다란 기쁨을 느낄 수 있는 이 세상을 발견해주기를 나는 희망했다. 무엇보다도 나는 사랑의 아름다운 비밀을 너희들 마음속에 심어주려고 했다. 거의 모든 생물의 형제가 되어 이미 고민이나 죽음을 두려워하지 않으며, 그런 것이 너희들에게로 다가오면 충실한 형제로서 충실한 형제답게 맞이할 수 있을 만큼 넘치는 애정을 빌휘하도록 너희들에게 가르쳐주려고 했다.

이러한 여러 가지 일을 나는 찬가나 고상한 노래가 아니라, 고향에 돌아온 나그네가 그런 것을 떠나서 친구들에게 말하듯이 있는 그대로, 성실하고, 구체적이며, 진실하게, 게다가 농담을 섞어가며 표현하려고 했다.

하고자 했다, 원했다, 희망했다 하는 이러한 말들은 물론 듣기에도 우습다. 그러나 나는 여전히 이러한 여러 가지 계획에 복안과 윤

곽이 생길 날을 기다렸다. 적어도 많은 재료를 모았다. 머릿속뿐만 아니라, 여행이나 소풍을 갔을 때 주머니에 넣고 있던 여러 개의 수첩에도 써넣었다. 두 주일이나 세 주일마다 수첩이 가득 찼다. 나는 이 세상에서 눈앞에 어리는 모든 것을 아무런 반성도, 연결도 없이 수첩에 간결한 메모로 써넣었다. 그것은 화가의 스케치북 같은 것이며, 짧은 말로써 실질적인 것만이 쓰여 있었다. 그것은 좁은 길이나 신작로의 풍경, 산악이나 도시의 윤곽, 농부나 직공이나 시장 여자들에게서 들은 이야기, 게다가 기상 법칙이나, 명암이나, 바람이나, 비나, 바위나, 식물이나, 동물이나, 나는 새나, 물줄기나, 감실거리는 바다 빛깔이나, 구름 모양 같은 데 관한 메모였다. 가끔 그러한 것으로 짤막한 이야기를 적어서 자연과 방랑의 습작으로서 발표했다. 어느 것이나 인간적인 것과는 관계가 없었다. 나는 나무 한 그루의 역사나 짐승의 생활이나 흐르는 구름 같은 데 사람이 등장하지 않아도 충분한 흥미를 느꼈다.

하여튼 전혀 인물이 등장하지 않는 대규모의 문학은 무의미하다는 사실이 지금까지 여러 번 나의 머리에 떠올랐지만, 나는 몇 해 동안 이런 생각에 잠기면서 어느 때 한번 커다란 영감이 이 불가능한 일을 이룩할지도 모른다는 막연한 희망을 품었다. 이제는 마지막으로 아름다운 풍경 속에 인간을 살게 해야겠지만, 그 인간을 어디까지나 자연스럽고 충실하게 표현할 수는 없으리라는 사실을 깨달았다. 그러기 위해서는 한없이 많은 것을 보충하지 않으면 안 된다. 지금도 나는 그것을 보충하고 있다. 다 보충할 때까지 인간이라는 것은 모두 하나의 전체며, 결국 나에게는 아무 인연도 없었다. 요사이에는 추상적인 인간 대신에 인간 하나하나를 알아보고 연구하는 게 얼마나 가치 있는 일인가 알았다. 나의 메모장과 기억은 전혀 새로운 모습으로 가득 찼다.

처음 이렇게 연구할 때는 매우 즐거웠다. 나는 소박하고 무관심한 데서 벗어나 여러 인간에게 흥미를 느꼈다. 빤한 일이면서도 알지 못하는 가운데 지나온 일이 얼마나 많았나를 알게 되었다. 그러나 그와 동시에 여기저기 돌아다니며 여러 가지를 보았기 때문에 나는 눈을 떴고, 더욱 시선을 날카롭게 만들었다는 사실을 알았다. 전부터 나는 어린아이를 좋아하며 마음이 끌렸기 때문에 특히 어린아이들과 상대하기를 좋아했다.

하여튼 구름이나 파도를 바라보는 게 인간 연구보다 즐거웠다. 인간이란 무엇보다 미끈거리는 허위의 가죽에 싸여서 보호를 받는 것으로, 다른 자연과 다르다는 사실을 깨닫고 나는 놀랐다. 머지않아서 나의 모든 친지들에게서도 똑같은 현상을 찾아보았다. 다시 말하면 그 결과로 제각기 자기의 독특한 정체는 알지도 못하면서 자기 딴에는 힌 사람의 인격자, 또는 뛰어난 인물을 가장하는 것이다. 나는 스스로 그러한 점을 확실히 인정하고, 이상한 기분을 느끼며 사람들의 핵심을 알아보려는 생각은 그만 단념하고 말았다. 사람들에게는 대개 이 가죽에 싸인 것이 더 필요했다. 나는 이미 그러한 점을 어디서나 발견했으며, 어린아이들한테서까지 발견했다. 어린아이들도 숨김없이 본능적으로 자기를 나타내기보다는 알건 모르건 간에 언제나 어떤 역할을 하는 것을 좋아했다.

얼마 후 나는 조금도 진보가 없고, 한 가지 한 가지 장난거리 같은 일에 그만 나도 모르게 빠져버리는 듯했다. 무엇보다도 먼저 내 과실을 찾아보려고 했다. 그러나 곧 스스로 환멸을 느끼며, 내 주변에서는 내가 요구하는 사람을 구할 수가 없다는 사실을 인정하지 않을 수 없었다. 내게 필요한 것은 흥미 있는 인물이 아니라, 인간의 전형이었다. 그러나 대학 시절 사람들이나 사교계 친구들도 그러한 점을 나에게 보여주지는 못했다. 이탈리아가 그리웠다. 가끔 도보 여행을 할 때 유일한 친구고 길동무였던 직공을 생각하며 그리워했다. 나는 그들과 사방으로 돌아다니며 그들 중에서 훌륭한 청년을 얼마든지 발견할 수 있었다.

고향의 하숙집이나 황폐한 공동 합숙소를 이리저리 찾아보았지만, 아무 소용도 없었다. 정처 없이 돌아다니는 유랑자도 소용이 없었다. 그래서 잠깐 어쩔 줄을 모르고 어린아이들을 상대하거나 술집을 이리저리 돌아다니면서 마시기도 하고 무엇을 찾아보려고 했지만, 물론 아무것도 얻는 것이 없었다. 쓸쓸한 몇 주일이 계속되었다. 그러는 동안에 나는 나 자신을 믿을 수가 없었고, 희망이나 소원 같은 것은 어리석게도 과장된 것이리고 여기며, 한비탕 밖에서 돌아다니다가 밤이 되면 술을 마시고 생각에 잠겼다.

그때 내 책상 위에는 다시 책이 몇 무더기 쌓여 있었다. 헌책방에 팔지 않고 그냥 옆에 놓아두고 싶었지만, 책장에는 더 자리가 없었다. 그래서 어떻게 해서든지 처리해버리려고 자그마한 가구상을 찾아가서 주인에게 집에 와 책장 치수를 재어달라고 부탁했다.

그가 찾아왔다. 신중하고 침착하며, 동작이 느린 자그마한 남자였다. 그가 자리를 재고 마루 위에 무릎을 꿇고 미터 자를 천장으로 쭉 내밀자 어쩐지 갓풀 냄새가 조금 났다. 한 치가량이나 되는 큼직한 글자로 치수를 하나하나 정성껏 수첩에 적어두었다. 그러는 동안에 우연히 그는 책을 쌓아놓은 의자에 부딪히고 말았다. 책 몇 권이 밑으로 떨어졌다. 그는 허리를 굽히더니 책을 주워 올리려고 했다. 떨어진 책 가운데는 직공이 쓰는 자그마한 사전이 있었다. 표지가 두껍고 자그마하며, 독일에서 직공들이 모이는 하숙이라면 대개 어디에나 있는 것으로, 재미있고 잘된 책이었다.

가구상은 낯익은 자그마한 책을 보자, 반가우면서도 어느 정도 의아한 듯이 호기심에 찬 시선으로 나를 쳐다보았다.

"왜 그러시는지?"

나는 물었다.

"미안합니다. 저도 아는 책이 눈에 띄어서요. 정말 당신이 그런 공부를 하셨나요?"

"길거리에서 유행하는 속어를 연구했지요. 말투를 조사하는 건 참 재미있으니까요."

나는 대답했다.

"사실입니다."

그는 커다란 목소리로 말했다.

"그러면 여행을 하신 적 있나요?"

"당신의 이야기대로 그런 여행은 아니지만, 상당히 돌아다니면서 여관에도 여러 번 머물렀지요."

그러는 동안에 그는 책을 다시 쌓아놓고 집으로 돌아가려고 했다.

"도대체 그 당시 어디를 걸어 다녔지요?"

나는 그에게 물었다.

“여기서 코플렌츠까지 걷고, 그 후 제네바까지 내려갔지요. 그렇게 나쁜 시절은 아니었습지요.”

“몇 번 감옥에 들어간 일도 있겠지요?”

“단 한 번 두를라흐에서 들어간 일이 있습니다.”

“괜찮으시다면 그 이야기를 꼭 좀 들려주시오. 한번 술집에서 만납시다.”

“무슨 그런 이야기를 하겠습니까, 나리. 그 대신 일이 끝난 후에 우리 가게에 나오셔서, ‘안녕하시오? 어떠십니까?’ 하고 물어주신다면 그걸로 그만입니다. 그저 저를 놀리시려는 게 아니면 그거면 됩니다.”

며칠 후, 엘리자베트의 집에서 회합이 있는 날 밤이었지만, 길거리에서 발걸음을 멈추고 도리어 가구상에게나 가는 것이 낫지 않을까 생각했다. 거기서 발길을 돌려서 예복을 집에 벗어두고 가구상을 찾아갔다. 일터는 다 치워졌고 어두웠다. 나는 발뿌리를 채면서 컴컴한 현관과 좁은 인뜰을 지나 안쪽 건물의 계단을 오르락내리락하다가 겨우 문 위에서 주인의 이름을 적은 문패를 발견했다. 안으로 들어서자 곧 매우 자그마한 부엌과 마주쳤다. 메마른 주인 마누라가 저녁 준비를 하면서 좁은 데서 한창 떠들어대는 세 어린이를 돌보았다. 의아한 표정으로 그 여자는 나를 다음 방으로 안내했다. 그곳에서 가구상은 신문을 들고 어두컴컴한 창문 옆에 앉아 있었다. 어둡기 때문에 그는 나를 뻔뻔스러운 손님이라고 생각했는지 이상하다는 듯이 투덜거렸지만, 곧 나라는 것을 알고 악수했다.

그가 뜻하지 않은 방문으로 당황하기에 나는 아이들 쪽을 바라보았다. 아이들은 부엌으로 뛰어들어갔다. 나는 그 뒤를 따라갔다. 거기서는 마누라가 쌀밥을 지었기 때문에 움브리아 부인의 부엌을 연상하며, 요리하는 것을 거들어주었다. 우리 고향에서는 대개 말끔한 쌀을 쪄서 마구 풀같이 만들어버리게 마련이다. 그러면 전혀 맛이 없고 저분저분해서 먹어도 어쩐지 기분이 좋지 못하다. 여기서도 역시 요리는 잘 되어 있지 않았다. 나는 냄비와 주걱을 들고 재빨리 요리를 도맡아보았는데, 겨우 망치지 않은 요리가 되었다. 마누라는 어이가 없다는 듯이 내가 하는 대로 내버려두었다. 쌀밥은 그런대로 잘 되었다. 우리는 요리를 식탁에 놓고 등불을 켰다. 나에게도 한 접시 돌아왔다.

이날 밤은 마누라가 요리에 대해서 시작한 이야기에 나를 끌고 들어갔기 때문에, 주인은 거의 입을 벌릴 수가 없었으며, 그가 여행했을 때의 모험담은 다음으로 미루어야 했다. 그런데 이 정다운 부부는 내가 신사처럼 보이지만, 사실은 농부의 아들이며 영세민의 자식이라는 사실을 깨닫았다. 그래서 우리는 첫날 밤에 이미 서로 친해졌으며 가까이 지냈다. 그들이 나를 같은 태생이라고 생각했듯이, 나도 그 초라한 세간살이에서 사소한 사람들의 고향 냄새를 맡을 수 있었기 때문이다. 여기 있는 사람들은 점잖은 체하거나 허세를 부리거나 연극을 할 여가가 없었다. 그들에게는 괴롭고 가난한 살림 그 자체가 교양이나 고등한 취미를 가장하지 않아도 마음에 맞고 매우 즐거웠기 때문에 아름다운 말로 꾸밀 필요가 없었다.

나는 차츰 자주 그곳을 찾아갔으며, 그 집에서 사교적인 너저분한 일뿐만이 아니라, 나의 쓸쓸한 기분이나 괴로움을 다 잊어버렸다. 또 여기서 어린 시절의 한때가 나를 위해서 보존된 것을 발견하고, 신부들이 나를 학교에 보냈을 때 중단되었던 생활이 이곳에서 다시 계속되기나 하는 것 같다고 생각했다.

다 찢어지고 땀으로 누르스름하게 된 옛날 지도 위에 몸을 굽히고 주인은 나와 함께 그와 나의 발자취를 더듬었다. 둘이 다 아는 거리들과 골목길이 있는 것을 우리는 기뻐하며, 직공의 재치 있는 이야기에 그만 마음이 들떠서 한때는 언제나 낡을 줄 모르는 유랑 직공의 노래까지 불렀다. 우리는 직공살이의 고통이나 세간살이나 어린아이나 거리에 관한 이야기를 주고받으며, 어느덧 차츰 주인과 나의 역할을 바꾸어 내가 감사하는 사람이 되고 그가 나에게 여러 가지를 제공하며 가르쳐주는 사람이 되었다. 여기서는 살롱의 분위기가 아니라, 현실이 나 자신을 감싸준다는 것을 느끼고 흐뭇한 기분에 젖었다.

그의 아이들 중에서는 다섯 살 먹은 여자아이가 특히 부드러운 성격을 보여주며, 눈에 띄었다. 이름은 아그네스였지만, 누구나 다 그 아이를 아기라고 불렀다. 머리는 금발에다 얼굴은 창백하고, 손발이 날씬하며, 큼직한 눈에는 수줍은 빛이 떠돌고 태도에는 어쩐지 약간 불안한 데가 있었다.

어느 일요일, 그 가족들과 함께 산책이나 할 생각으로 갔더니, 아기가 병석에 누워 있었다. 어머니가 아이 옆에 남고 우리는 천천히 교외로 나갔다. 성 마르그레텐 교회 뒤에서 우리는 의자에 앉았다. 아이들은 돌이나 꽃이나 딱정벌레를 찾아 뛰어다니고 어른들은 여름의 풀밭과 비닝거의 묘지와 파리하고 아름다운 유라의 산등성이를 바라보았다. 가구상은 피로했는지 원기를 잃어버리고 아무 말도 없었으며 무슨 근심이라도 있는 것 같았다.

"아저씨, 어디가 편찮으세요?"

나는 아이들과 멀리 떨어졌을 때 물었다. 그는 기신없이 쓸쓸한 표정으로 나의 얼굴을 바라보았다.

"그런데 보지 못했습니까?"

그는 입을 열었다.

"아기가 죽을 것 같습니다. 벌써부터 알았어요. 그렇게 자란 게 이상하지 않습니까? 글쎄, 그 애의 눈은 언제나 죽을 것 같아 보여요. 이번에는 죽는다고 생각하지 않을 수가 없어요."

나는 위로하려고 했지만, 이내 그만두고 말았다.

"제 말씀을 좀 들어보세요."

그는 쓸쓸한 웃음을 지었다.

"아마 당신도 그 애가 살아나리라고는 생각하지 않겠지요. 당신도 아시다시피 저는 그렇게까지 마음이 군센 사람은 못 됩니다. 아무리 좋은 일이 있어도 지금까지 한 번도 교회에 나간 일이 없었지요. 그러나 이번에는 하느님께서 저에게도 무슨 말씀이 계실 것만 같아요. 사실 그애는 아직 어리고 지금까지 한 번도 편안한 날이 없었으니까요. 그러나 정말이지 다른 아이들을 다 모아놓아도 그만큼 귀여울 수가 있겠어요."

아이들은 떠들며 뛰어오더니 여러 가지 별로 신기하지도 않은 일을 물으며 나를 둘러싸고 꽃이나 풀이름을 묻고, 나중에는 이야기를 해달라고 했다. 그래서 나는 아이들에게 꽃이나 수풀도 모두 아이들같이 넋이 들었으며, 천사를 모신다고 말했다. 아버지도 귀를 솔깃하고 웃으며 가끔 나직한 목소리로 사실 그렇다고 말했다. 우리는 산이 한층 더 푸르른 것을 보고 저녁 종소리를 들으며 집으로 발길을 돌렸다. 목장 위에는 불그스레한 저녁 아지랑이가 끼었고, 멀리 자그마하게 보이는 가느다란 탑은 따스한 대기 속에 솟았다. 하늘은 여름철의 파리하던 빛이 아름다운 푸른빛을 띤 금빛으로 변하고 나무 그림자는 더욱 길어졌다. 아이들은 지쳐서 그만 아무 말도 없었다. 그들은 양귀비나 패랭이나 방울꽃의 천사를 생각하고, 우리 어른들은 어린 아기의 천사를 생각했다. 아기의 영혼은 이미 날개를 달고 근심에 잠긴 우리 몇몇 사람들에게서 떠날 준비를 갖췄다.

다음 두 주가 지나자 병세는 조금 나아졌다. 아이는 회복될 것 같았다. 몇 시간 동안이나 침대를 떠날 수 있었으며, 차가운 베개를 베고도 전보다는 귀엽고 명랑해 보였다. 그러나 그 후 하루이틀 밤, 열이 계속 났다. 말은 하지 않았지만, 이미 우리는 그 아이가 몇 주일이나 며칠 동안밖에는 이 세상에서 더 살 수가 없다는 것을 알았다. 어쩌다가 한번 아이의 아버지는 지나가는 말처럼 그 이야기를 했다. 일터에서였다. 나는 그가 쌓아놓았던 판자를 들추는 것을 보고 아이의 관을 만들 판자를 찾는다는 것을 알았다.

"아무래도 머지않아서 만들어야 할 테니까."

그는 말했다.

"일이 끝난 다음에 혼자서 만드는 것이 좋겠지."

그가 한쪽 대패 양판에서 일을 하는 동안, 나는 다른 쪽 대패 양판에 앉아 있었다. 판자를 깨끗이 밀자 그는 자랑이라도 하듯이 나에게 그것을 보여주었다. 흠 하나 없이 잘 자란, 깨끗한 전나무 판자였다.

"못은 박지 말고 어떻게 들이맞춰서 오래갈 수 있는 좋은 관을 하나 만들어야겠습니다. 그러나 오늘은 이만하고 아내한테로 가보십시다."

며칠 몹시 무더운 여름 날씨가 지나갔다. 나는 날마다 한두 시간씩 어린 아기의 베갯머리에 앉아서 아름다운 풀밭이나 수풀 이야기를 해주고, 그 아이의 가늘고 살이 빠진 귀여운 손을 큼직한 내 손안에 담아 쥐고 마지막 날까지 그 아이의 주위를 떠돌던 귀엽고 명랑하고 아름다운 모습을 마음껏 맛보았다.

그리고 우리는 불안하고 쓸쓸한 마음으로 아이 옆에 서서 자그마하고 메마른 그 육체가 다시 한번 힘을 모아 모진 죽음과 싸우는 것을 보았다. 죽음은 어느덧 쉽사리 아이를 정복하고 말았다. 어머니는 말이 없었고 강했다. 아버지는 침대에 몸을 던지며, 몇 번이나 작별을 고했다. 금발을 어루만지면서 죽은 아이에게 애정을 베풀었다. 검소하고 간단한 장례식을 치렀고, 다른 아이들이 나란히 침대에 누워서 울었기 때문에 더욱 서글픈 며칠 밤이 계속되었다. 그리고 깨끗한 기분으로 성묘했다. 우리는 거기서 새로운 무덤을 나무로 장식하고, 아무 말도 없이 쓸쓸한 묘지 옆에 있는 벤치에 나란히 앉아서 아기의 모습을 그리며, 전과는 다른 눈으로 그리운 아이가 잠든 대지를 바라보았다. 묘 위에 자란 나무나 잔디나 또는 거침없이 즐겁게 묘지의 정적을 헤치고 날아가는 새들을 보았다.

그러면서도 일에 고달픈 하루하루가 계속되었다. 어린아이들은 어느덧 다시 노래를 부르고 싸우기도 하고 웃기도 하며 이야기를 듣고 싶어 했다. 우리는 모두 자기도 모르게 다시는 아기를 만나지 못하며, 그 아름다운 어린 천사는 하늘나라에 가 있으리라고 생각하게 되었다.

이런 일 때문에 나는 교수의 집에서 열리는 모임에는 전혀 나타나지를 못하고 엘리자베트의 집에도 한두 번 찾아갔을 뿐이었다. 이렇게 가끔 찾아가면 미적지근한 이야기가 계속되는 가운데서 이상하게도 어쩔 수 없이 답답한 기분을 느꼈다. 그러던 중에 또 그 두 집을 방문했지만, 모두 다 문이 닫혀 있었다. 벌써 피서를 떠난 모양이었다. 이때 비로소 가구상 집안 사람들과 가까이 지내며 어린아이의 병 때문에 무더운 여름철도 모르고 휴양을 떠날 생각도 못 했다는 사실을 깨닫고 놀라지 않을 수 없었다. 전 같으면 7, 8월을 도시에서 지낸다는 것은 전혀 생각지도 못할 일이었다.

나는 잠시 작별을 고하고 슈바르츠발트나 베르크슈트라세나 오덴발트로 도보 여행을 떠났다. 도중에 아름다운 지방에서 바젤에 있는 가구상의 아이들에게 그림엽서를 보내기도 하고, 어디에서나 돌아가면 아이들이나 그 아버지에게 여행에 대해서 무슨 이야기를 할까 하는 것을 생각하며, 다시없이 즐거운 기분을 느꼈다.

프랑크푸르트에서 며칠 더 여행 날짜를 연기하려고 했다. 아샤펜부르크나 뉘른베르크나 뮌헨이나 울름에서 나는 새로운 기쁨을 느끼며 옛 미술품을 즐겼다. 나중에는 편한 마음으로 취리히에서 다리를 쉬었다. 그때까지 몇 해 동안을 두고 이 도시를 묘지처럼 피해왔지만, 지금은 낯익은 거리를 이리저리 거닐며, 낡은 주막이나 정원을 찾기도 하고 지나간 아름다운 몇 해를 편한 기분으로 생각할 수 있었다. 여류 화가 아리에티는 결혼을 했다. 그 주소를 알아내서 저녁 무렵에 그녀를 찾아갔지만, 현관에 그 여자의 남편 이름이 붙은 것을 보고 창문을 쳐다보며 들어가기를 주저했다. 그러자 그리운 지난날의 여러 가지 일이 머리에 떠올랐다. 잠자던 청춘의 스케치가 가벼이 몸부림을 치며 반쯤 눈을 뜨기 시작했다. 나는 그만 돌아오고 말았다. 그래서 사랑하는 이탈리아 부인의 아름다운 모습을 쓸데없이 다시 만나 더럽히지 않고 지낼 수가 있었다. 계속해서 발걸음을 옮기며 한때 예술가들이 여름밤에 잔치를 베풀던 호숫가의 정원을 찾았다. 그리고 또 3년 동안이나 즐겁게 살던 골방이 있는 집을 쳐다보았다. 뜻밖에도 엘리자베트의 이름이 입술에 떠올랐다. 새로운 사랑은 역시 낡은 사랑보다 강했다. 그와 동시에 더욱 고요하고 겸손하고 고마운 사랑이었다.

즐거운 기분을 놓치지 않으려고 나는 보트를 빌려 타고 흐뭇한 기분으로 따스하고 맑은 호수 위를 저어갔다. 해 질 무렵의 하늘에는 한 가닥 아름다운 하얀 구름이 떠 있었다. 나는 인사했다. 그리고 엘리자베트와 그 여자가 정말 아름다운 마음으로 정신없이 바라보던 세간티니의 구름을 그려보았다. 말이나 불순한 욕망으로 조금도 흐려지지 않은 그 여자의 사랑이 이때처럼 나를 행복하고 깨끗하게 해주는 것으로 생각해본 일이 없었다. 구름을 바라보려니까 일생에 일어난 즐거운 모든 일은 다 사라지고 옛날의 혼란이나 정열 대신에 어린 시절의 오랜 동경만을 느꼈기 때문이었다. 이 동경도 한층 더 성숙하고 안정되었다.

전부터 나는 보트를 저을 때의 평화스러운 박자에 맞추어 뭐라고 중얼거리며 노래하는 습관이 있었다. 지금도 무심코 나직한 목소리로 노래를 불렀다. 노래를 부를 때 비로소 그것이 시였다는 것을 깨달았다. 기억에 남았기에 나는 집에서 그것을 '아름다운 취리히 호반 저녁의 추억'이라는 제목으로 써두었다.

하늘 높이 흐르는
흰 구름같이
맑고 아름다운 아득한
그대 엘리자베트여!

구름이 방랑의 길을 가도
그대는 거들떠보지도 않지만
어두운 밤이 되면 구름은
그대의 꿈나라를 지나갑니다.

가는 구름 행복에 빛나기에
그 후에도 언제나 쉼 없이
그대는 하얀 구름을 보고
감미로운 향수를 느낍니다.

바젤에 돌아오자 아시시에서 온 편지가 놓여 있었다. 아눈치아타 나르디니 부인의 편지였으며, 즐거운 소식이 가득했다. 역시 그 여자는 두 번째 남편을 맞이했다. 하여튼 편지를 그대로 알리는 것이 좋을 것이다.

경애하고 사랑하는 페터 씨!

당신에게 편지를 보낼 수 있는 자유를 변함없는 당신의 여자 친구들에게 허용해주십시오. 하느님의 뜻으로 저는 대단한 행복을 받았습니다. 10월 12일 저의 결혼식에 당신을 초대하고 싶습니다.

남편은 메노티라고 부르며, 돈은 없지만 이전에 과일 장사를 한 적이 있습니다. 귀여운 사람이지만, 페터 씨만큼 키도 크지 못하고 미남이라고 할 수 없습니다. 제가 가게를 지키고 남편은 광장에서 과일을 팔게 될 겁니다. 이웃에 사는 마리에타도 결혼하는데, 그 남자는 이국 사람으로 미장이라고 합니다.

저는 매일같이 당신을 생각하며, 여러 사람에게 당신의 이야기를 했습니다. 저는 당신이 참 좋아요. 성 프란체스코노 좋지요. 당신을 생각하면서 촛불을 네 자루나 성 프란체스코에게 올렸습니다. 당신이 결혼식에 와주신다면 메노티도 참 기뻐할 겁니다. 당신에게 불친절하게 대한다면 제가 막겠습니다. 섭섭하지만, 제가 언제나 말씀드린 바와 같이 자그마한 마테오 스피넬리는 나쁜 사람이더군요. 그는 가끔 저의 상점에서 레몬을 훔쳤어요. 빵 장사를 하는 아버지에게서 12리라를 훔쳤으며, 거지 지안자코의 개에게 독약을 먹였기 때문에 지금 끌려가 있지요.

하느님과 성자들의 축복이 당신에게 있기를 빌며, 당신이 얼마나 그리운지 모르겠습니다.

삼가 당신의 진정한 친구인

아눈치아타 나르디니

추신

수확은 그저 중간 정도나 될 것 같습니다. 포도가 제일 나쁘고 배도 충분하지는 못했습니다. 레몬은 굉장한 풍작이었습니다. 스펠로에서는 매우 불행한 일이 생겼습니다. 젊은 사람이 형제를 곡괭이로 때려죽였습니다. 그 이유는 알 수 없습니다만, 친형제인 것으로 보아 틀림없이 질투 문제인 것 같습니다.

섭섭하게도 마음을 이끄는 이 초대를 받아들일 수가 없었다. 나는 축하의 말과 아울러 이듬해 봄에 방문하겠다고 약속했다. 그리고 그 편지와 뉘른베르크에서 산 아이들의 선물을 들고 가구상 주인에게로 찾아갔다. 거기에서 뜻밖에도 커다란 변화를 발견했다. 테이블에서 떠나 창문을 향해 앉은, 이상하게도 모습이 이지러진 사람이 아이들 의자처럼 가슴 받침을 댄 의자에 꾸부리고 있었다. 주인 마누라의 동생 보피였으며, 반신을 쓰지 못하는 불쌍한 꼽추였다. 늙은 어머니가 세상을 떠나자 몸 둘 곳이 없었던 모양이다. 가구상은 하는 수 없이 그를 잠시나마 자기 집에 받아들였지만, 병든 불구자가 항상 눈앞에 있는 것은 기울어진 세간에 한층 더 불안감을 주는 것 같았다. 그때만 해도 아직 누구 하나 가까이하는 사람도 없고, 아이들은 그를 무서워하며, 어머니는 동정은 했지만 어쩔 줄을 모르고 우울한 태도였으며, 아버지는 불쾌한 기분을 숨기지 못했다.

보피는 목에 들러붙은 두 개의 보기 싫은 혹 위에 큼직하고 거북살스러운 머리가 달렸다. 이마는 넓고, 코는 세어 보이고, 입은 아름다웠지만, 쓸쓸한 빛이 있으며, 눈은 맑았으나 조용하고 어느 정도 겁을 집어먹은 것 같았다. 특별히 하얗고 자그마한 두 손이 언제나 가슴 받침 위에 조용히 놓였다. 나도 끼어든 이 불쌍한 남자에게 마음이 쓰이고 불쾌한 기분을 느꼈다. 그와 동시에 이 환자가 옆에 앉아서 아무도 상대해주는 사람이 없이 자기의 두 손만을 내려다보고 있는데도 가구상이 그에 대한 이야기를 몇 마디고 하면 그만 견딜 수가 없었다. 나면서부터 불구자였지만, 초등학교를 마치고 몇 해 동안은 그런대로 밀짚으로 세공품도 만들었다. 그러나 가끔 일어나는 풍증 때문에 몸 한쪽을 쓰지 못하게 되었다. 벌써 몇 해 전부터 침대에 눕거나 쿠션 사이에 끼여서 이상한 의자에 앉아 있었다. 마누라의 말에 따르면 전에는 혼자서 얼마든지 아름다운 노래를 불렀다고 하지만, 이미 몇 해 동안은 들을 수가 없었다. 이 집에 온 다음에는 아직 한 번도 부른 일이 없었다. 이러한 말을 하며 화제가 이어지는 동안 그는 자리에 앉은 채 앞만 바라보았다. 나는 그리 기분이 좋지 않았다. 그래서 곧 집에서 나와 그 후 며칠 동안은 그 집에 가지 않았다.

나는 일평생 건강한 몸으로 별로 중한 병을 앓아본 일도 없이, 환자나 특히 불구자에게 동정을 했지만 어느 정도 멸시하는 마음으로 바라보았다. 그런데 직공 가정에서 발견한 유쾌하고 명랑한 나의 생활이 가련한 이 존재 때문에 불쾌해지며, 그만 망쳐버리게 된 것을 견딜 수가 없었다. 그래서 다음 방문을 하루하루 미루며 어떻게 하면 불구자인 보피라는 이 방해물을 없앨 수 있을까 하는 쓸데없는 생각을 해보았다. 많지 않은 비용으로 병원이나 요양원에 넣을 수 있는 무슨 방법이 있을 것 같았다. 여러 번 가구상을 찾아가서 그 문제를 의논하려고 했지만, 묻지도 않는데 그런 말을 꺼내기가 어쩐지 쑥스러웠다. 게다가 환자를 만나면 나는 어린아이같이 공포심을 느꼈다. 어쨌든 그와 만나면 악수해야 하는 것이 싫었다.

이와 같이 나는 일요일을 한 번 그냥 넘겨버리고 말았다. 다음 일요일에는 아침 열차로 유라산에 소풍을 갈 생각이었지만, 비겁한 나 자신의 태도가 부끄러워서 소풍을 취소하고, 식사가 끝나자 가구상을 찾아갔다.

억지로 나는 보피와 악수를 했다. 가구상은 불쾌했는지 산책을 하자고 말했다. 그는 이렇게 비겁한 상태가 언제까지나 계속된다면 질색이라고 말했다. 그가 나의 제안을 받아들일 것 같다는 생각이 들어 기뻤다. 부인은 집에 남겠다고 했지만, 불구자인 그 남자는 혼자서 얼마든지 있을 수 있으니까 함께 가라고 애원했다. 책 한 권과 물 한 잔만 옆에 있으면 되니 쇠를 잠그고 안심하고 집을 떠나도 좋다고 말했다.

우리는 모두 자신을 어디까지나 친절한 사람이라고 생각하며, 그를 남긴 채 쇠를 잠그고 소풍을 떠나고 말았다. 즐겁게 아이들과 희롱을 하면서 가을의 아름다운 금빛 태양을 즐기며, 불구자를 혼자 남겨두고 온 데 대해서는 누구 하나 부끄러워하거나 염려하는 사람이 없었다. 도리어 잠시나마 그를 떠날 수 있어서 기뻐하며, 맑고 따스한 공기를 가벼운 기분으로 들이마셨다. 그리고 하느님의 일요일에 그러듯이 감사의 뜻을 표하고 즐기는, 성실하고 은혜를 아는 가족들처럼 굴었다.

그렌차허의 푀른리에서 포도주를 한잔 마시려고 음식점 뜰 식탁에 앉았을 때, 아이들의 아버지가 비로소 보피 이야기를 꺼냈다. 그는 성가신 그 손님에 대해서 불평을 하며, 집안이 옹색하고 돈이 들게 되었다고 한탄했다. 그리고 웃으면서 이렇게 말하고 이야기를 끝냈다.

"아아, 이렇게 집에서 나오니 그 자식의 시끄러운 꼴을 보지 않고 한 시간이라도 즐길 수가 있지 뭐야!"

이렇게 되는 대로 내뱉는 말을 듣자 나는 불쌍한 그 불구자를 눈에 그려보았다. 애원하고 괴로워하는 그를, 우리의 미움을 받는 그를, 어떻게 해서든지 내쫓으려고 하는 그를, 우리에게 버림받고 어두어둑한 방 안에 혼자 쓸쓸히 들어앉은 그를 눈앞에 그려보았다. 곧 어두워질 터인데 그는 등불을 켜지도 못하고, 창문 옆으로 가지도 못하리라고 나는 생각했다. 거기서 그는 책을 옆에 놓고 어두컴컴한 가운데 꼼짝도 하지 않고 이야기 상대도 없이, 아무런 위안도 없이 웅크리고 있을 것이다. 한편 우리는 여기서 포도주를 마시며 흥겹게 웃고 있다. 나는 아시시에서 이웃 사람들에게 성 프란체스코의 이야기를 해주며, 성자는 나에게 모든 사람을 사랑하라고 가르쳐주었다고 장담하던 일을 다시금 생각해보았다. 무엇 때문에 나는 성자의 생활을 연구하고 그 훌륭한 사랑의 노래를 외우기도 하며, 움브리아의 언덕에서 그의 자취를 더듬었을까? 의지할 곳 없이 가난한 사람이 그렇게 혼자서 괴로워해야만 하는가? 내가 그런 것을 안다면 그를 위로해줄 수 있지 않을까?

힘차고 눈에 보이지 않는 손길이 나의 가슴을 억누르고 조이며, 내 가슴에는 부끄러움과 고통이 가득 찼기 때문에 나는 떨리는 몸으로 그 자리에 엎드리고 말았다. 하느님께서 나에게 이야기를 건네려는 참이었다.

"그대 시인이여!"

신은 말했다.

"그대 움브리아 사람의 제자여! 사람을 사랑하라고 가르치고 행복하게 하려는 그대 예언자여! 바람과 물속에서 내 목소리를 들으려고 하는 몽상가여! 그대는 친절한 대접을 받으며 유쾌한 시간을 보낼 수 있는 집을 사랑한다."

신은 계속 말했다.

"더구나 내가 이 집을 보살펴주려고 하는 날 그대는 도망을 치고 나를 쫓아버리려고 생각한다. 그대 성자여! 그대 예언자여! 그대 시인이여!"

마치 나는 맑고 어디까지나 바로 보이는 거울 앞에 서게 된 기분을 느꼈다. 거기서 자신이 거짓말쟁이며, 큰소리만 치며, 비겁하고 혓바닥을 두 개나 가진 남자로 비치는 것을 보았다. 슬프고 쓰라리고 괴롭고 두려웠다. 그러나 이 순간 나의 마음속에서 부서지고 쓰라리고 상처를 입고 으쓱대는 것은 그만 부서져서 없어지는 게 마땅하리라.

억지로 서두르며 작별을 고하고 술잔에 포도주를 남기고 뜯어 먹던 빵을 식탁 위에 놓은 채 나는 도시로 돌아왔다. 흥분해서 어떤 불행이 일어났을지도 모른다는 견딜 수 없는 불안에 사로잡혔다. 불이 나자 의지할 곳이 없는 보피는 의자에서 굴러떨어져 마루 위에 쓰러진 채 괴로워하거나 죽었을지도 몰랐다. 그가 쓰러진 모습이 눈앞에 보이는 것 같았으며, 나는 그저 방관만 하고 그 불구자의 눈에서는 말없이 비난의 소리가 흘러나오는 것같이 생각되었다.

숨을 헐떡이면서 거리에 있는 집에 이르자 나는 쏜살같이 계단을 올라갔다. 그때 비로소 문 앞에 섰지만, 순간 문을 열 열쇠가 없다는 것을 깨달았다. 그러나 나의 불안은 사라졌다. 왜냐하면 부엌문에 이르기도 전에 방 안에서 노래하는 소리가 들렸기 때문이다. 이상한 순간이었다. 가슴을 두근거리며 그만 숨을 죽이고, 계단 중간 층계참에 서서 차츰 마음을 안정시키며, 갇혀 있는 불구자의 노래에 귀를 기울였다. 그는 나직한 목소리로 애절하면서도 어쩐지 호소하듯이 〈희고 붉은 작은 꽃〉이라는, 애정을 노래하는 속된 민요를 불렀다. 그가 이미 오랫동안 노래를 부르지 않았다는 것을 알았기 때문에 조용한 시간을 이용해서 제멋대로 어느 정도 즐겨보려는 그 노래에 귀를 기울이며 나는 어쩐지 가슴이 뭉클한 것을 느꼈다.

그런데 한때는 이러한 일도 있었다. 인생이라는 것이 진지한 문제와 깊이 감동하게 하는 한편 우스꽝스러운 면을 보여주기도 한다. 그도 그럴 것이 나도 내 처지가 우습고 부끄럽다고 느꼈다. 나는 갑자기 불안을 참지 못하며 한 시간이나 벌판 길을 뛰어서 돌아와

열쇠도 없이 부엌문 앞에 서 있는 것이었다. 그대로 돌아서든지 그렇지 않으면 잠긴 두 짝의 문을 통해서 불구자에게 나의 호의를 커다란 목소리로 알리는 수밖에 도리가 없었다. 불쌍한 그 남자를 위로하리라, 동정을 표시하리라, 지루한 그의 기분을 지워주리라고 결심하고 계단에 서 있었다. 그러나 상대방은 그런 줄도 모르고 앉아서 노래만 불렀다. 소리를 치거나 문을 두드리며 내가 있다고 알리면 틀림없이 그는 놀랄 것이다.

그 자리에서 물러서는 수밖에 없었다. 나는 일요일이라 홍성대는 좁은 길을 한 시간이나 거닐었다. 그러고 나서 다시 찾아가 보았더니 가구상 가족들이 돌아와 있었다. 그때는 보피와 악수를 하면서도 별로 마음의 괴로움을 느끼지 않았다. 나는 그의 옆에 앉아서 이야기를 시작하고, 그때까지 무엇을 읽었느냐고 물었다. 그러면서 책을 빌려주겠노라고 했다. 그는 매우 감사히 생각했다. 그에게 예레미아스 고트헬프를 권했으나 그가 그의 작품은 거의 다 읽었다는 것을 알았다. 그러나 고트프리트 켈러는 아직 몰랐기 때문에 그의 책을 빌려주겠노라고 했다.

다음 날 책을 갖고 갔더니 부인은 마침 외출을 하려고 준비 중이었고 주인은 일터에 있었기 때문에, 나는 보피와 자리를 같이할 기회를 가졌다. 그때 나는 어제 그를 혼자 내버려둔 것을 매우 부끄럽게 생각하며, 그의 친구가 되어서 가끔 옆에서 자리를 같이했으면 좋겠다고 말했다.

키가 작은 불구자는 커다란 머리를 나에게로 돌리며 나의 얼굴을 보더니 "매우 감사합니다" 하고 말했다. 그뿐이었다. 그러나 그렇게 머리를 돌리는 것이 그에게는 괴로운 일이었으며, 건강한 사람이 열 번이나 포옹해준 것만 한 가치가 있었다. 그의 눈은 매우 맑았으며, 어린아이처럼 아름다웠기 때문에 나는 부끄러운 나머지 얼굴이 달아오르오는 것을 느꼈다.

그런데 아직 가구상과 담판을 해야 할 어려운 문제가 남았다. 어제 내가 느낀 불안과 부끄러움을 솔직히 참회하는 것이 가장 좋은 일이라고 생각했다. 그에게 나의 기분이 통하지 않는 것이 섭섭했지만, 그래도 말은 통했다. 그는 환자를 나와 같은 손님으로서 그대로 그 집에 머물게 하라는 내 의견에 동의했다. 따라서 그를 부양하기 위한 비용을 서로 분담하기로 하고, 나는 보피에게 마음대로 드나들며 그를 친형제와 같이 생각해도 좋다는 허락을 얻었다.

가을철은 전과 달리 언제까지나 날씨가 좋고 따뜻했다. 그래서 내가 우선 보피를 위해서 한 일은 이동식 의자를 사서 대개 아이들을 데리고 매일같이 그를 태워 밖으로 밀고 나가는 것이었다.

8

언제나 나의 운명이 그러한 듯이 나는 인생이나 친구들에게서 내가 줄 수 있는 것보다도 훨씬 많은 것을 받았다. 리하르트나 엘리자베트나 나르디니 부인이나 가구상도 역시 그러했다. 지금은 나이를 먹고 충분히 자존심을 갖게 되었지만, 가련한 꼽추의 제자가 되어 놀라기도 하고, 감사하기도 하는 얄궂은 현실을 체험했다. 내가 훨씬 전에 시작했던 창작을 완성해서 어느 땐가 이 세상에 내놓게 된다면 그 가운데서 훌륭한 점은 보피에게서 배우지 않은 게 거의 없을 것이다. 나에게는 의의가 있고 즐거운 때가 시작되었다. 평생을 두고 이 시기를 마음껏 맛보았다. 질병이나 고독이나 빈곤이나 학대라도 그저 가벼이 거침없이 날아가는 구름처럼 사라져 없어지는 훌륭한 인간의 영혼 속을 깊숙이 분명하게 엿볼 수 있었다. 이러한 사람에게는 우리의 아름답고 짧은 인생의 쾌감을 가로막고 망쳐버리는 사소하고 나쁜 여러 가지 버릇, 다시 말하면 분노나 초조함이나 불신이나 허위 등 우리를 추악하게 하는 불쾌하고 불결하게 곪은 상처가 오랫동안 계속된 극도의 고통을 거치면서 이미 부식되고 말았다. 그는 성자도 아니요, 천사도 아니었지만, 지혜와 헌신적인 마음이 가득한 사람이며, 무시무시하고 커다란 고민과 부자유를 맛보는 동안 부끄러운 줄 모르고 자신의 약점을 느끼며 신의 손에 맡기는 것을 배웠다.

언젠가 나는 그에게 그렇게 고통스럽고 무력한 육체로 어떻게 만족할 수 있느냐고 물었다.

"그것은 아주 간단합니다."

그는 매우 정답게 웃었다.

"나와 질병 사이에는 한없는 싸움이 벌어지고 있습니다. 그 어느 때는 내가 싸움에 이기고, 어느 때는 집니다. 이와 같이 우리는 계속해서 싸우며, 때로는 쌍방이 조용히 휴전을 맺기도 하지만, 서로 감시하고 틈을 타서 또 어느 한쪽이 염치 없이 다시 싸움을 시작합니다."

그때까지는 나 스스로를 확실한 눈을 가진, 언제나 뛰어난 관찰자라고 생각했다. 그러나 이러한 점에서도 보피가 훌륭한 스승이 되었다. 자연히 그는 특히 동물에 흥미를 느꼈기 때문에 가끔 그를 동물원으로 데리고 갔다. 거기서 즐겁게 지냈다. 보피는 얼마 후 동물 하나하나를 모두 다 알게 되었다. 언제나 빵과 사탕을 가지고 갔기 때문에 동물들도 우리를 알아보는 일이 적지 않았다. 우리는 여러 가지 우정을 맺었다. 우리는 특히 맥(貘)을 좋아했다. 맥의 유일한 미점은 다른 동물에게서는 찾아볼 수 없는 독특한 결백성이었다. 다른 점에서 보면 자부심이 강하고, 머리가 둔하고, 정다운 맛이 없고, 은혜를 모르며 매우 탐스럽게 먹는다. 그 이외의 동물, 특히 코끼리나 사슴이나 염소나 더러운 들소라도 사탕을 받으면 정답게 우리를 쳐다보거나 아니면 우리가 어루만져주는 것을 달게 참으면서 언제나 어느 정도 감사의 뜻을 나타냈다. 그러나 맥이라는 동물은 그런 데가 하나도 없었다. 우리가 가까이 가면 맥은 재빨리 창살 옆으로 나타나 우리에게서 받은 것을 천천히 다 먹어치우고 나서 자기에게 던져주는 게 더 없다는 걸 알면 소리도 없이 그만 물러서고 말았다. 그러한 점에서 우리는 자부심과 특색이 나타나는 것을 보았다. 그는 자기에게 주는 물건을 굽신거리면서 받지도 않고, 감사할 줄도 모르고 당연한 선물처럼 서슴지 않고 받아들이기 때문에, 우리는 그를 수금원(收金員)이라고 불렀다. 보피는 대개 직접 먹을 것을 줄 수는 없었기 때문에, 맥은 그만하면 됐느니, 한 조각 더 줘야 하느니 했고, 가끔 논쟁이 벌어지기도 했다. 우리는 그것이 무슨 국가적인 일이기나 한 듯이 구체적으로 검토하고 고려했다. 언젠가 우리가 맥 옆을 지나는데, 보피가 맥에게 모난 사탕을 하나 주어야 한다고 말했다. 그러고는 그곳을 떠났지만, 그동안 짚을 깐 잠자리로 들어간 맥은 거만하게도 이쪽을 힐끗 한 번 쳐다볼 뿐 창살 옆으로 나오지는 않았다.

"미안합니다, 수금원님."

보피는 맥을 향해서 외쳤다.

"그만 사탕을 한 개 잘못 준 것 같은데."

그리고 우리는 코끼리에게로 갔다. 코끼리는 벌써부터 기다리기나 한 듯이 어슬렁어슬렁 이리저리로 걸어 다니면서 마음대로 움직이는 훈훈한 코를 쑥 내밀었다. 보피는 혼자서 코끼리에게 먹을 것을 줄 수가 있었다. 커다란 코끼리가 낙낙한 코를 그의 쪽으로 굽히고 손바닥에서 빵을 받아서 즐거운 듯이 자그마한 눈으로 간사하고 정답게 우리를 쳐다보는 것을 보피는 어린아이처럼 기뻐하며 바라보았다.

나는 동물원지기와 말을 나누며, 내가 옆에 붙어 있을 여가가 없을 때는 보피를 이동식 의자에 태워 뜰에 남겨둘 수 있었기 때문에, 그는 그러한 날이라도 양지에서 동물을 바라볼 수가 있었다. 후에 그는 나에게 자기가 본 것을 남김없이 말해주었다. 무엇보다도 사자가 암놈을 소중히 다루는 것을 보고 그는 마음이 끌렸다. 암사자가 누워서 쉬면 수놈은 끊임없이 오락가락하면서도 암놈에게 닿지도 않고 방해가 되지 않으며, 그 허리를 넘지 않는 방향으로 걸어 다녔다. 보피가 가장 즐겨 본 것은 물개였다. 그는 지루한 줄도 모르고 재빠른 이 동물의 날쌘 수영 기술이니 운동 기술을 바라보며, 자기 자신은 의자에 앉아서 움직이지도 못하고 머리나 팔을 움직이는 데도 고생했지만, 그래도 마음껏 즐겼다.

내가 보피에게 나의 연애담 두 가지를 말한 것은 그해 가을 가장 날씨가 맑은 날이었다. 우리는 서로 매우 가까워졌기 때문에 나는 별로 즐겁지도 못하고 달갑지도 않은 그 체험을 계속 말하지 않을 수 없었다. 그는 매우 정답고 심각한 표정으로 들었지만, 아무 말도 없었다. 그러나 그 후 하얀 구름에 비유한 엘리자베트를 한 번 만났으면 좋겠다는 소원을 말했다. 그리고 길거리에서 그 여자와 마주치는 일이 있으면 잊지 말고 꼭 만나게 해달라고 부탁했다.

도무지 그러한 일이 있을 것 같지도 않은 데다가, 날씨도 쌀쌀해지기 시작했기 때문에, 나는 엘리자베트를 찾아가서 불쌍한 꼽추에게 그 기쁨을 남겨주었으면 좋겠다는 부탁을 했다. 그 여자는 친절하게 내 마음에 맞도록 해주었으며, 약속한 날 나의 안내를 받으며 동물원으로 같이 갔다. 그곳에서 보피는 이동식 의자에 앉아서 기다렸다. 아름답고 훌륭한 몸집을 한 점잖은 부인은 불구자에게 손을 내밀며 그의 쪽으로 약간 몸을 굽혔다. 불쌍한 보피는 기쁨에 빛나는 얼굴로 감사하는 마음과 어느 정도의 애정을 보이면서 큼직하고 부드러운 시선을 그 여자에게로 보냈다. 이 순간 두 사람 중에서 어느 쪽이 더 아름답고 내 마음에 더 가까운지 나로서는 분간할 수가 없을 정도였다. 그 여자는 부드러운 말로 이야기를 건네고 불구자는 빛나는 시선을 여자에게로 던졌다. 나는 옆에 서서 내가 가장 사랑하는 두 사람이, 더구나 인생의 넓은 도랑으로 서로 떨어져 있는 그 두 사람이 잠시 손을 마주 잡는 것을 보고 이상한 느낌이 들었다. 그날 오후 보피는 그저 엘리자베트에 대한 이야기뿐이었다. 그 여자의 아름다움이나 점잖고 부드러운 맛이나 옷이나 누런 장갑과 파란 구두, 그리고 걸음걸이와 눈초리, 목소리와 아름다운 모자를 칭찬했다. 한편 나는 내 애인이 나의 친애하는 친구에게 돈을 주는 것을 보고 괴롭기도 하고 우습기도 했다.

그동안 보피는《푸른 하인리히》와《셀드빌러 사람들》을 읽어버렸다. 그리고 이런 귀한 책의 세계에 그만 젖어버렸기 때문에 슈몰러 판크라츠나 알베르투스 츠뷔한이나《정의의 빗장사》같은 소설에서 우리는 공통된 친구를 찾을 수가 있었다. 나는 한동안 그에게 C. F. 마이어의 책을 하나 빌려줄까 하고 망설였지만, 마이어의 너무나 팽팽한 문장 가운데 나타난 라틴어식의 함축미를 보피는 아마 그리 높이 사지는 않으리라고 생각했다. 게다가 그의 명랑하고 고요한 눈앞에 역사의 심연을 열어놓는 걸 염려하지 않을 수 없었다. 마이어 대신 나는 성 프란체스코의 이야기도 하고, 뫼리케의 단편을 읽어주기도 했다. 그가 그처럼 언제나 물개의 웅덩이 기슭에서서 물에 나타나는 여러 가지 전설 같은 환상에 잠기지 않았더라면 아름다운 물귀신 라우의 이야기를 대개는 즐길 수가 없었으리라는 그의 고백이 나에게는 많은 감명을 남겼다.

우리가 이렇게 차츰 너라고 부르며, 형제나 다름없이 지낼 수 있게 된 것이 즐거웠다. 내가 그렇게 대하려고 한 것도 아니요, 또 그렇게 했다 해도 그는 받아주지를 않았다. 그러나 우리는 어디까지나 자연스럽게 서로 너라고 부르는 수가 많았으며, 어느 날 그것을 깨닫자 우리는 웃지 않을 수 없었다. 그리고 그다음부터는 그렇게 부르기로 했다.

초겨울이 다가오면서부터 산책도 할 수 없고, 다시금 긴 시간을 보피의 매형네 거실에서 보내면서부터 내가 새로이 얻은 우정이 아무 희생도 없이 얻은 것이 아님을 때늦은 감이 있었지만 느꼈다. 다시 말하면 가구상은 언제나 얼굴을 찌푸리고 불친절하며, 말이 없었다. 아무 소용도 없는 식객이 눈에 거슬리게 늘 옆에 있을 뿐만 아니라, 그만큼 보피와 나의 관계도 그를 불쾌하게 만들었다. 언젠가 내가 하룻밤 동안 쭉 꼽추와 즐겁게 이야기하려니까, 주인은 신문을 보며 옆에서 화를 내기도 했다. 전 같으면 남달리 인내심이 강하던 부인도 이번만은 고집을 세워 좀처럼 보피를 다른 곳으로 보내지 않으려 했다. 나는 그의 기분을 돌려보려고 힘쓰기도 하고, 그에게 새로운 제안을 해보려고 한 것도 한두 번이 아니었다. 그러나 이미 그에게는 뭐라고 이야기할 도리가 없었다. 그뿐만 아니라, 그는 사나운 말로 꼽추와 나의 우정을 조롱하며 꼽추를 괴롭히게까지 되었다. 물론 환자뿐이 아니라, 내가 매일같이 그의 옆에 앉아 있는 것은 그렇잖아도 시끄러운 살림살이에서 귀찮고 무거운 짐이 아닐 수 없었다.

그러나 나는 여전히 주인이 우리와 가까이 지내며 환자를 위해 주었으면 했다. 결국 무슨 일을 하든지 주인의 기분을 상하게 하거나 보피에게 불리할 뿐이지 더는 어쩔 수가 없었다. 나는 되는대로 무리하게 어떤 결심을 하고자 하지 않았기 때문이다. 이미 취리히 시절에 리하르트는 나를 "쓸모없는 페트루스"라고 불렀지만, 나는 몇 주일 동안 정세를 살피면서도 언제나 혹시 한쪽 우정을 잃어버리거나, 자칫하면 양쪽 우정을 모두 잃어버리지나 않을까 하는 근심에 사로잡혔다.

이렇게 트릿한 관계로 더욱 기분이 불쾌했기 때문에 나는 다시 가끔 주점에 드나들었다. 어느 날 밤 나는 불쾌한 일로 너무나 화가 났기 때문에 바틀란트주를 마실 수 있는 자그마한 포도주 집으로 가서 몇 리터를 들이켜고 괴로움을 씻어보려고 했다. 2년 만에 처음으로 집에 돌아오면서 자세를 바로 하려고 애썼다. 술에 몹시 취하면 언제나 그랬지만 다음 날 어디까지나 기분이 냉정해졌기 때문에 용기를 내어 이 연극의 마지막 막을 내리려고 가구상을 찾아갔다. 나는 그에게 보피를 그만 나에게 맡겨달라고 말했다. 그는 싫어하는 얼굴은 아니었지만, 며칠 생각해본 후에 실제로 승낙했다.

그 후 얼마 지나지 않아서 나는 불쌍한 꼽추를 데리고 새로운 셋집으로 이사를 했다. 그러나 전과 같이 혼자 독신으로 하숙 생활을 하는 대신에 둘이서 작으나마 본격적인 살림살이를 시작했기 때문에 마치 결혼이라도 한 기분을 느꼈다. 처음에는 서툰 살림을 하면서 여러 가지 경험도 얻었지만, 그런대로 해나갈 수 있었다. 집 안 정리나 빨래는 뜨내기 식모에게 맡겼다. 식사는 집으로 배달되었다. 얼마 지나자 우리는 이 공동생활을 아늑하고 즐겁게 생각했다. 아무 근심도 없이 할 수 있는 여행을 단념하지 않을 수 없는 부자유한 상태도 당장에는 그리 괴로운 것이 아니었다. 일을 할 때는 친구가 조용히 옆에 지키고 있기 때문에 도리어 마음이 안정되며, 일이 잘되는 것 같았다. 대수롭지 않지만 내가 환자를 보아준다는 것은 이번이 처음이었으며, 처음에는 그리 기분이 좋지 않았다. 무엇보다도 옷을 갈아입힐 때는 더욱 그랬다. 그러나 친구는 정말 참을성이 강하고 은혜를 알아주었기 때문에, 도리어 나는 부끄러움을 느끼며 정성껏 그의 뒤를 돌보아주려고 애를 썼다.

이제 교수는 거의 찾아보지 않았지만, 엘리자베트에게는 가끔 찾아갔다. 그 여자의 집은 변함없는 마력으로 나의 마음을 이끌었다. 그 집에 가 앉아서 포도주 한 잔을 마시고, 내 마음에 일어나는 여러 가지 감정에 대해서는 베르테르처럼 언제나 비웃으면서 싸워왔지만, 그 여자가 주부의 역할을 하는 것을 보면 어쩐지 나는 가끔 감상적으로 마음이 허전함을 느꼈다. 주책없는 청춘의 사랑에 대한 이기적인 마음이 확실히 나의 마음에서 완전히 사라졌다. 이와 같이 우리 사이에서는 아름답고 친밀한 전쟁 상태가 진정한 관계였다. 그리고 함께 만나도 사실 우리는 친구처럼 싸우기 일쑤였다. 현명한 부인의 능란하면서도 어느 정도 여자답게 아양을 부리는 마음씨는 애정을 느끼면서도 야비한 나의 성격과 매우 잘 맞았다. 마음속으로 우리는 서로 사모했기 때문에, 사소한 일에 대해서는 그만큼 끈기 있게 하나하나 싸웠다. 그 여자에게, 내가 얼마 전까지 생명을 걸고라도 결혼하려고 했던 그 여자에게 독신 생활을 변호한다는 것은 무엇보다도 우스운 일이었다. 그뿐 아니라, 나는 호남이며, 재치 있는 자기 주인을 자랑하는 그 여자의 남편과 함께 그 여자를 놀리기까지 했다.

옛사랑은 내 마음속에서 남몰래 여전히 타올랐다. 그 마음은 이미 전과 같이 불손한 불꽃이 아니라, 정답고 길이 계속되는 뜨거운 불이며, 마음을 언제나 젊게 하며, 아무 희망도 없는 독신자라도 가끔 추운 겨울밤을 녹일 수 있게 하는 것이었다. 보피가 꼬박 내 옆에 있어주고 언제나 진정으로 사랑을 받는다는 이상한 의식으로 나를 감싸주게 된 다음부터 아무 위험 없이 나는 내 사랑을 한 가닥 청춘과 시로서 내 안에 살게 할 수 있었다.

게다가 엘리자베트는 여자의 짓궂은 마음으로 가끔 나의 마음을 싸늘하게 하는 때도 있었지만, 나의 독신 생활에 진심으로 기쁨을 느낄 기회를 주었다.

불쌍한 보피가 내 집에 함께 지내면서 나는 차츰 엘리자베트의 집을 등한히 했다. 보피와 함께 책을 읽고, 앨범을 들추고 일기를 들려주기도 하며, 숫자 맞추기도 했다. 우리는 심심풀이로 푸들도 키우고, 창문으로 초겨울의 경치를 바라보며 매일같이 재치 있는 이야기나 어리석은 이야기를 주고받았다. 환자는 훌륭한 세계관을 지녔다. 구체적으로 인생을 관찰하며, 너그러운 유머로 아늑한 기분을 느낄 수 있는 세계관이었다. 그 후부터 나는 매일같이 배우는 점이 많았다.

눈이 몹시 내려 창밖에 맑고 아름다운 겨울이 나타나자, 우리는 소년처럼 기뻐하며, 난로 옆에서 방 안의 아늑한 목가에 잠겼다. 오랫동안 구두가 닳도록 돌아다녔어도 아무 소용도 없었지만, 나는 이 기회에 인간을 아는 방법을 배웠다. 다시 말하면 보피는 조용하고 예리한 방관자로서 여러 가지로 옛날 생활에 대한 인상을 지니고 있었기 때문에 한번 시작하면 이야기가 한이 없었다. 이 불구자는 인생에 40명도 못 되는 사람을 알았을 뿐이며, 그렇다고 해서 무슨 커다란 조류에 휩쓸린 것도 아니었다. 그런데도 그는 나보다 인생을 훨씬 더 잘 알았다. 왜냐하면 그는 아무리 적은 사람이라도 그들을 살펴보며, 어느 때 어떠한 사람들 사이에서도 체험과 기쁨과 인식의 샘터를 찾을 수 있었기 때문이다.

우리가 가장 좋아하며 즐기는 것은 역시 동물의 세계에 대한 기쁨이었다. 이미 동물원의 동물을 찾아갈 수는 없었지만, 그러한 동물에 관해서 여러 가지 이야기나 비유를 생각해냈다. 대부분은 우리가 이야기하는 것이 아니라, 즉석에서 동물이 된 듯 대화하는 것이다. 말하자면 앵무새 두 마리가 서로 고백하는 사랑이나 들소 사이에 벌어진 싸움이나 멧돼지의 밤 이야기 같은 것이었다.

"안녕하십니까, 족제비님?"

"감사합니다, 여우님. 그저 그렇습지요. 아시는 바와 같이 저는 붙들렸을 때, 그만 젊은 아내를 잃어버렸습니다. 그 이름은 핀젤슈반츠였지요. 전에도 말씀드렸습니다만, 참 진주같이 예뻤습니다."

"아아, 그런데 옛날이야기는 그만둡시다, 이웃 양반. 내 기억이 틀림이 없으면 당신은 이미 여러 번 진주에 대한 이야기를 했습니다. 아아, 결국 우리는 그저 한 번밖에 살 수 없는 목숨이니까요. 우리는 사소한 즐거움이라도 망쳐서는 안 됩니다."

"미안합니다만, 여우님, 저의 아내를 아신다면 그래도 저의 기분도 알아주실 텐데."

"그럼요, 그렇고 말고요. 여부가 있겠습니까. 그런데 아주머니는 핀젤슈반츠라고 하셨다지요? 아름다운 이름인데요? 어루만지고 싶습니다. 그런데 대체 내가 무슨 말을 하려고 했더라…… 아아, 그렇지 그래, 성가신 참새의 장난이 다시 심해진 것을 아셨습니까? 그런데 저는 조금 계획이 있는뎁쇼."

"참새 때문입니까?"

"참새 때문입니다. 어떻습니까, 이렇게 저는 생각했는데요. 결국 창살 밖에 빵을 좀 놔둔단 말씀입니다. 그리고 꼼짝도 하지 않고 누워서 그놈들을 기다리거든요. 그러고도 그놈들을 붙잡지 못하면 그야 틀렸지요. 당신의 생각은 어떻습니까?"

"참 좋군요."

"그러면 어서 빵을 좀 놔주시오. 네, 그렇습니다. 좋습니다! 그런데 좀 더 오른편으로 밀어 놓아주시겠습니까. 그래야 우리에게 어느 쪽이나 다 이로울 것 같습니다. 왜냐하면 미안하지만 저는 지금 미끼를 가진 것이 없으니까요. 그만 좋습니다. 그러면 정신을 바짝 차리시오! 자, 여기 누워서 눈을 감으시지요……. 쉬, 조용히 하시오. 벌써 한 마리 날아왔습니다!"

(잠시 후에)

"그런데, 여우님, 아직 못 잡았어요?"

"참, 성미도 급하시지 원! 새잡이를 처음 나오신 것 같군요! 새를 잡으려면 기다리고 기다리면서 참아야지 안 돼요. 자, 그러면 한 번 더 눈을 감으실까요!"

"그런데 대체 빵은 어디로 갔지요?"

"천만에 그럴 리가 있겠습니까! 빵이 없어요? 정말 없어졌군요! 이게 어떻게 된 일인가! 물론 그 빌어먹을 바람이 또 불어서 그만……."

"아아, 그러니까 생각이 납니다만, 조금 전에 당신이 뭔가 먹는 소리가 들렸는데."

"뭐요? 제가 뭣을 먹어요? 대체 뭘 먹었단 말이오?"

"아마 그 빵이겠지요."

"그런 추측은 남을 눈앞에 놓아두고 모욕하는 거나 다름없어요, 족제비님. 이웃의 이야기라면 조금은 참아야 하겠지만, 그것은 심하지 않습니까, 아시겠습니까? 역시 제가 빵을 먹었다는 말씀이지요! 대체 어떻게 생각하시는 겁니까? 무엇보다 저는 당신의 진주에 대한 명랑한 이야기를 천 번이나 듣고, 그다음 어쩌다가 그래도 좋은 생각이 떠올라서 우리는 빵을 밖에 내놓고……."

"그건 접니다. 제가 빵을 냈습니다."

"우리는 빵을 밖에 내놓고 저는 누워서 주의를 다했어요. 모든 일이 잘 되어가는데 당신이 쓸데없는 이야기를 하시지 않았습니까. 물론 참새는 도망치고 말았지요. 사냥은 틀리고 게다가 저는 빵을 먹었다는 시비까지 듣고! 정 그러면 당분간 교제를 끊겠습니다."

이런 이야기를 하면서 오후와 밤은 어느 결에 지나갔는지 알 수가 없었다. 나는 유쾌한 기분으로 신나게 일을 하며 내가 전에 그렇게 게으르고 기분이 불쾌하고 우울했던 것이 이상하게 생각되었다. 리하르트와 함께 지내던 가장 즐거운 시절도 이렇게 조용하고 명랑한 하루하루보다 더 아름답지는 않았다. 밖에는 눈이 펄펄 날리고, 우리는 난로 옆에서 푸들과 같이 즐겁게 지내니까 말이다.

그런데 사랑하는 보피는 처음이며 다시없을 어리석은 짓을 저지르고야 말았다. 만족하게 지내던 나는 물론 그런 줄도 모르고, 그가 전보다 괴로워하는 것도 몰랐다. 그는 그대로 그저 겸손하고 사랑하는 마음에서 전에 없이 유쾌한 태도로 괴로움을 말하지도 않고, 내가 담배를 피워도 막으려고 하지 않았다. 그러나 그는 밤에 잠이 들면 괴로워하며, 기침을 하고, 나직이 신음했다. 너무나 우연한 일이지만, 어느 날 밤늦게까지 옆방에서 글을 쓰려니까 내가 이미 침대에 누웠거니 생각했던지 그의 신음 소리가 들렸다. 불쌍한 그 남자는 내가 램프를 들고 갑자기 그의 침실로 들어가자, 깜짝 놀라며 고함을 쳤다. 나는 등불을 한쪽에 놓고 그의 침대에 앉아서 캐묻기 시작했다. 오랫동안 그는 발뺌을 하려고 했지만, 결국 하는 수 없이 고백을 했다.

"그렇게까지 불편한 것은 아니야."

그는 수줍은 듯이 말했다.

"이리저리 몸을 움직이면 그저 심장에 경련이라도 일어난 것 같아. 그리고 숨을 쉴 때도 가끔."

그는 병이 심해지는 것이 무슨 죄악이기나 하듯이 사죄했다.

다음 날 나는 의사를 찾아갔다. 추웠지만 맑게 갠 날이었으며, 가는 도중에 괴로움과 근심은 다 사라지고 말았다. 나는 크리스마스에 대해서까지 생각하며, 무엇으로 보피를 즐겁게 해줄까 곰곰이 생각해보았다. 의사는 아직 집에 있었으며, 나의 간청에 못 이겨 함께 와주었다. 편한 그의 마차를 타고 와서 계단을 올라가 보피의 방으로 들어갔다. 두드리기도 하고, 어루만지기도 하고, 귀로 들어보기도 했다. 의사가 정색을 하고, 한층 더 걱정스러운 목소리로 말하자 내게 있던 모든 즐거움은 자취를 감추었다.

풍증이니 심장 쇠약이니 중태니…… 나는 주의해서 들었으며, 하나하나 적어두었다.

의사가 입원하라고 했을 때, 나 자신이 조금도 반대하지 않았다는 것이 나로서도 이상했다.

오후에 침대차가 왔다. 병원에서 돌아오자 집에 있기가 어쩐지 어수선하고 무시무시했다. 푸들이 나에게 달려들고 환자의 큼직한 의자는 옆으로 밀려났으며, 옆방은 텅 비었다.

애정이란 이런 것이다. 사랑에는 고통이 따르는 법이다. 그 후 나는 여러 가지 고통을 겪었다. 그러나 고통을 겪는다든가 아무런 고통도 없다든가는 거의 문제가 되지 않는다. 굳세게 함께 살아갈 사람이 있고, 살아 있는 모든 것을 우리와 연결 지어주는 긴밀하고 생명이 통하는 끄나풀을 느끼며, 사랑이 식지만 않는다면 그것으로 그만이다. 그 옛날과 같이 가장 신성한 것을 다시 한번 엿볼 수 있다면 나는 내가 맛본 모든 명랑한 날을 연애와 창작의 계획과 함께 모두 포기하고 말 것이다. 눈과 마음이 쓰라려오고 아름다운 자랑과 자부도 심한 상처를 입으면, 그 후 사람들은 조금 더 조용해지고 겸손해지며, 훨씬 성숙해져 가장 내적으로 활기를 띤다.

이미 그때 자그마한 금발의 아기와 같이 내 낡은 성질의 일부는 죽어버리고 말았다. 지금은 내가 나의 모든 사랑을 다 기울여서 전 생애를 함께 해온 꼽추가 괴로워하며 서서히 죽어가는 것을 보고 하루하루를 함께 괴로워하며, 죽음의 모든 공포와 거룩한 점을 함께 느꼈다. 나는 사랑하는 방법에서 아직 애송이였지만, 어느덧 죽는 법의 엄숙한 장(章)을 배우지 않으면 안 되었다. 이 시절에 대해서 나는 파리에 대해 침묵을 지킨 것과 같이 가만히 있지는 않으리라. 나는 이 시절을, 여자가 약혼 시절을 말하고 노인이 소년 시절을 말하듯이 소리를 높여 말하고 싶다.

나는 일생이 단지 고통과 괴로움뿐이었던 한 인간이 죽어가는 것을 보았고, 그가 죽음의 징조를 가슴속으로 느끼면서도 어린아이처럼 농담을 하는 것을 들었다. 심한 고통 속에서 그의 시선이 나를 찾는 것을 나는 보았다. 나에게 동정을 구하려는 게 아니라, 나의 마음을 북돋아주며, 이러한 경련과 고통에도 그의 마음속 가장 귀중한 것이 하나도 상처를 입지 않았음을 나에게 보이려는 것이었다. 그러면 그의 눈은 커졌다. 그리고 시들어가는 그의 얼굴은 이미 보이지 않고 반짝이는 큼직한 눈이 보일 뿐이었다.

"무슨 부탁은 없어, 보피?"

"이야기 좀 해. 맥 이야기라도."

나는 맥의 이야기를 했다. 그는 눈을 감았다. 나는 전과 같이 이야기하기가 매우 힘들었다. 자꾸만 울고 싶었기 때문이다. 그가 듣지 않거나 잔다는 생각이 들면, 나는 곧 입을 다물었다. 그러면 그는 눈을 떴다.

"그리고 그다음은?"

나는 말을 계속했다. 맥에 대해서, 푸들에 대해서, 아버지나, 키가 자그마하고 악한 마테오 스피넬리나 엘리자베트에 대해서 말했다.

"그 여자는 참 어리석은 자식하고 결혼했더군. 세상이라는 것은 그런 기야, 페디!"

그는 가끔 뜻밖에도 죽음을 말하기 시작했다.

"농담이 아니야, 페터. 아무리 힘든 일이라도 죽음처럼 괴롭지는 않아. 하지만 우리는 그걸 지나가는 거야."

아니면 이렇게도 말했다.

"이 고통을 이긴다면 나는 틀림없이 웃을 거야. 나 같으면 죽는 보람이 있지. 꼽추의 혹과 같은 짧은 다리와 마비된 허리에서 벗어날 수 있으니까. 너와 같이 넓은 어깨와 튼튼하고 훌륭한 다리를 가졌으면 그야말로 죽는 것도 애석하겠지만."

최후를 며칠 앞둔 어느 날 잠시 얕은 잠에서 깨어나자 그는 커다란 목소리로 말했다.

"목사가 말하는 그런 천국은 없어. 천국은 훨씬 아름다운 거야. 훨씬 아름다워."

가구상의 아내는 가끔 찾아와서 매우 약빠르게 동정의 뜻을 표하며, 도와줄 용의가 있다는 눈치를 보였지만, 매우 섭섭하게도 가구상은 한 번도 오지 않았다.

"어떻게 생각하나, 천국에도 맥이 있을까?"

나는 우연히 물었다.

"있고말고."

그는 이렇게 말하고 머리를 끄덕이기까지 했다.

"천국에는 어떤 동물이라도 다 있지. 염소도 있고."

크리스마스가 다가왔다. 우리는 그의 침대 옆에서 간단한 축하를 했다. 몹시 날씨가 차더니 서리가 내리고 언 땅 위에 첫눈이 내렸다. 그러나 나는 그런 것을 조금도 느끼지 못했다. 엘리지베트 부인이 사내아이를 낳았다는 이야기를 들었는데, 다시 잊어버리고 말았다. 나르디니 부인에게서 재미있는 편지가 왔지만, 언뜻 한 번 읽어보고 옆에 놓았다. 나와 환자에게서 한 시간 한 시간을 자꾸 빼앗기나 하는 것 같은 생각이 자꾸만 떠올랐기 때문에, 나는 서둘러 일을 처리했다. 그리고 쫓기기나 하듯이 초조한 기분으로 병원으로 달려갔다. 거기에는 해맑은 정적이 흘렀다. 나는 꿈속같이 아늑한 평화 속에 잠기며, 반나절이나 보피의 침대 옆에 앉아 있었다.

죽기 바로 전 며칠 동안 그는 다소 회복이 되었다. 그때 그는 이상하게도 현재의 일은 그의 기억에서 사라진 것처럼 옛 추억 속에서 살았다. 이틀 동안 그는 어머니 이야기만 할 뿐이었다. 물론 오랫동안 이야기할 수는 없었지만, 몇 시간 동안이나 가만히 있을 때도 그가 어머니를 생각한다는 것을 알 수가 있었다.

"너한테 어머니 이야기를 너무나 안 했던 것 같아."

그는 못마땅한 듯이 말했다.

"어머니 이야기는 잊지 말아줘, 응? 그러지 않으면 어머니를 알고 어머니에게 감사할 사람이 머지않아서 한 사람도 없을 테니까 말이야. 페터, 누구나 다 그런 어머니가 있으면 좋을 거야. 내가 일을 못 하게 되어도 어머니는 나를 구호원에 넣지는 않았으니까."

그는 누워 있었지만, 숨이 가쁜 것 같았다. 한 시간쯤 지나자, 그는 다시 이야기를 시작했다.

"어머니는 여러 아이 중에서도 나를 제일 귀여워하며, 세상을 떠날 때까지 옆에 꼭 데리고 있었어. 형제들은 품팔이를 나가고 누나는 가구상과 결혼을 했지만, 나는 집에 남았지. 어머니는 몹시 가난했어도, 나한테 사납게 대하는 일은 결코 없었어. 우리 어머니를 잊어서는 안 돼, 페터. 어머니는 몸집이 매우 작았어. 나보다 더 작았는지도 모르지. 나하고 악수하면 마치 자그마한 꼬마 새가 와 앉은 것 같았으니까. 돌아가신 다음에는 아이들의 관으로 충분하겠다고 이웃집 튀티만이 말했으니까 말이야."

보피도 어린아이의 관으로 족했을지도 모른다. 그는 깨끗한 병원 침대에 푹 박혀서 누워 있었다. 그의 손은 병든 여자의 손같이 보였다. 길고 가늘며 하얀 것이 조금 굽었다. 어머니의 꿈이 사라지자 다음에는 내 차례가 되었다. 내가 옆에 앉아 있는 것을 잊어버리기나 한 것처럼 그는 내 이야기를 했다.

"그는 불행한 남자야. 그렇다고 무슨 별다른 일은 없었지. 그저 그의 어머니가 너무 일찍이 세상을 떠났어."

"아직 나를 알겠어, 보피?"

나는 물었다.

"그럼요. 알고말고요, 카멘친트 씨."

그는 농담 삼아 말하더니 매우 나직한 목소리로 웃었다.

"노래라도 좀 불렀으면 좋을 텐데."

그는 덩달아 말했다.

마지막 날 그는 이런 일까지 물었다.

"이봐, 이 병원은 비용이 많이 드나? 매우 비쌀걸."

그러나 그는 대답을 기다리지는 않았다. 그의 하얀 얼굴에는 약간 붉은빛이 떠올랐다. 눈을 감은 그는 잠시 매우 행복한 사람같이 보였다.

"임종이에요."

간호사가 말했다.

그러나 그는 다시 한번 눈을 뜨더니 희롱이라도 하듯이 나를 쳐다보며, 마치 마지막 인사라도 할 듯이 눈썹을 씰룩거렸다. 나는 일어서서 그의 왼편 어깨 밑에 손을 넣어서 조용히 그의 몸을 조금 일으켰다. 그러면 그는 언제나 기분이 좋아졌다. 이렇게 그는 나의 손 위에서 잠시 다시 한번 괴로워하며 입을 비죽거리더니 머리를 조금 돌리면서 갑자기 오한이라도 난 듯이 전신을 바르르 떨었다. 이것이 구원이었다.

"기분이 좋아, 보피?"

나는 또 물었다. 그러나 그는 이미 괴로움에서 벗어나 나의 손에서 식어갔다.

1월 7일 오후 1시였다. 저녁 무렵에 모든 일이 끝났다. 자그마한 꼽추의 육체는 더 이지러질 것도 없이 평화롭고 깨끗하게 운반되어 매장이 될 때까지 거기에 가로놓였다. 그 이틀 동안 내가 별로 슬퍼하지도 않고, 당황하지도 않고, 울지도 않은 것을 언제나 이상하게 생각했다. 병석에 누운 동안 그와 머지않아 헤어지리라는 것을 마음속 깊이 느껴왔기 때문에 조금도 그런 생각이 없이, 나의 고통이 담겨 흔들리는 저울접시는 가벼워져서 다시 천천히 올라왔다.

그렇지만 이제는 조용히 도시를 떠나, 될 수 있으면 남쪽 나라가 좋겠지만, 어디서 실컷 쉬며 어렴풋이 착상했던 내 창작의 실마리를 진지한 태도로 직조기에 걸 때라는 생각이 들었다.

다소 돈이 남았기 때문에 나는 창작의 의무를 벗어버리고 봄이 다가오자마자 곧 짐을 꾸려 여행을 떠날 준비를 했다. 우선 채소 장수 마누라가 찾아주기를 기다리는 아시시로 갔다가, 그다음 일을 착실히 하기 위해서 될 수 있으면 조용한 산속 마을로 들어갈 생각을 했다. 이제 생사를 충분히 보았기 때문에, 거기에 대해서 약간 소감을 말하며 다른 사람들에게 들어달라고 요구해도 좋을 것 같다고 생각했다. 즐거운 기대를 갖고 나는 3월을 기다렸다. 그리고 미리부터 그러리라고 느끼면서 이탈리아어의 힘찬 이야기를 귀에 못이 박히도록 듣고, 쌀 요리나 디저트나 오렌지나 캔디 주의 향기로운 냄새를 코에 쿡 찌르도록 느꼈다.

계획은 더 말할 나위가 없었고, 오랫동안 생각하면 할수록 더욱 나에게 만족을 주었다. 미리 캔디주를 마신 것이 좋았다. 왜냐하면 모든 일이 전혀 달라졌기 때문이다. 2월에 음식점 주인 뉘데거의 감동적이며 감상적인 문체로 된 편지를 받고, 마을에는 눈이 몹시 내리고 가축이나 사람이나 모두 전 같지는 않고 무엇보다 아버지께서 위독한 상태라는 것을 알았다. 결국 돈을 보내든지 내가 직접 오는 게 좋겠다는 것이었다. 송금할 형편도 못 되고, 사실 노인이 걱정스러웠기 때문에 집으로 돌아오는 수밖에 없었다. 날씨가 사나운 어느 날 고향에 닿았지만, 눈이 내리고 바람이 불었기 때문에 산이나 집은 보이지 않았다. 길은 눈을 감고라도 갈 수가 있었기 때문에 다행이었다. 늙은 카멘친트는 생각했던 것과는 달리 자리에 누운 게 아니라, 난로 한쪽 구석에서 초라한 꼴로 기신없이 앉아서 우유를 가져온 이웃집 여자에게 다짐을 받고 있었다. 그 여자는 악화한 아버지의 신변에 대해서 철저하고, 끈기 있게 훈계했다. 내가 들어가도 그 여자는 조금도 변함이 없었다.

"아이구, 페터가 돌아왔구먼."

백발의 술주정뱅이는 말하더니 왼쪽 눈을 찡긋거리며 나를 쳐다보았다.

그러나 이웃 여자는 주저 없이 설교를 계속했다. 나는 의자에 앉아서 그 여자의 이웃 사람으로서 애정의 샘이 마르기를 기다렸다. 그 여자의 이야기 가운데는 내가 들어도 도움이 될 만한 것이 있었다. 한편 나는 외투나 장화의 눈이 녹아서 내 의자 주위에 처음에는 젖은 점을 이루더니 나중에는 축축하게 물이 괴는 것을 바라보았다. 겨우 할머니의 설교가 끝났을 때 아버지와 나는 정식으로 서로 다시 쳐다보았다. 그러자 그 여자도 정답게 한 자리에 끼었다.

아버지는 눈에 띌 만큼 쇠약했다. 나는 아버지를 소중히 대하려고 했던 지난날의 짧은 기간을 생각해보았다. 그때 집을 떠난 것은 어쩔 수 없는 일이었다고 해도 지금은 아버지를 소중히 대하는 것이 한층 더 필요했기 때문에 책임을 다한 셈이었다.

결국 순조로웠던 시절에도 도덕의 거울이라고는 할 수 없었던 억센 늙은 농부에게 노환이 계속되는 동안 너그러운 태도로 아들의 사랑의 연극을 감격하며 받아들이라고 아무리 부탁을 해도, 그것은 무리한 일이었다. 나의 아버지도 그럴 생각은 조금도 하지 않았다. 병세가 악화하면 할수록 아버지는 더욱 사나워지며, 이전에 내가 그를 괴롭힌 일을 이자까지 붙이지는 않았지만, 남김없이, 고스란히 갚아주었다. 사실 말로서는 나에게 사양하며 조심했지만, 단호한 수단을 얼마든지 사용하며, 무언중에 불만과 쓴맛과 쓸쓸한 기분을 나타냈다. 앞으로 나도 늙으면 그처럼 불쾌하고 다루기 힘든 변태가 되지나 않을까 해서 스스로 이상하게 생각하지 않을 수 없었다. 술은 끊은 거나 다름이 없었다. 내가 하루에 두 번씩 술잔에 따라드리는 남쪽 나라의 고급 포도주를 그는 얼굴을 찌푸리며 마셨다. 게다가 언제나 병을 다시 텅 빈 지하실로 돌려보내고, 열쇠를 결코 아버지에게는 맡기지 않았다.

2월 말이 되자, 비로소 겨울의 높은 산머리를 그처럼 화려하게 하는 맑은 날씨가 몇 주일 계속되었다. 높고 눈에 덮인 절벽은 수레국화처럼 푸른 하늘로 우뚝 솟았으며, 투명한 대기 속에서 거짓이라고 할 만큼 가까이 보였다. 목장과 산비탈은 눈에 덮였다. 평지에서는 결코 볼 수 없을 정도로 희고 투명하고 강하게 냄새를 풍기는 산간 지방의 눈이었다. 조금 대지가 두드러진 곳에서는 대낮의 햇빛이 화려한 축제를 베풀고, 분지나 경사진 곳에는 파란 그림자가 어른거리며, 몇 주 동안 눈이 내리는 바람에 대기가 맑아져 양지에서는 숨을 들이쉴 때마다 즐거웠다. 나직한 산허리에서는 소년들이 썰매 타기에 정신이 없었으며, 정오가 지나면 한때 노인들은 길가에 서서 마음껏 햇볕을 즐겼다. 그러나 밤이 되면 지붕의 대들보가 추위에 삐걱거렸다. 눈이 덮인 하얀 벌판 한가운데는 얼 줄을 모르는 호수가 파랗고 여름에는 볼 수 없을 정도로 아름답고 잔잔하게 가로놓였다. 날마다 나는 점심 전에 아버지를 부축해서 밖으로 모시고 나가 아버지가 볕에 타고 울퉁불퉁하게 굽은 손가락을 노곤한 기분으로 햇볕에 뻗는 것을 보았다. 잠시 후 아버지는 기침을 하며 춥디고 불평을 했다.

나에게서 술을 한 잔 얻기 위한 솔직한 술책의 하나였다. 기침이나 추위는 그리 대단한 것이 아니었다. 그렇게 해서 그는 엔치안주 한 잔과 압생트를 약간 얻었다. 그리고 교묘하게 가감하면서 기침을 그치더니 나를 묘하게 속여넘긴 것을 매우 기뻐했다. 식사가 끝난 후 나는 아버지를 혼자 남기고, 각반을 차고 몇 시간 동안이나 갈 수 있는 데까지 산으로 올라갔다가 돌아오는 길에는 갖고 간 과일 포대를 타고 눈이 덮인 벌판 길을 즐겁게 미끄러지며 돌아왔다.

아시시로 여행을 떠나려고 생각했던 시기가 가까워져도 눈은 아직 미터 자로 잴 만큼 쌓여 있었다. 4월이 되면서부터 봄빛이 움직이기 시작했다. 몇 해 동안 볼 수 없었던 사납고 급격한 눈덩이가 우리 마을로 밀려들었다. 낮이나 밤이나 남풍의 울부짖음과 멀리서 눈사태가 일어나는 소리와 급한 물결이 설레는 소리가 들렸다. 이러한 무시무시한 봄날의 전투가 벌어지는 사나운 때에 나는 전에 극복했던 연애병에 다시 걸려 밤중에도 일어나 출입문 옆에 있는 창문에 기대어 괴로움에 가슴을 두근거리며 엘리자베트에 대한 사랑의 말을 설레는 바깥을 향해서 외쳤다. 포근한 그 취리히의 밤, 이탈리아 여자 화가의 집 뒤에 있는 언덕에서 사랑에 미쳤던 이래 지금까지 나는 이처럼 무섭고 어쩔 수 없는 정열에 사로잡힌 적이 없었다. 아름다운 여성이 바로 내 옆에 서서 나에게 미소를 던지지만, 가까이하려고 한 걸음 나서면 그 여자는 뒤로 물러서는 것같이 생각되는 일이 한두 번이 아니었다. 그녀가 어디에선지 올지도 모른다는 내 생각은 이러한 환상으로 되돌아갔으며, 나는 상처를 입은 사람처럼 가려운 부위를 계속해서 긁지 않을 수 없었다. 나 자신이 부끄러웠지만, 부끄러워해 봐야 괴로울 뿐 아무 소용도 없었다. 또 나는 남풍을 저주했지만, 모든 고통과 함께 말 없는 따스한 쾌감을 남모르게 맛보았다. 바로 소년 시절에 귀여운 뢰지를 생각하며, 미적지근하고 막연한 사랑의 파도에 휩쓸린 것과 같았다.

이 병을 고칠 약은 없다는 것을 알았기 때문에 아무렇게나 일을 좀 해보려고 했다. 그리고 작품을 꾸며보려고 해보았다. 몇 편의 습작을 쓰기 시작했지만, 오래 지나지 않아서 그럴 때가 아니라는 것을 깨달았다. 그러는 동안에 사방에서 남풍의 피해 보고가 들려왔다. 이 마을에서도 피해는 더욱 심해졌다. 개천 둑이 반이나 무너지고, 집이나 가축우리에 심한 손해를 입은 사람이 적지 않았다. 마을 밖에서 집을 잃은 사람들이 밀려 들어왔다. 어디를 가든지 탄식과 고통에 대한 이야기뿐이요, 어디나 다 돈이 없었다. 이러한 때였다. 이장이 나를 회의실로 부르더니, 일반 구호 대책 위원회에 가입할 생각이 없느냐고 물어준 것은 감사한 일이었다. 마을의 실정을 주(州)에 호소하고, 특히 신문을 통해서 전국을 움직여 동정과 기부를 얻는 일을 나에게 맡기겠다는 이야기였다. 때가 때이니만큼 나 개인의 쓸데없는 고민을 좀 더 가치 있고 참다운 일 때문에 잊어버릴 수 있는 것이 무엇보다도 다행스러웠다. 나는 미친 듯이 일을 했다. 바젤에 편지를 내어서 곧 몇 명의 기부자를 얻었다. 주에는 예상했던 대로 돈이 없었으며, 협조원을 몇 명 보냈을 뿐이었다. 그래서 나는 호소도 하고, 실제 보고도 하며, 신문을 움직이기 시작했다. 글을 쓰는 한편 딱딱한 농민들과 마을 회의에서 의논하며, 싸워 나가야만 했다.

엄격하고 피할 수 없는 일들은 내게 이로웠다. 일이 차차 궤도에 오르고 내 손이 다소 한가해지자 주위의 들판은 푸르게 물들고, 호수는 눈이 풀린 산허리를 향해서 무심코 맑고 파란빛을 띠었다. 우선 아버지는 무사한 하루하루를 보냈고 내 사랑의 고뇌도 눈 찌꺼기처럼 녹아 흘러버리고 말았다. 옛날, 아버지가 배에 칠을 한 것은 이런 계절이었다. 어머니는 그것을 뜰에서 바라보고 나는 노인이 일하는 모습이나 파이프의 연기나 노랑나비들을 바라보았다. 이제는 칠하려야 칠할 배도 없고, 어머니는 이미 세상을 떠나 계시지 않았다. 아버지는 되는대로 내버려둔 집 아무 곳에서나 우울하게 웅크리고 있었다. 콘라트 큰아버지는 지난 옛날을 생각하게 했다. 때때로 나는 아버지의 눈을 피해서 큰아버지를 한잔하러 데리고 나가 그가 이야기를 하거나 여러 가지 계획을 호의에 가득 찬 웃음을 지으며 사뭇 자랑스러운 듯이 회상하는 것을 들었다. 당장 큰아버지에게 무슨 새로운 계획은 없었다. 그러지 않아도 눈에 띄게 늙었지만, 그래도 그의 얼굴, 더구나 그의 웃음에는 어딘지 소년답고 청년다운 데가 있어서 그것이 나는 즐거웠다. 집에 있는 노인 곁에서 더는 견뎌내기 어려울 때는 가끔 그에게서 위안과 시간을 보내는 상대를 구했다. 술을 마시러 데리고 나가면 그는 나와 나란히 성급하게 걸어가며, 굽고 메마른 발로 나에게 보조를 맞추려고 숨 가쁘게 서둘렀다.

"돛을 달아야지요, 큰아버지."

나는 그의 기분을 북돋아주었다. 돛이라고 하면 반드시 우리의 낡은 배가 화제에 올랐다. 그 자그마한 배는 없었지만, 큰아버지는 좋아하던 고인을 그리워하기나 하듯이 그리워했다. 나도 그 낡은 배를 그리워했지만, 지금은 이미 없었기 때문에 우리는 배나 거기에 관련된 일을 남김없이 하나하나 작은 데까지 생각했다.

호수는 옛날과 다름없이 푸르고, 태양은 전에 못지않게 맑고 따스했다. 때때로 나는 노랑나비를 바라보며, 내가 그때와 별로 변함이 없이 여전히 마찬가지로 산의 풀밭에 누워서 다시 소년의 몽상에서부터 부화되어 나온 것 같다는 느낌이 들었다. 정말은 그런 것이 아니라, 이미 일생의 상당한 기간을 소비했으며, 다시는 그 시절의 모습을 찾아볼 수 없음을 매일 얼굴을 씻으면서 녹슨 양철 대야에 뻣뻣한 코와 쓸쓸한 입을 가진 얼굴이 비치는 것을 보며 깨달았다. 어디까지나 현재의 자기로 돌아가려고 생각했다면, 내 방에 있는 좁다란 서랍을 열기만 하면 그만이었다. 거기에는 내 미래의 작품이 잠자고 있었다. 어렸을 때 그린 스케치가 든 봉투와 사절 종이에 쓴 예닐곱 가지 초안이었다. 그러나 좀처럼 그것을 펴보지는 않았다.

노인을 간호하는 한편 부서져가는 우리 집을 수리하는 데 할 일이 얼마든지 있었다. 마루에는 구멍이 커다란 입을 벌렸고, 난로나 솥은 깨져서 연기가 나고 이상한 냄새를 풍겼다. 문은 잘 닫히지 않았다. 한때 아버지의 훈계 장소였던 골방으로 올라가는 계단은 생명에 관계될 만큼 위태로웠다. 일에 착수하기 전에 먼저 도끼를 갈고 톱을 고치며 망치를 빌려 오고 못을 찾아 모아야만 했다. 그다음에는 전부터 저장해두었던 썩다 남은 제목 가운데서 쓸 만한 것을 정리해야 했다. 도구나 숫돌을 준비하는 데는 콘라트 큰아버지가 다소 손을 빌려주었지만, 너무 나이가 많고 허리가 굽었기 때문에 별로 도움이 되지를 못했다. 그래서 나는 언제나 글을 쓰던 부드러운 손을 마음대로 움직이지 않는 재목에 다치기도 하고, 건들거리는 숫돌을 밟기도 하며, 여기저기 틈이 생긴 지붕을 기어다니면서 못을 박기도 하고, 망치를 휘두르며 지붕을 잇고 끌로 깎아내기도 했다. 덕분에 약간 뚱뚱한 나의 커다란 몸에서는 자꾸만 땀이 흘렀다. 때때로 일손을 멈추고, 말하자면 망치를 휘두르다가도 문득 손을 멈추고 바로 앉아서 반쯤 꺼져가는 담배를 다시 피우며, 짙고 푸른 하늘을 쳐다보기도 하고, 지금은 아버지에게 재촉을 받지도 않고 꾸지람을 들을 걱정도 없다는 것을 느끼면서 태만한 기분을 즐겼다. 여자나 노인이나 학생들 같은 이웃 사람들이 지나가면 나의 태만을 변호하려고 그들과 터놓고 이웃 사람다운 이야기를 시작했다. 그래서 차차 조리 있는 사람이라는 평판을 듣게 되었다.

"오늘은 날씨가 따스한데요, 리스베트."

"정말, 페터. 그런데 뭘 하지?"

"지붕을 좀 고치느라고."

"할 수 없지. 벌써 수리를 했어야 할 텐데."

"그렇고말고요."

"아버지는 뭘 하시지? 이제는 아마 일흔은 되셨을걸."

"팔순이야, 리스베트, 팔순이야. 우리도 나이가 그만하면 어떨까? 이건 농담이 아니야."

"사실이야, 페터. 그러나 가야겠어. 주인이 점심을 기다리고 있으니까. 그리면 이시 일해요."

"잘 가요. 리스베트."

그 여자가 밥그릇을 보에 싸 들고 가던 길을 계속해서 걸어가는 것을 바라보며 공중으로 담배 연기를 내뿜고, 모든 사람이 저렇게 자기 일에 힘쓰는데 나는 이미 만 이틀이나 같은 판자에 못을 박고 있다니 대체 어떻게 된 일인가 하고 생각해보았다. 그러면서도 결국 지붕 수리는 끝났다. 아버지는 이상하게도 이 일에 관심을 기울였지만, 그를 지붕으로 끌어 올릴 수는 없었기 때문에 자세히 이야기해주며, 판자 한 장마다 일일이 설명을 하지 않을 수 없었다. 그러면서도 다소 자기 자랑을 했다.

"좋아."

아버지는 만족한 태도였다.

"좋아. 그러나 네가 올해 안으로 끝마치리라고는 생각도 못 했는걸."

그런데 나의 경력이나 생활 계획을 조용히 회고하며 충분히 생각해보면 고기는 물에 있을 것이요, 농부는 시골에 있을 것이며, 니미콘의 카멘친트는 아무리 재주를 부려보아도 도회나 사회 사람은 될 수 없다는 옛 경험을 스스로 체험한 것이 기쁘기도 했지만, 한편 불쾌하기도 했다. 나는 그러면 그만이라고 차츰 생각하고, 미련하게도 이 세상의 행복을 구하다가 본의는 아니었지만, 호수와 산 사이에 있는 이전의 옛집으로 돌아오게 된 것을 도리어 기뻐했다. 나는 이 옛집의 사람이며, 여기라면 나의 좋은 버릇이나 나쁜 버릇, 특히 나쁜 버릇은 조상 때부터 내려오는 당연한 것이기 때문이다. 밖에 나가면 고향을 잊어버리고 스스로도 내가 신기하고 색다른 식물이라고 생각하게까지 되었다. 게다가 다름이 아닌 니미콘의 정신이 내 마음속에 나타나서 외부 세계의 풍습에 따를 수가 없다는 사실을 깨달았다. 여기서라면 누구나 나를 이상한 사람으로 생각하지는 않는다. 늙은 아버지나 콘라트 큰아버지를 보노라면 나 역시 그런 대로 버젓한 아들이요, 조카라고 생각되었다. 정신과 소위 교양의 세계를 띄엄띄엄 날아다닌 것은 큰아버지의 유명한 뱃놀이에 비해도 마땅할 것이다. 그저 돈과 노력과 아름다운 세월을 희생한 점으로 보아서 내 것이 좀 비싸게 먹힌 것뿐이었다. 외면적으로는 사촌인 쿠오니가 수염을 짧게 깎아주고, 나도 역시 가죽 끈이 달린 바지를 입고 팔을 걷어붙이고 뛰어다니게 된 다음부터 어디까지나 이 지방 사람이 되었다. 나도 늙어서 백발이 되면 언제나 아버지의 자리를 점령하고 마을 생활에서 아버지가 다한 소소한 역할을 물려받게 될 것이다. 나는 이 지방 사람들에게 내가 몇 해 동안 타향에서 얼마나 천한 사업을 하며 얼마나 자주 웅덩이에 빠졌는가를 말하지 않도록 주의하고 있다. 그런 말을 하면 곧 어리석은 취급을 받으며 별명이 붙게 될 것이다.

독일이나 이탈리아나 파리의 이야기를 할 때는 다소 큰소리를 쳤다. 그래서 가장 정직한 말을 할 때도 가끔 자신의 진실성을 의심할 때가 없지 않았다.

이처럼 헤매고 돌아다니며 헛되이 세월을 보낸 결과는 대체 어떻게 되었던가? 내가 사랑하던 여자, 아니 아직도 사랑하는 여자는 바젤에서 귀여운 두 아이를 길렀다. 나를 사랑하던 다른 여자는 단념하고, 과일이나 채소나 씨앗 같은 것을 놓고 계속해서 장사를 한다. 아버지 때문에 산속 마을으로 돌아왔지만, 아버지는 죽지도 않고 회복되지도 않고 나와 침대에 마주 앉아서 나를 유유히 바라보며, 내가 가진 지하실 열쇠를 탐냈다.

그러나 물론 이것이 전부는 아니다. 어머니와 물에 빠져 죽은 청년 시절의 친구 이외에 금발의 아기나 키가 작은 꼽추인 보피는 천사가 되어 천국에서 산다. 마을에서는 집집마다 수리를 하며 돌 제방이 두 개나 쌓이는 것을 보았다. 내가 원했다면 마을 회의에서 자리를 차지할 수도 있었을 것이다. 그러나 거기에는 카멘친트 씨가 이미 남아돌았다.

그런데 얼마 전부터 나에게는 다른 전망이 보였다. 음식점 주인인 뉘데거는 아버지와 내가 펠틀린주나 발리스주나 바틀란트주를 그의 방에서 몇 리터씩 마셨지만, 갑자기 형편이 나빠져서 장사를 계속할 용기를 잃어버리고 말았다. 이때 나에게 궁한 타령을 했다. 가장 곤란한 점은 그 지방 사람 중에 인계할 사람이 없으면 다른 양조장에서 이 집을 매수하게 되는 것이다. 그러면 끝이었다. 니미콘에는 기분에 맞는 술집이 없어지게 된다. 어느 다른 채용자가 들어와서 물론 포도주보다 맥주를 소매하게 될 것이고, 뉘데거의 지하실 창고가 망하고, 술을 마실 수가 없게 된다. 이렇다는 것을 안 다음부터 나는 가만히 있을 수가 없었다. 바젤의 은행에 아직 돈이 좀 남아 있었다. 나라면 늙은 뉘데거도 그렇게 나쁜 후계자라고 생각지는 않을 것이다. 다만 한 가지 문제는 아버지가 살아 있는 동안은 음식점 주인이 되고 싶지 않다는 것이다. 그렇게 되면 도저히 노인을 술통 구멍에서 떼어놓을 수 없을 것이며, 게다가 아버지는 내가 라틴어다, 연구다 하고 아무리 떠들었어도 결국은 니미콘의 술집 주인밖에 더 되지 못했다는 데에 틀림없이 개가를 올릴 것이기 때문이다. 그러면 나는 노인의 죽음을 차츰 기다리는 셈이 된다. 서두는 것은 아니지만, 그것은 그저 일이 순조롭게 되어갔으면 하고 생각해서였다.

콘라트 큰아버지는 여러 해 동안 아무 말도 없더니 요사이 또 사업욕에 빠져서 흥분했다. 그런데 나의 기분에는 맞지가 않았다. 큰아버지는 항상 둘째손가락을 입에 물고 이마에는 사색의 주름을 짓고 방 안을 잦은 걸음걸이로 거닐었다. 날씨가 좋으면 그냥 호수를 바라보았다.

"다시 배를 하나 만들어볼 생각이에요?"

연로한 젠치너 백모님은 말했다. 사실 그는 근래에 보지 못할 만큼 원기가 있고, 긴장되어 있었다. 이번에야말로 어떻게 시작해야 하는지 잘 아는 것처럼 빈틈없이 버젓한 표정을 얼굴에 띠었다. 그러나 나는 별로 신통한 일이 없으며, 피로한 그의 영혼이 머지않아서 고향으로 돌아가기 위해서 지금 날개를 구할 따름이라고 생각한다.

"큰아버지, 돛을 올려야지요!"

그러나 큰아버지가 정말 그럴 즈음이면 니미콘 양반들은 아직까지 들어보지도 못한 일을 체험하게 될 것이다. 나는 큰아버지의 장례식에서 신부 다음에 몇 마디 조사를 올리려고 마음속으로 생각하고 있다. 이런 일은 이 지방에서는 아직 없었다. 나는 큰아버지를 행복하고 신의 사랑을 받은 사람으로 추모하고, 이러한 신앙심 깊은 장(章)에 뒤이어 사랑하는 유족들을 위해서 그들이 나를 단박 잊지도 또 용서하지도 않을, 적당히 짭짤한 말을 덧붙일 것이다. 다행히 아버지도 그 자리에 있을지 모른다.

서랍에는 내가 시작한 커다란 창작품이 들어 있다. 내 생애의 작품이라고 할 수 있을 것이다. 그러나 그것은 너무 거창하게 들리기 때문에, 그렇게 말하지는 않겠다. 왜냐하면 이 작품의 진행과 완성은 확실치 않다는 것을 고백하지 않을 수 없기 때문이다. 다시 시작해서, 계속하고 완성할 때가 한 번 올지도 모른다. 그렇다면 내 청춘의 동경은 바른 것이었으며, 나는 역시 시인이었다.

나에게는 그것이 마을 회의 의원이나 돌 제방과 같은, 아니면 그보다 큰 가치를 가질 것이다. 그러나 늘씬한 뢰지 키르타너에서부터 불쌍한 보피에 이르기까지 그리운 모든 사람의 환상과 함께 흘러간 것과 그리고 아직 내 인생의 잃어버리지 않은 부분만큼 값진 것은 아닐 터이다.

작품 해설

헤르만 헤세는 1877년에 독일 남서부 슈바벤 지방의 자그마한 산간 도시 칼프에서 태어났다. 그러나 그는 오랫동안 보덴호반에서 지냈기 때문에 스위스의 풍토에 더욱 향수를 느낄지도 모른다. 아름답고 아늑한 고향의 자연 속에서 그는 어렸을 때부터 명상적이었으며, 고독과 방랑을 즐겼다. 그는 자기 자신을 방랑자라고 불렀는데, 개신교의 목사와 전도사였던 양친을 따라 인도 지방으로 여행을 한 일도 있었다. 개신교의 정신을 물려받은 그는 외부적인 어떤 권력이나 명령에는 항거하려는 기질을 가졌으며, 자신의 마음속에 깃든 생명의 소리에만 충실히 귀 기울이려고 했다.

그렇기 때문에 그의 소년 시절은 절대 평온하지 않았다. 그의 작품에 일관된 것은 소년 시절에 대한 회고였는데, 헤세만큼 자신의 소년 시절을 아름답고 솔직하게 그린 작가도 드물 것이다. 사람은 자기 삶에서 받을 수 있는 것을 열서너 살쯤, 어렸을 때 가장 예민하고 생생하게 체험할 수 있으며, 일생을 두고 그것을 양식으로 먹고 지낸다고 헤세가 말했듯이, 그는 어릴 때부터 예리한 눈과 귀를 갖고 고향의 자연이나 인간 생활을 관찰했으며, 가끔 즉흥적으로 시를 지어 읊기도 했다. 벌판을 혼자서 거닐며, 사람보다도 나비나 새를 더욱 즐겼다. 그의 어린 마음속에는 무언지 헤아릴 수 없는 힘이 감돌았지만, 그것은 앞으로 시인이 되려는 무의식적인 욕구였다.

그는 열네 살 때 양친과 주위 사람들의 권고에 따라 목사가 되기 위해서 마울브론 신학교에 들어갔다. 그러나 틀에 박힌 듯한 하루하루의 일과와 규칙적인 생활을 참지 못하고 오로지 시인이 되려는 생각에 가슴이 설레면서 그만 신학교를 나오고 말았다. 그 후에도 마음의 안정을 얻지 못했기 때문에 정신 요법을 쓰는 어느 목사의 집에 맡겨졌지만, 자살 미수로 다시 집으로 돌아왔다. 그러면서도 조부의 장서 가운데 들어 있던 세계문학을 읽으면서 자기 앞날의 터전을 마련했다.

그 후 그는 자기 고향인 칼프에서 시계 공장의 수습공으로 들어갔으며, 열여덟 살 때는 튀빙겐에 있는 헤켄하우어의 서점에서 일하게 되었고, 그때부터 괴테를 연구하는 한편 시나 산문을 쓰기 시작했다.

그의 첫 시집《낭만적인 노래》는 별로 성공을 거두지 못했지만, 다음에 나온《자정 이후의 한 시간》이나《헤르만 라우셔》 같은 작품은 소년 시절의 추억을 그린 것으로 그만의 독특한 스타일을 보인다. 이와 같이 그의 초기 작품에는 어디에나 서정적인 정서가 흐르며, 깊은 애수가 넘친다.

1901년에 쓰기 시작한 《페터 카멘친트》를 1904년에 발표하고 그는 일약 작가로서 명성을 떨치게 되었다. 이 작품에서 그는 자기 자신을 자연의 일부로 느끼며, 자연 속에 안주하려는 인간이 어디까지나 내향적인 우울한 기분에서 벗어나려는 적극적인 의지를 보여준다.

이 작품의 주인공은 우울한 기분에서 벗어나지 못한 고독한 인간이지만, 언제나 강한 의욕을 갖고 인생과 자연 속에 뛰어 들어가서 산이나 태양이나 구름이나 숲을 즐기며, 죽음까지도 가까이 대한다. 그 애정이 비현실적인 색채를 띠고 있듯이 그의 사랑도 비현실적이었다. 애인을 자기 수중에 넣으려는 행동 역시 현실적으로 흐르지 않고, 그는 사랑을 위한 사랑을 했다.

주인공이 구하는 것은 현실 문제의 해결이 아니며, 시간과 영원에 대한 개인의 관계를 밝히려고 했다. 시로써 말 없는 자연을 표현하는 동시에 자기 마음속의 말 없는 거룩한 소원을 표현하며, 신의 품에 뛰어들어 무한하고 초시간적인 것에 자신의 보잘것없는 생을 결부시키는 데서 시인의 천직을 구하려고 했다. 그리고 또 한 가지 이 작품에 나타난 중요한 문제는 사랑과 죽음에 대한 태도다. 누구나 어떻게 사느냐가 문제지만, 그것은 어떻게 사랑하느냐, 또는 어떻게 죽느냐 하는 문제와 밀접하게 결부되어 있다.

그러므로 주인공은 남에게서 사랑받는 것보다 남을 사랑하는 데서 진정한 만족과 생의 보람을 느끼려고 했다. 뜻에 맞지 않는 아버지에 대해서나 꼽추 보피에 대해서도 그랬다. 일찍이 어머니의 깨끗한 죽음 속에서 그는 한 가닥 광명을 얻었으며, 음악가의 명랑한 최후에서 세속과 자아를 벗어나 영원한 광명 속으로 들어가는 죽음을 알았다. 이 작품은 독일 정신을 발전시킨 것으로 그 당시의 침체된 사람들에게 청신한 기운을 북돋아주었다.

이 작품으로 명성을 떨치게 된 헤세는 1904년 자기보다 아홉 살이나 위인 마리아 베르누이와 결혼하고 보덴호에서 가까운 라인 강변에 있는 가이엔호펜 마을에서 창작 생활에 열중하며, 《수레바퀴 아래서》와 《게르트루트》 같은 작품을 발표했다.

1914년에 발표한 《로스할데》는 헤세 자신의 파탄 난 결혼 생활을 그린 것이며, 개인적 고민의 표현으로 예술가와 가정생활의 모순을 분석한 작품이라고 할 수 있다. 음악가인 마리아는 너무나 신경질이었으며 사실 가정적이지 않았기 때문에, 두 사람은 결혼 생활의 조화를 잃어버리고 부부의 사이가 더욱 멀어졌다. 그러다가 결혼 7년 후인 1911년에 헤세는 가정생활의 구속을 견디지 못하고, 《로스할데》의 주인공이 하려고 했듯이 반년에 걸쳐 인도 방면으로 여행을 떠났다. 그리고 여행의 체험과, 생활 감정으로 거리가 멀어진 부부 관계를 작품의 배경으로 삼았다. 작품의 주인공이 사랑하던 자식의 죽음과 처자와의 이별을 견디며 창작에서 새로운 생활을 찾아보려고 한 것은 그 당시 헤세 자신의 결의이기도 했다.

1차 세계대전에서 적지 않은 충격을 받은 헤세는 끝까지 도피적인 태도를 취하며, 로맹 롤랑과 가까워졌다. 그리고 괴로운 생활 가운데서도 평화롭고 아름다운 온갖 세계에 도취한 방랑자의 생활을 그린 《크눌프》와 《청춘은 아름다워라》, 그밖에 그 시대와는 너무나 거리가 먼 동화 같은 작품을 발표했다.

이때 그는 정신분석학으로 관심이 기울며, 에밀 싱클레어라는 익명으로《데미안》을 발표해서 당시의 젊은 세대에 많은 감명을 주었다. 자신이 나갈 길을 찾아 자기의 운명을 발견하고, 그 운명을 어디까지나 철저하게 살아 나가려는 데 이 작품의 요점이 들어 있다. 죽어가는 데미안은 이렇게 말한다.

"싱클레어, 알겠지? 나는 가야 해. 아마 내가 필요할 때가 있을 거야. 그때 나를 부르면 나는 이미 말을 타거나 기차를 타며 그렇게 번거롭게 나타나지는 않을 거야. 그때 네 마음속에 귀를 기울여봐. 그러면 그 속에 내가 있다는 것을 알 테니까."

이 작품에서 헤세는 젊은이들에게 사람의 진정한 사명은 자기에게로 돌아가는 것이라고 말해준다. 그러나 헤세 자신은 이때부터 더욱더 예술과 생활의 모순에 빠져들었다.

옮긴이

헤르만 헤세 연보

1877년 7월 2일, 독일 남서부 슈바벤 지방의 소도시 칼프에서 태어났다. 아버지 요하네스 헤세는 개신교 목사였고 어머니 마리 군데르트는 유서 깊은 신학자 집안 출신이었다. 부모님의 종교적 영향 때문에 헤세는 어린 시절 엄격한 환경에서 자랐고 종교적 신념을 강요당하기도 했다. 아버지는 인도에서 선교 활동을 한 적이 있었고 외사촌 빌헬름 군데르트는 불교 연구의 권위자였다. 이러한 환경은 훗날 헤세가 동양 사상에 관심을 두는 계기가 되었다.

1881년 가족이 모두 스위스 바젤로 이사했고, 1883년 아버지가 스위스 국적을 얻었다.

1886년 스위스 바젤을 떠나 독일 칼프로 돌아왔다. 헤세는 시골 마을 칼프에서 마음껏 뛰어놀았고 외할아버지의 집을 자주 방문했다. 외할아버지 헤르만 군데르트는 철학 박사이자 여러 언어에 능통했고 그런 외할아버지의 영향으로 헤세는 어린 시절부터 폭넓은 독서를 할 수 있었다.

1890년 신학교 시험 준비를 위해 괴팅겐의 라틴어 학교에 다녔다.

1891년 명문 개신교 신학교이자 수도원인 마울브론 신학교에 입학했다. 처음 몇 달 동안은 성적이 좋았지만 답답한 신학교 생활에 적응하지 못해 힘들어했다. 고전 그리스 시를 읽고 번역하거나 글을 쓰면서 보냈다.

1892년 "시인이 되지 못하면 아무것도 되지 않겠다"라며 신학교를 그만두었다. 이후 우울증으로 힘들어하다가 자살을 시도해 잠시 정신 병원에 입원하기도 했다. 11월에 칸슈타트 김나지움에 입학했다.

1893년 1년 만에 칸슈타트 김나지움을 그만두었다. 이것으로 헤세는 공식 학교 교육을 끝냈다. 이후 나이 많은 친구들과 어울리며 시간을 보냈고 술과 담배를 시작했다.

1894년 칼프의 시계 부품 공장에서 14개월간 수습공으로 일했다.

1895년 튀빙겐의 서점에서 일하면서 글을 쓰기 시작했고 비로소 안정을 찾았다. 이 서점은 신학, 문헌학, 법학 등 전문 서적을 판매했고 헤세는 책을 정리하고 포장, 보관하는 일을 했다. 일이 끝나면 책을 읽으며 개인 시간을 보냈고 신학 논문, 그리스 신화, 괴테, 실러, 니체 등의 책을 탐독했다.

1896년 시 〈마돈나〉가 빈의 정기 간행물에 실렸다.

1899년 첫 시집《낭만적인 노래》와 산문집《자정 이후의 한 시간》을 출판했다. 두 작품 모두 상업적으로는 성공하지 못했다. 더욱이 헤세의 어머니는《낭만적인 노래》가 너무 세속적이고 심지어 "죄악스럽다"라고 해서 헤세가 큰 충격을 받았다. 이후 스위스 바젤의 유명한 고서점에서 일했다. 바젤에서 헤세는 자기만의 고독하고 예술적인 탐구를 이어갔다.

1900년 눈 질환으로 병역 의무가 면제되었다. 이 질환은 신경 장애, 지속적인 두통과 함께 평생 그를 따라다녔다. 시문집《헤르만 라우셔》를 발간해 시인 부세의 주목을 받았다.

1901년 오랫동안 품어온 꿈을 위해 처음으로 이탈리아로 여행을 떠났다.

1902년 어머니가 세상을 떠났다. 헤세는 아버지에게 보낸 편지에서 "어머니를 사랑하지만, 내가 가지 않는 것이 우리 둘에게 더 나을 것 같다"라고 말하며 장례식에 참석하지 않았다.

1904년 첫 소설인《페터 카멘친트》가 문단의 주목을 받았다. 스위스의 유명한 수학자 집안 출신으로 아홉 살 연상인 스위스 최초의 여류 사진작가 마리아 베르누이와 결혼했다. 마리아의 아버지가 두 사람의 관계를 강하게 반대하자 마리아의 아버지가 없는 주말을 이용해 집을 나와 결혼했고, 이후 스위스 근처 가이엔호펜이라는 작은 마을에 정착했다.

1906년 마울브론 신학교의 경험을 담은 자전적 소설《수레바퀴 아래서》를 출간했다.

1910년 예술가의 내면을 탐구하는 작품인《게르트루트》를 출간했다.

1911년 스리랑카와 인도네시아로 긴 여행을 떠났고 수마트라, 보르네오, 미얀마도 방문했다. 이 여행은 그의 문학 작품에 큰 영향을 미쳤다.

1912년 여행에서 돌아온 후 스위스 베른으로 이사했다.

1914년 《로스할데》를 출간했다. 1차 세계대전이 발발하자 평화를 호소하는 글을 스위스 〈신취리히 신문〉에 발표했고 독일인들에게 매국노, 반역자라는 비난을 받았다. 자원입대했지만 전투에 부적격하다는 판정을 받고 전쟁 포로를 돌보는 임무를 맡았다.

1915년 《크눌프》를 출간했다.

1916년 아버지가 세상을 떠났다.

1917년 《데미안》의 집필을 시작했다.

1919년 작가로 이름이 알려진 상태에서 자신을 감추고 '에밀 싱클레어'라는 필명으로《데미안》을 출간했다. 아내가 조현병을 앓았고 그의 결혼 생활도 파탄이 났다. 헤세는 아내가 회복된 후에도 함께 미래를 꾸려가기 힘들다고 판단해 4월부터 집을 나와 혼자 살았다. 몬테놀라의 오래된 성(城)인 카사 카무치를 빌려 글쓰기를 이어갔고 이곳에서 대표작을 여럿 집필하고 발표했다.

1920년 가장 활발한 작품 활동을 하던 시기로《클라인과 바그너》,《클링조어의 마지막 여름》,《방랑》,《혼란 속으로 향한 시선》을 출간했다. 수채화를 그려 첫 개인 전시회를 열었다.

1922년 《싯다르타》를 출간했다. 처음 출간되었을 때는 큰 주목을 받지 못했지만 1950년대 영어로 번역 출판된 후 영적 깨달음을 추구하는 젊은 독자들의 지지를 받았다.

1923년 아내 마리아 베르누이와 정식으로 이혼했다. 스위스 국적을 취득했다.

1924년 스위스 작가 리사 벵거의 딸인 가수 루트 벵거와 두 번째 결혼을 했다. 하지만 이 결혼에서도 안정을 얻지 못하고 3년 만에 이혼했다.

1927년 물질 과잉의 현대 문명사회 비판을 담은《황야의 이리》를 출간했다.

1930년 지성과 감정, 종교와 예술 등의 대립을 다룬《나르치스와 골드문트》를 출간했다.

1931년 미술사학자 니논 돌빈과 세 번째 결혼을 했다. 그동안 글을 쓰며 생활하던 카사 카무치를 떠나 더 큰 집으로 이사했다.

1932년 《유리알 유희》의 모태가 되는《동방 순례》를 출간했다. 《유리알 유희》의 집필을 시작했다.

1933년 독일의 나치즘을 걱정스러운 시선으로 지켜보다가, 베르톨트 브레히트와 토마스 만의 망명을 도왔다. 1930년대에 헤세는 프란츠 카프카를 포함해 유대인 작가들의 작품을 소개하며 조용히 자신만의 방식으로 저항 의사를 표현했다. 이에 나치는 1930년대 후반에 헤세의 작품을 금지했다.

1943년 《유리알 유희》를 출간했다.

1946년 《유리알 유희》로 노벨문학상과 괴테상을 수상했다.

1962년 8월 9일, 85세의 나이로 세상을 떠났다. 평생 자유와 행복의 의미를 찾으려 했고 수많은 소설과 시, 그림을 남겼다.

옮긴이 **박종서**

평안북도 박천 출생으로 일본 상지대학교 독문과를 졸업하고, 독일 뮌헨대학교 대학원을 수료했다. 고려대학교 교수를 지냈으며 번역한 책으로 요한 볼프강 폰 괴테의 《파우스트》《젊은 베르테르의 슬픔》, 토마스 만의 《선택받은 인간》, 프란츠 카프카의 《심판》, 헤르만 헤세의 《유리알 유희》《로스할데》 외 다수가 있다.

페터 카멘친트

1판 1쇄 발행 1975년 10월 25일
4판 1쇄 발행 2025년 4월 15일

지은이 헤르만 헤세 | **옮긴이** 박종서
펴낸곳 (주)문예출판사 | **펴낸이** 전준배
출판등록 2004. 02. 11. 제 2013-000357호 (1966. 12. 2. 제 1-134호)
주 소 04001 서울시 마포구 월드컵북로 21
전 화 02-393-5681 | **팩 스** 02-393-5685
홈페이지 www.moonye.com | **블로그** blog.naver.com/imoonye
페이스북 www.facebook.com/moonyepublishing | **이메일** info@moonye.com

ISBN 978-89-310-2457-9 04800
ISBN 978-89-310-2365-7 (세트)

• 잘못 만든 책은 구입하신 서점에서 바꿔드립니다.

문예출판사® 상표등록 제 40-0833187호, 제 41-0200044호

■ 문예세계문학선

★ 서울대, 연세대, 고려대 필독 권장 도서 ▲ 미국대학위원회 추천 도서
● 《타임》 선정 현대 100대 영문 소설 ▽ 《뉴스위크》 선정 세계 100대 명저

1 **젊은 베르테르의 슬픔** 괴테 / 송영택 옮김
▲▽ 2 **멋진 신세계** 올더스 헉슬리 / 이덕형 옮김
▲●▽ 3 **호밀밭의 파수꾼** J. D. 샐린저 / 이덕형 옮김
4 **데미안** 헤르만 헤세 / 구기성 옮김
5 **생의 한가운데** 루이제 린저 / 전혜린 옮김
6 **대지** 펄 S. 벅 / 안정효 옮김
●▽ 7 **1984** 조지 오웰 / 김승욱 옮김
▲●▽ 8 **위대한 개츠비** F. 스콧 피츠제럴드 / 송무 옮김
▲●▽ 9 **파리대왕** 윌리엄 골딩 / 이덕형 옮김
10 **삼십세** 잉게보르크 바흐만 / 차경아 옮김
★▲ 11 **오이디푸스왕 · 안티고네** 소포클레스 · 아이스킬로스 / 천병희 옮김
★▲ 12 **주홍글씨** 너새니얼 호손 / 조승국 옮김
▲●▽ 13 **동물농장** 조지 오웰 / 김승욱 옮김
★ 14 **마음** 나쓰메 소세키 / 오유리 옮김
★ 15 **아Q정전 · 광인일기** 루쉰 / 정석원 옮김
16 **개선문** 레마르크 / 송영택 옮김
★ 17 **구토** 장 폴 사르트르 / 방곤 옮김
18 **노인과 바다** 어니스트 헤밍웨이 / 이경식 옮김
19 **좁은 문** 앙드레 지드 / 오현우 옮김
★▲ 20 **변신 · 시골 의사** 프란츠 카프카 / 이덕형 옮김
★▲ 21 **이방인** 알베르 카뮈 / 이휘영 옮김
22 **지하생활자의 수기** 도스토옙스키 / 이동현 옮김
★ 23 **설국** 가와바타 야스나리 / 장경룡 옮김
★▲ 24 **이반 데니소비치의 하루** A. 솔제니친 / 이동현 옮김
25 **더블린 사람들** 제임스 조이스 / 김병철 옮김
★ 26 **여자의 일생** 기 드 모파상 / 신인영 옮김
27 **달과 6펜스** 서머싯 몸 / 안흥규 옮김
28 **지옥** 앙리 바르뷔스 / 오현우 옮김
★▲ 29 **젊은 예술가의 초상** 제임스 조이스 / 여석기 옮김
▲ 30 **검은 고양이** 애드거 앨런 포 / 김기철 옮김
★ 31 **도련님** 나쓰메 소세키 / 오유리 옮김
32 **우리 시대의 아이** 외된 폰 호르바트 / 조경수 옮김
33 **잃어버린 지평선** 제임스 힐턴 / 이경식 옮김
34 **지상의 양식** 앙드레 지드 / 김붕구 옮김
35 **체호프 단편선** 안톤 체호프 / 김학수 옮김
36 **인간 실격** 다자이 오사무 / 오유리 옮김
37 **위기의 여자** 시몬 드 보부아르 / 손장순 옮김
●▽ 38 **댈러웨이 부인** 버지니아 울프 / 나영균 옮김
39 **인간희극** 윌리엄 사로얀 / 안정효 옮김
40 **오 헨리 단편선** O. 헨리 / 이성호 옮김
★ 41 **말테의 수기** R. M. 릴케 / 박환덕 옮김
42 **파비안** 에리히 케스트너 / 전혜린 옮김
★▲▽ 43 **햄릿** 윌리엄 셰익스피어 / 여석기 옮김
44 **바라바** 페르 라게르크비스트 / 한영환 옮김
45 **토니오 크뢰거** 토마스 만 / 강두식 옮김
46 **첫사랑** 이반 투르게네프 / 김학수 옮김
47 **제3의 사나이** 그레이엄 그린 / 안흥규 옮김
★▲▽ 48 **어둠의 속** 조셉 콘래드 / 이덕형 옮김
49 **싯다르타** 헤르만 헤세 / 차경아 옮김
50 **모파상 단편선** 기 드 모파상 / 김동현 · 김사행 옮김
51 **찰스 램 수필선** 찰스 램 / 김기철 옮김
★▲▽ 52 **보바리 부인** 귀스타브 플로베르 / 민희식 옮김
53 **페터 카멘친트** 헤르만 헤세 / 박종서 옮김
★ 54 **몽테뉴 수상록** 몽테뉴 / 손우성 옮김
55 **알퐁스 도데 단편선** 알퐁스 도데 / 김사행 옮김
56 **베이컨 수필집** 프랜시스 베이컨 / 김길중 옮김
★▲ 57 **인형의 집** 헨리크 입센 / 안동민 옮김
★ 58 **소송** 프란츠 카프카 / 김현성 옮김
★▲ 59 **테스** 토마스 하디 / 이종구 옮김
★▽ 60 **리어왕** 윌리엄 셰익스피어 / 이종구 옮김
61 **라쇼몽** 아쿠타가와 류노스케 / 김영식 옮김
▲▽ 62 **프랑켄슈타인** 메리 셸리 / 임종기 옮김
▲●▽ 63 **등대로** 버지니아 울프 / 이숙자 옮김
64 **명상록** 마르쿠스 아우렐리우스 / 이덕형 옮김
65 **가든 파티** 캐서린 맨스필드 / 이덕형 옮김
66 **투명인간** H. G. 웰스 / 임종기 옮김
67 **게르트루트** 헤르만 헤세 / 송영택 옮김
68 **피가로의 결혼** 보마르셰 / 민희식 옮김

(뒷면 계속)

★ 69 **팡세** 블레즈 파스칼 / 하동훈 옮김
70 **한국 단편 소설선** 김동인 외
71 **지킬 박사와 하이드** 로버트 L. 스티븐슨 / 김세미 옮김
▲ 72 **밤으로의 긴 여로** 유진 오닐 / 박윤정 옮김
★▲▽ 73 **허클베리 핀의 모험** 마크 트웨인 / 이덕형 옮김
74 **이선 프롬** 이디스 워튼 / 손영미 옮김
75 **크리스마스 캐럴** 찰스 디킨슨 / 김세미 옮김
★▲ 76 **파우스트** 요한 볼프강 폰 괴테 / 정경석 옮김
▲ 77 **야성의 부름** 잭 런던 / 임종기 옮김
★▲ 78 **고도를 기다리며** 사뮈엘 베케트 / 홍복유 옮김
★▲▽ 79 **걸리버 여행기** 조너선 스위프트 / 박용수 옮김
80 **톰 소여의 모험** 마크 트웨인 / 이덕형 옮김
★▲▽ 81 **오만과 편견** 제인 오스틴 / 박용수 옮김
★▽ 82 **오셀로 · 템페스트** 윌리엄 셰익스피어 / 오화섭 옮김
★ 83 **맥베스** 윌리엄 셰익스피어 / 이종구 옮김
▽ 84 **순수의 시대** 이디스 워튼 / 이미선 옮김
★ 85 **차라투스트라는 이렇게 말했다** 니체 / 황문수 옮김
★ 86 **그리스 로마 신화** 에디스 해밀턴 / 장왕록 옮김
87 **모로 박사의 섬** H. G. 웰스 / 한동훈 옮김
88 **유토피아** 토머스 모어 / 김남우 옮김
★▲ 89 **로빈슨 크루소** 대니얼 디포 / 이덕형 옮김
90 **자기만의 방** 버지니아 울프 / 정윤조 옮김
▲ 91 **월든** 헨리 D. 소로 / 이덕형 옮김
92 **나는 고양이로소이다** 나쓰메 소세키 / 김영식 옮김
★ 93 **폭풍의 언덕** 에밀리 브론테 / 이덕형 옮김
★▲ 94 **스완네 쪽으로** 마르셀 프루스트 / 김인환 옮김
★ 95 **이솝 우화** 이솝 / 이덕형 옮김
★ 96 **페스트** 알베르 카뮈 / 이휘영 옮김
▲ 97 **도리언 그레이의 초상** 오스카 와일드 / 임종기 옮김
98 **기러기** 모리 오가이 / 김영식 옮김
★▲ 99 **제인 에어 1** 샬럿 브론테 / 이덕형 옮김
★▲100 **제인 에어 2** 샬럿 브론테 / 이덕형 옮김
101 **방황** 루쉰 / 정석원 옮김
102 **타임머신** H. G. 웰스 / 임종기 옮김
●103 **보이지 않는 인간 1** 랠프 엘리슨 / 송무 옮김
●104 **보이지 않는 인간 2** 랠프 엘리슨 / 송무 옮김
▲105 **훌륭한 군인** 포드 매덕스 포드 / 손영미 옮김
106 **수레바퀴 아래서** 헤르만 헤세 / 송영택 옮김
▲107 **죄와 벌 1** 표도르 도스토옙스키 / 김학수 옮김
▲108 **죄와 벌 2** 표도르 도스토옙스키 / 김학수 옮김
109 **밤의 노예** 미셸 오스트 / 이재형 옮김
110 **바다여 바다여 1** 아이리스 머독 / 안정효 옮김
111 **바다여 바다여 2** 아이리스 머독 / 안정효 옮김
112 **부활 1** 레프 톨스토이 / 김학수 옮김
113 **부활 2** 레프 톨스토이 / 김학수 옮김
▲●114 **그들의 눈은 신을 보고 있었다**
조라 닐 허스턴 / 이미선 옮김
115 **약속** 프리드리히 뒤렌마트 / 차경아 옮김
116 **제니의 초상** 로버트 네이선 / 이덕희 옮김
117 **트로일러스와 크리세이드**
제프리 초서 / 김영남 옮김
118 **사람은 무엇으로 사는가**
레프 톨스토이 / 이순영 옮김
119 **전락** 알베르 카뮈 / 이휘영 옮김
120 **독일인의 사랑** 막스 뮐러 / 차경아 옮김
121 **릴케 단편선** R. M. 릴케 / 송영택 옮김
122 **이반 일리치의 죽음** 레프 톨스토이 / 이순영 옮김
123 **판사와 형리** F. 뒤렌마트 / 차경아 옮김
124 **보트 위의 세 남자** 제롬 K. 제롬 / 김이선 옮김
125 **자전거를 탄 세 남자** 제롬 K. 제롬 / 김이선 옮김
126 **사랑하는 하느님 이야기** R. M. 릴케 / 송영택 옮김
127 **그리스인 조르바** 니코스 카잔차키스 / 이재형 옮김
128 **여자 없는 남자들** 어니스트 헤밍웨이 / 이종인 옮김
129 **사양** 다자이 오사무 / 오유리 옮김
130 **슌킨 이야기** 다니자키 준이치로 / 김영식 옮김
131 **실종자** 프란츠 카프카 / 송경은 옮김
132 **시지프 신화** 알베르 카뮈 / 이가림 옮김
133 **장미의 기적** 장 주네 / 박형섭 옮김
134 **진주** 존 스타인벡 / 김승욱 옮김
135 **황야의 이리** 헤르만 헤세 / 장혜경 옮김